연대기

연대기 I

저자
크리스 멧젠, 맷 번즈, 로버트 브룩스

풀컬러 삽화
피터 C. 리

추가 작화
조셉 라크루아

©2016 Blizzard Entertainment, Inc. All rights reserved. World of Warcraft is a registered trademark of Blizzard Entertainment, Inc. Dark Horse Books® and the Dark Horse logo are registered trademarks of Dark Horse Comics, Inc. All rights reserved. No portion of this publication may be reproduced or transmitted, in any form or by any means, without the express written permission of Dark Horse Comics, Inc.

Korean translation copyright ©2016 by Jeu Media CO. LTD.
Korean translation rights arranged with Dark Horse Books® through Shinwon Agency in Korea

이 책의 한국어판 저작권은 Shinwon Agency를 통해 독점 계약한 제우미디어에 있습니다. 저작권법에 의하여 한국 내에서 보호를 받는 저작물이므로 무단 전재와 복제를 금합니다.

BLIZZARD ENTERTAINMENT

Written by CHRIS METZEN, MATT BURNS, and ROBERT BROOKS
Additional Story ALEX AFRASIABI, CHRISTIE GOLDEN, RICHARD A. KNAAK, DAVE KOSAK, MICKY NEILSON, BILL ROPER, JAMES WAUGH
Creative Direction and Design DOUG ALEXANDER, LOGAN LUBERA
Editors CATE GARY, ROBERT SIMPSON • *Lore* SEAN COPELAND, EVELYN FREDERICKSEN, JUSTIN PARKER • *Production* MICHAEL BYBEE, RACHEL DE JONG, PHILLIP HILLENBRAND, IAN SATERDALEN
Licensing MATT BEECHER, JASON BISCHOFF, BYRON PARNELL

Special thanks to: the *World of Warcraft* game team, Xiaohu Alcocer, Dana Bishop, Tina Fu, Brissia Jimenez, Emily Mei, Frank Mummert, Tommy Newcomer, Max Ximenez

Maps, cosmology chart, borders, and spot art by JOSEPH LACROIX
Paintings by PETER C. LEE

월드 오브 워크래프트 연대기 I

초판 1쇄 | 2016년 4월 28일
초판 15쇄 | 2023년 10월 23일

지은이 | 크리스 멧젠, 맷 번즈, 로버트 브룩스
옮긴이 | 고경훈

펴낸이 | 서인석
펴낸곳 | 제우미디어
출판등록 | 제 3-429호
등록일자 | 1992년 8월 17일
주소 | 서울시 마포구 독막로 76-1 한주빌딩 5층
전화 | 02-3142-6845
팩스 | 02-3142-0075
홈페이지 | www.jeumedia.com

ISBN 978-89-5952-484-6
978-89-5952-505-8(set)

※ 파본은 본사나 구입하신 서점에서 교환해 드립니다.

제우미디어 소설 공식 카페 | cafe.naver.com/jeunovels
제우미디어 페이스북 | www.facebook.com/jeumedia
제우미디어 공식 블로그 | blog.naver.com/jeumediablog

만든 사람들
출판사업부 총괄 손대현 | **편집장** 전태준
책임 편집 김주원 | **기획** 홍지영, 문대현, 이유리
디자인 총괄 디자인 수 | **제작** 김금남 | **영업** 김영욱, 박임혜
도와주신 분 블리자드 코리아 현지화팀, 홍보팀, 커뮤니티팀, 마케팅팀, 웹서비스팀

BLIZZARD.COM

목차

서문 6

도입: 우주론 9

1장: 신화 17

2장: 태고의 아제로스 27

3장: 고대 칼림도어 69

4장: 새로운 세계 111

색인 164

서문

지난 이십 년 동안 워크래프트 세계가 성장하고 형성되는 모습을 지켜보는 과정은 경이로움 그 자체였습니다. 비교적 간단한 게임의 설정으로 시작한 이야기가 스스로 지속하며 활기 넘치는 하나의 세계가 되었고 매일 전 세계 수백만 명의 플레이어가 방문하는 공간이 되었습니다.

아제로스 세계는 초기부터 수백 명에 달하는 장인과 디자이너, 아티스트, 작가의 손에서 빚어졌습니다. 수많은 뛰어난 손길과 열정적인 목소리가 그 세계를 만들었고, 그 모든 노력 덕분에 주제와 캐릭터와 세부 사항이 무척이나 풍요롭게 발전할 수 있었습니다. 그 세계를 지키기 위해서라면 여러분도 +6 엉덩이 차기 장화를 신고 혼신의 일격을 날리고 싶을 것입니다.

그 중심에는 진정한 의미의 '역사'가 있었습니다. 워크래프트의 광대한 이야기에는 신화와 전설, 세계를 뒤흔드는 사건이 얽혀 있습니다. 이 거대한 사건들은 끊임없이 확장하고 모두가 공유하는 워크래프트 세계에서 플레이어들이 펼치는 영웅적인 행동에 크게 영향을 미쳤습니다.

그 이야기가 어느새 이십 년 동안 이어졌습니다. 헤아릴 수 없이 많은 중요한 순간들, 인물, 종족, 몬스터, 이 모든 것이 점점 쌓여 콘셉트와 아이디어의 두꺼운 단층을 형성했습니다. 『월드 오브 워크래프트 연대기 I』에서는 이 모든 것을 한데 모아 워크래프트의 근간을 이루는 줄거리를 보강했습니다. 이 책은 파편화된 이야기의 결말을 통합하고 이 가상의 역사에서 다듬어지지 않은 부분을 정리하는 계기가 되었습니다. 결국, 이 원대한 (동시에 덕력 넘치는) 편집 작업을 통해 저희는 워크래프트에서 반복되는 주제와 갈등에 관한 놀라운 통찰력을 얻을 수 있었습니다.

집단은 서로의 공통된 인성을 발견하기 전까지 얼마나 자주 충돌하는가.

선한 의도와 열정을 지닌 영웅이 어떻게 권력의 유혹에 굴복할 수 있는가.

과거의 실수에 책임을 지지 않는 행동이 어떻게 현재의 파국을 불러오는가…

이는 아제로스의 위대한 역사의 실타래를 구성하는 일반적인 주제입니다. 이런 주제들은 신화적 시간에 걸쳐 이질적인 문화와 종족, 개인을 통해 표출됩니다. 순환의 고리 속에서 또 다른 순환이 이루어집니다.

이런 역사적 조망을 통해 우리는 저 멀리에 있는 위험하면서도 영광스러운 지평선을 더욱 똑똑히 볼 수 있을 것입니다. 저는 우리가 이 모든 '역사'를 마주하면서도 우리의 모험은 이제 시작되었을 뿐임을 확신합니다!

크리스 멧젠
선임 부사장, 스토리 및 프랜차이즈 개발
블리자드 엔터테인먼트
2015년 8월

소개

저는 2000년에 아제로스 세계를 처음 접했습니다. 블리자드 엔터테인먼트는 *Warcraft Adventures: Lord of the Clans*의 이야기를 소설로 쓸 작가를 찾고 있었습니다. 제게는 6주 간의 시간이 있었고 그 시간 동안 전혀 알지 못하는 세계에 관한 소설을 써야 했습니다. 크리스 멧젠의 한결같은 성원 덕분에 (저는 "오크의 피는 무슨 색이죠?"와 같은 질문을 퍼부었고, 그는 항상 궁금증을 해소해 주었습니다) 그 6주의 시간은 끊임없는 기쁨과 모험, 순전한 즐거움, 마법이 가득한 비즈니스 관계의 굳건한 초석이 되었습니다.

그렇게 *Lord of the Clans*를 탈고한 후 아제로스와 사랑에 빠졌습니다. 아제로스에서 더 많은 시간을 보내고 싶었기에 제 첫 온라인 게임이 된 〈월드 오브 워크래프트〉를 플레이했습니다. 그리고 우리는 곧 영화라는 전혀 다른 매체를 통해서 아제로스를 방문할 수 있게 될 것입니다.

한편 저는 이 책을 읽는 모든 분과 마찬가지로 의자에 앉아서 몸을 숙이고 눈부신 상상력으로 창조해 낸 세계의 완전하고도 아름다운 역사를 읽을 계획입니다. 〈월드 오브 워크래프트〉를 거의 출시 때부터 즐겼고 아제로스를 배경으로 여덟 권의 소설을 출간했지만, 전 아직도 이 세계에 끌립니다(그중 한 권은 드레노어를 배경으로 한 소설이었습니다). 그곳에는 항상 배울 것이 있었고 새롭게 만날 인물이 있었으며 풀어낼 새로운 이야기가 있었습니다. 마치 오랜 친구를 만나는 느낌이라고 할까요.

여러분도 같은 기분이리라 생각합니다.

"아제로스를 위하여!"

―크리스티 골든

제가 처음 〈워크래프트〉 소설의 집필 의뢰를 받았을 때 그 게임은 이미 상당한 반향을 일으키고 있었습니다. 그렇지만 일 년 후 일어난 전 세계적인 돌풍은 블리자드의 경영진조차 전혀 예상하지 못했을 겁니다.

저는 운 좋게도 *Dragonlance*가 인기를 얻던 초창기에 참여할 수 있었습니다. *The Legend of Huma*는 마거릿 와이즈, 트레이시 히크먼이 쓰지 않은 첫 번째 소설이었고 Gen Con과 사인회에서 장사진을 이룬 열정적인 팬들을 보면서 놀라지 않을 수 없었습니다. 또한 *Dragonrealm*이라는 제 시리즈도 아껴 주시는 독자분들이 있었습니다. 그러나 2001년에 *Warcraft: Day of the Dragon*을 출간하며 얻은 경험은 그 무엇과도 비교할 수 없었습니다. 반응은 즉각적이었고 뜨거웠습니다. 세계 각지에서 독자들의 의견이 전해졌습니다. 제겐 〈워크래프트〉 팬들의 엄청난 열정을 느낄 수 있는 계기가 되었습니다.

십 년이 넘는 세월 동안 제가 보았던 것은 그 열정이 커지는 모습이었습니다. 아제로스는 몹시도 풍성하고 사실적인 세계입니다. 수백만이 넘는 사람들이 그 세계를 경험했고 또 계속해서 돌아온다는 것도 그다지 놀랍지 않습니다. 이 경이로운 과정의 일부로 참여할뿐더러 제 이야기와 인물이 이미 엄청난 역사를 지니고 계속해서 성장하는 아제로스 세계에 추가되는 모습을 보는 것은 즐거운 일입니다.

그리고 그 역사에는 머지않아 2권이 추가될 것입니다.

―리처드 나크

도입: 우주론

아제로스는 광대한 우주에 있는 작은 행성일 뿐이지만 그곳에는 강력한 마법과 위대한 존재가 가득하다. 이러한 힘들은 태초의 시간부터 아제로스와 주위 우주에 영향을 끼치며 별들을 움직이고 수많은 행성과 필멸의 문명이 맞이할 운명을 빚어냈다.

앞면: 우주의 힘, 존재의 영역, 우주의 존재들

우주의 힘

빛과 어둠

빛과 어둠은 존재 중에서 가장 근본적인 힘이다. 빛과 어둠은 그 본질부터 상반되는 성질을 지니지만 우주적인 관점에서는 함께 엮여 있다. 서로를 떠나서는 존재할 수 없기 때문이다.

순수한 빛과 어둠은 현실의 경계 너머에 있는 영역에 존재하며 물리 우주에서는 그림자만 보일 뿐이다. 빛은 신성 마법으로 발현하며, '공허'로 칭해지기도 하는 어둠은 암흑 마법으로 나타난다.

생명과 죽음

생명과 죽음의 힘은 물리 우주에 있는 모든 생명체를 지배한다. 보통은 자연 마법이라고도 불리는 생명의 에너지는 모든 것에서 성장과 재생을 촉진한다. 죽음은 강령 마법의 형태로 생명의 반대 작용을 수행한다. 필멸자의 마음에 절망을 드리우는 죽음은 피할 수 없는 힘이며 모든 것을 무질서한 부패와 궁극적인 망각의 상태로 밀어 넣는다.

질서와 무질서

질서와 무질서의 힘은 물리 세계라는 우주적 체계를 다스린다. 질서는 현실 세계에서 비전 마법으로 종종 드러난다. 이 유형의 에너지는 본질적으로 불안정하고 그 힘을 다스리려면 고도의 정확성과 집중력이 필요하다. 반대로 무질서는 매우 파괴적인 지옥 마법으로 발현한다. 이 잔혹하고 극도로 중독적인 에너지는 살아 있는 존재에게서 끌어낸 생명력으로 채워진다.

원소

불, 바람, 대지, 물의 원소는 물리 우주에서 모든 물질을 구성하는 기본 재료의 역할을 수행한다. 오랜 시간 동안 주술 문화에서는 원소와 조화를 추구하거나 지배하려는 시도가 있었고 이를 위해 원시의 힘인 정기와 부패를 불러냈다. 원소와 조화를 찾는 이들은 정기에 의존했는데 주술사들은 이를 '다섯 번째 원소'라고 부르며 수도사들은 '기'라고 부른다. 생명을 부여하는 이 힘은 존재하는 모든 것을 하나로 연결하고 묶는다. 부패는 원소를 굴복시켜 무기로 삼으려는 주술사들의 도구다.

원소의 이원성

많은 주술 문화에서는 원소가 다양한 감정 상태에 영향을 준다는 사실을 발견했다. 이 때문에 필멸자들은 원소를 각각의 감정과 연관지어 생각하는 경향이 있다. 이는 긍정적인 감정과 부정적인 감정을 모두 포함한다.

불
긍정적 특성: 열정
부정적 특성: 분노

대지
긍정적 특성: 안정감
부정적 특성: 완고함

정기
긍정적 특성: 용기
부정적 특성: 순진함

바람
긍정적 특성: 영리함
부정적 특성: 광기

물
긍정적 특성: 평온
부정적 특성: 우유부단함

부패
긍정적 특성: 효율성
부정적 특성: 무자비함

존재의 영역

끝없는 어둠

끝없는 어둠은 물리 우주를 나타낸다. 끝없는 어둠은 무한하고 살아 있으며 셀 수 없이 많은 별과 행성, 필멸의 문명으로 이루어진 영역이다.

워크래프트의 세계인 아제로스도 끝없는 어둠의 방대한 영역을 떠도는 수많은 행성 중 하나다.

뒤틀린 황천

뒤틀린 황천은 끝없는 어둠과 평행하게 놓인 비현실의 차원이다. 뒤틀린 황천의 경계에서는 빛과 공허가 함께 뒤섞이며 이 영역을 영원한 분쟁 속에 빠뜨리고 있다. 때때로 뒤틀린 황천에 가득한 불안정한 마법이 물리 우주를 침범해 현실을 심하게 비틀기도 한다.

에메랄드의 꿈

에메랄드의 꿈은 길들지 않은 자연의 에테르 영역이며 아제로스 세계와 나란히 존재한다. 수호자라고 알려진 놀라운 존재가 아제로스 동식물의 진화 경로를 그리는 지도 역할을 하도록 에메랄드의 꿈을 창조했다. 두 영역은 하나로 엮여 있다. 물리 세계에서 생명이 나거나 사라지면 에메랄드의 꿈을 채우는 영적 에너지도 따라 움직인다.

에메랄드의 꿈은 비록 물리 세계에 묶여 있지만 대부분 필멸자가 생각하기에 기이하고 초현실적인 곳이다. 하지만 일부 필멸자들은 드루이드 마법에 집중함으로써 수면 상태에서 의식적으로 에메랄드의 꿈을 여행할 수 있다. 그들의 생각 또한 이 영적인 신록의 세계에서 한 부분을 형성하고 영향을 줄 수 있다. 그러나 이렇게 꿈꾸는 이들이 남긴 발자취는 영원하지 않다.

꿈속에서는 시간과 거리가 쉽게 변한다. 영혼들은 무성하고 변화무쌍한 원시림을 마치 바람처럼 통과한다. 조금 전까지 손에 닿을 듯 분명했던 것이 실체도 없이 사라지기도 하고 막힌 것으로 보였던 지형이 눈 깜빡할 사이에 달라져 있기도 한다.

어둠땅

어둠땅은 에메랄드의 꿈처럼 아제로스 세계와 교차되어 있다. 그러나 생명을 상징하는 에메랄드의 꿈과는 반대로 죽음을 상징한다. 어둠땅은 악몽과도 같은 부패의 영역이자 미로처럼 얽힌 영혼계이며 그 안에는 생명의 세계를 떠나온 망자의 영혼이 가득하다.

어둠땅이 생겨난 기원은 확실하게 알려지지 않았으나, 물리 우주에서 필멸의 생명이 처음 생겨난 때부터 존재했다. 많은 이들의 믿음에 따르면, 죽음의 순간을 맞은 필멸의 영혼들은 이 어두운 영역에 이끌려 영원히 머문다고 한다. 그렇지만 어떤 이들은 자신의 영혼이 차디찬 관과도 같은 어둠땅에 갇히기보다는 더 밝은 곳에 갈 것이라는 희망을 아직 품고 있다.

우주의 존재들

공허의 군주

순수한 암흑 에너지로 이루어진 공허의 군주는 가공할 만한 존재다. 이들의 잔혹함과 무자비함은 필멸자의 이해를 초월한다. 공허의 군주는 충족되지 않는 굶주림에 이끌려 물질 우주의 모든 사물과 에너지를 집어삼키려 한다.

자연 상태에서 공허의 군주는 현실 바깥에 존재한다. 그중 가장 강력한 공허의 군주만이 물질 우주에 모습을 드러낼 수 있지만 그것도 일정 시간 동안만 가능하다. 현실에서 존재를 유지하려면 어마어마한 물질과 에너지를 소모해야 하기 때문이다.

나루

나루는 살아 있는 성스러운 에너지로 이루어진 자애로운 존재다. 이들은 아마도 끝없는 어둠에 존재하는 빛의 가장 순수한 표현일 것이다. 나루는 모든 필멸의 문명에 평화와 희망을 전하고 창조를 집어삼키려는 공허의 어두운 힘을 저지하기로 서약했다.

티탄

거대한 티탄은 우주를 잉태한 태고의 물질로 만들어진 신과 같은 존재다. 그들은 창조의 원초적인 힘을 지닌 채, 마치 움직이는 행성처럼 우주를 누빈다. 티탄은 이 엄청난 힘을 이용해 끝없는 어둠의 머나먼 구석에서 아직 잠든 동족을 찾아 깨우려 한다.

불타는 군단

불타는 군단은 끝없는 어둠에 존재하는 가장 파괴적인 단일 세력으로, 타락한 티탄 살게라스가 모든 창조물을 불태우기 위해 만든 거대한 악마 군대다. 그들은 행성을 옮겨 다니면서 파괴적인 지옥 마법으로 마주치는 모든 것을 섬멸한다. 그들이 일으키는 부정한 전쟁, '불타는 성전'에서 얼마나 많은 행성과 필멸의 문명이 괴멸되었는지는 누구도 정확히 알지 못한다.

불타는 군단을 구성하는 악마들은 매우 끈질기다. 그들의 영혼은 뒤틀린 황천에 묶여 있으며 이 때문에 영원히 퇴치하기가 몹시 까다롭다. 물리 우주에서 죽은 악마의 영혼은 뒤틀린 황천으로 돌아가서 다시 육신의 형태를 갖추고 나타난다. 악마의 영혼을 영구적으로 퇴치하려면 뒤틀린 황천이나 그곳의 불안정한 소용돌이가 필멸의 세계로 새어 나오는 장소나 불타는 군단의 에너지가 충만한 지역에서 악마를 죽여야만 한다.

고대 신

고대 신은 공허가 물리적 형태로 나타난 존재다. 그들의 모습은 악몽의 화신과도 같다. 문드러진 살점과 꿈틀거리는 촉수가 산더미를 이루며 끝없는 어둠 속의 행성에 암처럼 파고든다. 이 지독한 존재들은 공허의 군주를 받들며 그들이 살아가는 목적은 세계를 오염시켜 절망과 죽음의 벌판으로 바꾸는 것뿐이다.

야생 신

야생 신은 태고의 생명과 자연의 현신이다. 그들은 두 영역에 걸쳐 존재한다. 그들은 아제로스의 물리 세계에 존재하지만 그들의 영혼은 에테르 세계인 에메랄드의 꿈에 결속되어 있다. 많은 야생 신이 늑대, 곰, 호랑이, 새 등 거대한 동물의 형태로 나타난다.

원소 정령

원소 정령은 원초적이고도 혼란스러운 불, 대지, 바람, 물의 존재다. 그들은 깨어나는 우주의 초기 행성에서 가장 먼저 의식을 지니고 나타난 생명체 중 일부였다. 원소 정령은 그 모양과 크기에서 거의 무한한 다양성을 지니며, 각각의 존재는 원소의 본질로부터 강한 영향을 받아서 고유한 성격과 기질과 특징을 갖는다.

다섯 번째 원소인 정기 역시 원소 정령의 성질에 영향을 끼친다. 정기가 가득한 세계에서는 소극적이고 물질적 성질이 적은 본연의 정령이 생겨날 수 있으나, 정기가 매우 부족한 세계에서는 매우 공격적이고 상상할 수 없을 정도로 파괴적인 정령이 태어나기도 한다.

언데드

언데드는 한때 필멸의 생명이었으나 죽은 다음 삶과 죽음 사이에 갇힌 존재다. 이 비극적인 존재는 우주에 만연하는 강령 에너지에서 힘을 끌어낸다. 대부분의 언데드는 복수와 증오에 이끌리며 다시는 가지지 못하는 단 하나의 것, 생명을 없애려 한다.

1장
신화

기원

우주가 제 모습을 갖추고 생명이 태동하기 전에, 빛과 어둠이 있었다. 빛은 시간과 공간에 구속 받지 않은 채 다채로운 색깔로 무한한 바다를 이루며 모든 존재에게 퍼져 나갔다. 살아 있는 에너지의 거대한 흐름은 생명의 세계를 반영하는 심연까지 흘러들었고 그 움직임은 기쁨과 희망이 어우러진 화음을 빚어냈다.

빛의 바다는 역동적이었고 끊임없이 변화했다. 그러나 빛이 퍼져 나갈수록 에너지의 일부가 약화돼 희미해졌고 그 뒤로 차가운 공백이 남았다. 빛이 존재하지 않는 그곳에서 새로운 힘이 합쳐지며 공백을 채웠다.

그것은 공허였다. 그 어두운 힘은 흡혈귀처럼 모든 에너지를 집어삼키기 위해 움직였다. 공허는 창조물을 뒤틀고 빨아들여 힘을 비축했다. 공허는 빠르게 성장했으며 빛의 물결이 만드는 흐름에 반해 영향을 미쳤다. 대조되는 성질을 가졌지만 떼어낼 수 없는 두 가지 힘 사이에서 긴장이 고조되었다. 결국 재앙이나 다름없는 연쇄 폭발이 일어났으며 창조의 직물이 찢기면서 새로운 세계가 생겨났.

물리 우주가 태어난 순간이었다.

빛과 공허가 부딪히며 풀려난 에너지가 초기 우주를 뒤덮었다. 원초적 물질이 합쳐지고 회전하면서 수많은 원시 행성을 만들었다. 끝없이 확장하는 이 우주, 끝없는 어둠은 오랜 세월 동안 불과 마법의 소용돌이 속에서 끓어올랐다.

가장 불안정한 에너지는 뒤틀린 황천이라고 알려진 우주의 차원에 합쳐졌다. 빛과 공허는 그 영역의 가장자리에서 서로 충돌하고 뒤섞였으며 뒤틀린 황천은 혼돈에 빠져들었다. 뒤틀린 황천은 끝없는 어둠과 희미하게 연결되었고 물리 우주의 경계 바깥에 존재했다. 그럼에도 뒤틀린 황천의 불안정한 에너지는 가끔씩 끝없는 어둠의 장막을 찢고 현실로 흘러들어 창조를 왜곡했다.

대재앙과도 같았던 우주의 탄생과 함께 빛의 조각이 현실 세계 도처에 흩뿌려졌다. 빛의 조각들은 무수히 많은 행성의 물질에 생명의 불꽃을 퍼뜨렸고 경이로운 생명과 끔찍한 생명 등 다양한 창조물의 탄생을 불러왔다.

가장 쉽게 볼 수 있었던 생명의 형태는 불, 물, 대지, 바람의 원시적 존재인 원소 정령이었다. 이 생명체들은 거의 모든 물리 세계에 자생했으며 그중 다수가 창조의 초기 시대를 휩쓴 혼돈을 즐겼.

간혹 조각난 빛의 구름이 뭉쳐 더 거대한 힘과 더 강력한 잠재력을 지닌 존재를 빚어내기도 했다.

그중 하나가 신성한 에너지의 빛으로 이루어진 자애로운 존재, 나루였다. 그들은 측정할 수 없는 우주 사이에서 무한한 가능성의 영역을 보았다. 나루는 신성 마법의 능력을 사용해 희망을 퍼뜨렸고 어느 곳이건 생명을 발견한다면 보살펴 주기로 맹세했다.

거대한 티탄은 나루보다 더욱 놀라운 존재였다. 세계혼이라고도 알려진 티탄의 영혼은 몇몇 행성의 불타는 내핵의 중심에서 형성되었다. 초기 티탄은 오랜 세월 잠들어 있었는데 그 에너지는 그들의 영혼이 깃들 천계의 육신에 스며들었다.

마침내 티탄은 잠에서 깨어났다. 그 모습은 살아 있는 세계가 깨어나는 것과 같았다. 우주의 바람이 그들의 거대한 형체를 스치며 울부짖었고 우주진은 망토처럼 그들의 몸을 덮었으며, 잠재된 마력으로 빛나는 은빛 산봉우리와 대양이 피부를 가로질렀다.

티탄은 눈부신 별처럼 빛나는 눈으로 이제 모습을 갖추어 가는 우주를 관찰하면서 그 신비에 빠져들었다. 나루는 생명을 보호하기 위해 길을 나섰지만 티탄은 다른 여정을 선택했다. 그들은 끝없는 어둠의 머나먼 구석을 떠돌면서 동족을 찾았다.

그들의 대장정은 훗날 창조의 흐름을 바꾸고 모든 살아 있는 존재의 운명을 결정지었다.

티탄과 우주의 질서

언제, 그리고 왜 첫 번째 티탄이 깨어났는지는 아무도 알지 못한다. 전설에 따르면 그의 이름은 아만툴이라고 한다.

비록 아만툴은 혼자였으나 마음속으로 다른 동족이 존재한다는 사실을 알고 있었다. 그래서 아만툴은 끝없는 어둠 속에서 행성을 탐험하며 다른 티탄을 찾아 나섰다. 외롭고 고된 여정이었으나 그는 결국 목적을 이뤘다. 오래지 않아 아만툴은 다른 초기 세계혼을 발견할 수 있었다. 아만툴은 새로 발견한 동족을 성실히 보살폈고 잠에서 깨웠다. 깨어난 티탄은 아만툴의 숭고한 탐색에 헌신적으로 동참했다.

아만툴과 티탄의 무리는 훗날 판테온이라는 이름으로 알려졌다. 그들은 본질적으로 질서와 안정을 존중하는 자애로운 존재였다. 판테온은 우주에 잠재한 마법에 자연스럽게 친밀감을 느꼈다. 그들은 자신의 엄청난 능력을 잘 인지했으며 다루기 힘든 원소 정령 등 생명체와 문명을 발견했을 때에는 행동을 절제한다는 규칙을 세웠다.

판테온 티탄은 동족을 찾기 위해서는 질서가 매우 중요하다는 사실을 깨달았다. 티탄은 행성을 발견할 때마다 세계혼의 존재를 확인했다. 무엇보다도 행성에서 날뛰는 원소 정령을 진정시키는 일이 우선이었다. 그런 다음 그들은 거대한 산과 깊이를 알 수 없는 바다와 어지러운 하늘을 만들어 세계를 다시 빚어냈다. 마지막으로 새롭게 질서를 세운 세계에 수많은 생명의 씨앗을 심었다. 판테온은 그렇게 함으로써 세계혼을 불러내고 세계가 성장하도록 도울 수 있기를 바랐다. 그러나 그들은 방문한 대부분의 행성에서 별다른 성과를 보지 못했다.

판테온은 세계혼이 없는 행성을 포함해 모든 행성을 지키고 보호하기로 맹세했다. 이를 위해 자신들이 질서를 세운 세계가 완전한 상태로 유지될 수 있도록 원시적인 생명체들에게 힘을 부여했다. 또한 그들이 빚은 행성의 표면에 거대한 기계를 파묻었다. 장치를 통해서 그 세계를 관찰하고 혹시라도 진화의 경로가 무질서로 향했을 때에는 세계를 정화하려 했기 때문이다.

아만툴은 판테온을 돕기 위해 별무리라고 알려진 신비의 종족을 불러냈다. 그 천상의 존재는 티탄이 질서를 세운 많은 행성을 관찰하면서 불안정한 징후가 있는지 살폈다. 만약의 경우 별무리는 비상 복구 절차를 시작해 진화의 과정이 다시 시작될 수 있도록 세계에서 생명을 씻어 냈다.

판테온은 오랜 세월에 걸쳐 세계혼을 찾았지만 발견되는 세계혼은 점점 줄어들었다. 그러나 그들은 의연했다. 그들은 우주가 몹시도 방대하며 비록 오랜 시간 별들을 탐험했다고 해도 그것이 창조의 작은 부분에 불과하다는 사실을 이해하고 있었다.

한편, 끝없는 어둠의 머나먼 영역에서는 티탄이 알지 못하는 사악한 힘이 분주하게 움직이고 있었다.

판테온

아만툴—판테온의 대부
살게라스—판테온의 수호자
아그라마르—위대한 살게라스의 부관
이오나—생명의 어머니
카즈고로스—세계의 창조주이자 연마자
노르간논—천상의 마법과 지식의 수호자
골가네스—하늘과 포효하는 바다의 군주

공허의 군주 그리고 고대 신의 탄생

우주가 생겨난 순간부터 공허 속의 어두운 영혼들은 현실을 영원한 고통의 영역에 휘감아 넣으려 했다. 공허의 군주로 알려진 이 존재들은 오랫동안 판테온이 행성을 넘나들며 여행하는 과정을 지켜보았다. 공허의 군주는 그들의 능력을 시기했고 세계를 빚어내는 티탄 중 하나를 타락시켜 자신들의 의지를 따르는 도구로 삼고자 했다.

공허의 군주는 이러한 목표를 달성하기 위해 물리 우주에 모습을 드러내려 했다. 그 과정에서 공허의 에너지가 현실에 스며들었고 질서 잡힌 창조물들을 일부 왜곡시키기도 했다. 그러나 고귀하고 강직한 티탄은 그 은밀한 타락에 영향을 받지 않았다. 결국 공허의 군주는 가장 취약한 상태, 즉 아직 깨어나지 않은 티탄에게 영향력을 끼치기로 방향을 틀었다.

공허의 군주는 잠자는 티탄이 어느 행성에 있는지 알아낼 수 없었다. 그래서 그들은 서로의 힘을 모은 다음 세계혼이 있는 행성에 닿기를 바라며 물리 우주 곳곳에 어둠의 생명체를 흩뿌렸다. 수를 짐작할 수 없는 공허의 피조물이 끝없는 어둠을 가로질러 날아갔다. 그들은 맹목적으로 초기 티탄을 찾았고 그러면서 필멸의 세계, 그리고 마주치는 모든 것을 타락시켰다. 시간이 흐른 후, 이 사악한 존재들은 고대 신이라는 이름으로 알려졌다.

티탄은 우주에 공허의 에너지가 존재한다는 사실을 알았으나 공허의 군주나 고대 신에 관해서는 아무런 지식이 없었다. 판테온의 관심은 그보다 더 즉각적인 위협, 즉 악마에게 쏠렸다. 뒤틀린 황천에서 태어난 그 포악한 생명체들은 걷잡을 수 없는 악의와 증오의 노예가 되어 우주에 존재하는 모든 생명을 파괴하고자 하는 욕망에 사로잡혀 있었다.

악마의 탄생

끝없는 어둠에서와 마찬가지로 뒤틀린 황천에서도 생명이 태어나고 있었다. 이 요동치는 영역에서 나타난 생명체는 악마라는 이름으로 알려졌다. 그들은 뒤틀린 황천의 경계에서 빛과 공허의 에너지가 서로 뒤섞인 결과로 빚어진 존재였다. 악마는 사나운 열정을 불사르며 맹목적으로 힘을 키우는 데 열중했다. 이 돌연변이 생명체 중 다수는 황천에 퍼져 있는 고도로 불안정한 에너지에 탐닉했다. 몇몇은 모든 것을 집어삼키는 지옥 마법을 사용하는 법을 익혔다. 이윽고 피에 굶주린 악마들은 물리 우주에 발톱을 드러냈고 필멸의 문명을 위협하며 행성을 차례로 궤멸시키기에 이르렀다.

악마들은 여러 형태로 나타났다. 머리가 둘 달린 공허의 사냥개는 굶주린 야수처럼 황천의 황무지를 떠돌았다. 더 강력하고 지능적인 악마들은 지성은 없지만 위력만은 가공할 만한 심연불정령과 지옥불정령 같은 악마를 만들어 내기도 했다.

공포의 군주로 알려진 나스레짐도 그러한 상급 악마 중 하나였다. 교활하고 조종에 능한 그들은 헌신적으로 암흑의 마법을 익혔다. 나스레짐은 필멸의 문명에 침투해 불안의 씨앗을 뿌리고 부족끼리 싸우도록 유도하는 행위를 즐겼다. 필멸의 문명이 쇠퇴하고 스스로 흔들릴 때가 되면 나스레짐은 타락을 퍼뜨려 아무것도 모르는 생명들을 새롭고 끔찍한 악마의 종자로 탈바꿈시켰다.

강력한 아나이힐란, 즉 지옥의 군주는 더 직접적인 방식으로 접근해 행성을 정복했다. 이 가공할 학살자들은 마주치는 필멸의 생명에게 잔혹한 고통을 선사하는 데서 존재의 이유를 찾았다. 그들은 종종 황천을 떠도는 하급 악마들을 노예로 부리며 끝없는 어둠에 존재하는 필멸의 문명을 습격하기 위한 도구로 사용했다.

곧 판테온에서도 멀리 떨어진 창조의 귀퉁이에서 번져 가는 악마의 습격을 알아차렸다. 티탄은 그 악마들이 세계혼을 깨우고자 하는 판테온의 임무를 방해할 것을 염려해 가장 강력한 전사, 고귀한 살게라스를 급파했다. 고결한 티탄 살게라스는 주저하지 않았으며 여정에 오르기 전, 우주에서 모든 악마의 흔적을 정화하기 전까지는 한순간도 쉬지 않겠노라고 맹세했다.

살게라스와 아그라마르

살게라스의 용기와 힘은 판테온의 비범한 구성원 중에서도 독보적이었다. 그의 이러한 특성은 악마를 뒤쫓는 끔찍한 임무에 잘 들어맞았다. 살게라스는 확고한 신념으로 무장한 채 끝없는 어둠 속으로 몸을 던졌다.

그리고 곧 변덕스럽고 불안정한 에너지가 가득한 행성에 이끌렸다. 그곳에서는 뒤틀린 황천의 영향이 물리 우주로 쏟아져 나와 엄청난 수의 악마가 활보하고 있었다.

오랫동안 살게라스는 곤경에 처한 행성들을 여행하며 침략자 악마에게서 필멸의 생명을 살리기 위해 싸웠다. 그는 적들이 문명 전체를 쑥대밭으로 만들고 생명을 타락에 빠뜨려 증오심 가득한 괴물로 만드는 모습을 목격했다. 살게라스는 충격적인 피해와 파멸의 현장을 목격하고 엄청난 무력감에 사로잡혔다. 임무를 수행하기 전까지만 해도 이 우주에 그런 사악함이 존재할 것이라고는 감히 상상하지 못했다.

그렇지만 사악한 악마들은 체계가 없었고 효율적이지 않았다. 살게라스는 손쉽게 적을 제압하며 승리에 승리를 거듭했다. 그는 전투를 계속하면서 일부 악마들이 공허의 에너지를 사용할 줄 알게 되었음을 깨달았다. 또한 그 어둠의 힘의 정체와 근원을 조사해 사악한 지성이 우주에 타락을 전파하고 있다는 사실을 확인했다.

그 지성의 정체는 악마에 비할 수 없이 강력한 존재인 공허의 군주였다. 살게라스는 공허의 군주가 존재한다는 것을 알고서 깊은 고민에 빠졌다. 그는 강력한 공허의 존재가 무엇을 계획하는지, 그들의 존재가 우주에 어떤 의미를 지니는지 생각하고 또 생각했다.

살게라스는 불편한 사실을 발견한 후에도 계속해서 악마와의 전쟁을 이어갔다. 판테온의 계획은 아무런 방해 없이 진행되었다. 그들은 초기 티탄을 찾았고 그 과정에서 새로운 행성에 질서를 부여했다. 종종 살게라스는 생명이 피어나는 행성을 지켜보았다. 그는 악마의 영향을 받지 않고 자라는 생명을 보면서 만족감을 느꼈다. 생명을 아꼈던 살게라스는 공허의 군주를 직접 상대해 그것이 무엇이든 창조물을 위협하는 사악한 계획을 무산시키기로 마음을 굳혔다.

시간이 흘렀고 악마들은 한층 더 날뛰며 더 많은 행성을 죽음과 파멸 속으로 몰아넣었다. 살게라스는 그중 많은 수가 이미 전에 싸웠던 악마라는 사실을 깨닫고 경악했다. 물리 우주에서 악마를 퇴치한다고 해도 그 영혼은 그저 뒤틀린 황천으로 돌아가기만 할 뿐이었다. 결국 악마들은 새로운 몸으로 다시 태어났다.

악마를 영원히 처치하려면 황천에서 죽이거나 끝없는 어둠에 있는 지역 중 황천의 불안정한 에너지가 가득한 곳에서 그들을 소멸시켜야 했다. 그러나 살게라스는 그 사실을 아직 알지 못했다. 그가 아는 것은 지금의 전략이 효과가 없다는 사실뿐이었다. 적을 처치하는 것으로는 부족했다. 적을 가둘 방법이 필요했다.

판테온은 사태의 진전과 계속되는 악마의 활동을 염려해 또 다른 티탄을 보내 살게라스를 돕게 했다. 그의 이름은 아그라마르였다. 비록 전투 경험은 부족했지만 아그라마르는 빠르게 적응했다. 그는 살게라스의 신망을 얻고 곧 신뢰받는 부관으로 자리매김했다. 수천 년 동안 그들은 어깨를 맞대고 불가침의 방벽이 되어 포악한 악마의 맹공에 맞서 싸웠다.

아그라마르가 독자적으로 전투를 수행할 수 있게 되자 살게라스는 시간을 갖고 뒤틀린 황천의 성질을 면밀하게 연구해 악마를 가둘 방법을 찾아냈다. 아직은 그 불안정한 영역을 완전히 이해하지는 못했지만 그 에너지의 일부를 조작하고 변형할 방법이 있었다. 살게라스는 이 지식을 이용해 황천 안에 감옥을 만들었다. 마르둠이라 알려진 그 추방의 차원은 누구도 탈출할 수 없도록 완전히 고립된 소차원의 감옥이었다. 쓰러진 악마들은 더는 되살아나지 못했고 그 감옥 속에서 영원히 갇히는 운명을 맞이해야 했다.

아그라마르와 살게라스는 계속 싸워 나갔다. 감옥은 붙잡힌 악마들과 그들의 파괴적인 지옥 마법으로 넘쳐났다. 곧 그 에너지는 너무도 방대해져서 황천과 물리 우주의 장막을 찢기 시작했다. 감옥은 끝없는 어둠의 먼 저편에서 별처럼 푸르게 빛났다.

살게라스와 아그라마르의 영웅적인 전투는 오래지 않아 우주에 평화를 가져왔다. 악마의 침략은 끝없는 어둠에서 지속적인 위협으로 남았지만 빈도 면에서는 현저히 감소했다. 티탄의 행성들은 번영했고 생명들이 온갖 복잡한 형태로 피어났다.

공허의 의지

판테온이 잠든 세계혼을 찾는 동안 살게라스와 아그라마르는 계속해서 부정한 악마들을 사냥했다. 두 용사는 긴급한 도움이 필요한 때가 아니면 서로 떨어져 싸우면서 더 많은 행성을 보호하자고 의견을 모았다. 그렇게 그들은 각자 길을 떠났다.

바로 그 시기에 살게라스는 공허의 군주가 생각하는 끔찍한 계획의 실체를 보게 되었다.

살게라스는 끝없는 어둠의 머나먼 구석으로 이끌려 갔다. 검고 메마른 행성에서 차가운 공허의 에너지가 뿜어져 나오고 있었다. 그리고 그곳에서 처음 보는 거대한 존재가 행성의 표면을 타락시키는 광경을 마주했다. 그 존재는 고대 신이었다. 고대 신은 행성에 스스로를 파묻은 채 공허의 장막을 드리우고 있었다.

살게라스는 커지는 공포를 느끼며 그곳이 그저 평범한 행성이 아니라는 사실을 깨달았다. 행성의 중심에서 세계혼이 꿈을 꾸는 소리가 들렸다. 그 꿈은 살게라스가 다른 세계혼에게서 느꼈던 것 같은 즐거운 꿈이 아니었다. 그것은 어둡고 끔찍한 악몽이었다. 고대 신의 촉수가 지하 깊은 곳까지 파고들어 잠든 티탄의 영혼을 어둠 속으로 휘감고 있었다.

한 무리의 나스레짐이 그 검은 행성을 발견하고 고대 신의 어두운 힘을 받기 위해 다가왔다. 살게라스는 사악한 기운을 감지하고 그들을 붙잡아 심문했다. 기세가 꺾인 악마들은 공허의 군주의 의도와 고대 신에 관해 아는 것들을 털어놓았다. 만약 공허의 힘이 발생 초기의 티탄을 타락시키는 데 성공한다면 그 티탄은 상상할 수 없는 어둠의 생명체로 깨어날 것이고, 창조의 어떤 힘도, 심지어 판테온조차도 그에 맞서지 못할 것이며, 그 뒤틀린 티탄은 점차 우주의 모든 물질과 에너지를 집어삼키고 공허의 군주의 의지에 따라 존재하는 것이라면 먼지 하나까지 제압할 것이라는 이야기였다.

패배를 모르는 티탄의 용사, 살게라스는 처음으로 공포를 느꼈다. 그는 판테온이 세계혼을 찾고 있었던 것과 마찬가지로 공허의 군주도 같은 일을 하고 있었다는 사실을 깨달았다. 살게라스는 공허의 에너지가 잠든 티탄을 그렇게도 완전하게 흡수할 수 있으리라고는 꿈에도 알지 못했다.

그러나 바로 그의 눈앞에 증거가 있었다.

분노와 괴로움이 살게라스의 영혼을 불태웠다. 그는 엄청난 분노를 느끼며 무기를 휘둘러 단 한 번에 나스레짐 무리를 흔적도 없이 지워버렸다. 그리고 검은 행성에 눈을 돌렸다. 그는 비통한 심정이 되었지만, 어둠에 물든 티탄이 태어나는 것을 막으려면 다른 방법이 없었다.

살게라스는 검을 들어 행성을 두 동강 냈다. 곧 폭발이 이어지며 고대 신과 그들의 에너지를 흡수했고 초기 티탄도 함께 소멸했다.

살게라스는 즉시 판테온의 다른 티탄들에게 돌아갔고 아그라마르를 불렀다. 이윽고 모두가 모이자 자신이 발견한 사실을 알렸다. 다른 판테온 구성원들도 새롭게 알게 된 사실에 충격을 받았다. 그러나 그보다 더욱 충격적이었던 것은 살게라스의 성급한 행동이었다. 그들은 불필요하게 자신의 동족을 죽였다며 그를 책망했다. 그리고 자신들에게 도움을 청했더라면 그 세계혼에게서 타락을 정화할 수 있었을 것이라고 주장했다.

살게라스는 자신의 행동이 불가피했다고 설득하려 했으나 곧 그것이 부질없는 시도라는 것을 깨달았다. 다른 티탄들은 자신이 본 것을 보지 못했다. 그들은 어째서 그렇게 극단적인 조치를 취해야 했는지 이해할 수 없었고, 그 사악하고 부패한 힘이 세계혼에 얼마나 깊이 미칠 수 있는지 가늠하지 못했다.

공허의 군주가 드리우는 위협에 대처할 방법을 두고 살게라스와 다른 티탄 사이에서 논쟁이 격화되었다. 살게라스는 무엇보다도 고대 신들이 오염시킨 세계혼이 하나가 아니라 여럿일 가능성에 대해 염려했다. 어쩌면 이미 돌이킬 수 없을지도 몰랐다.

살게라스는 점점 커지는 자신의 걱정에 대해 해명했다. 그는 고대 신을 접한 뒤 존재 자체가 이미 훼손되었다고 생각했다. 공허의 군주가 궁극적인 목적을 이루는 것을 저지할 방법은 모든 창조물을 불태우는 것뿐이었다. 그는 공허의 군주가 지배하는 우주보다는 차라리 생명이 없는 우주가 더 낫다고 생각했다. 생명은 그전에도 우주에 뿌리를 내렸다. 물리 우주에서 오염을 거두고 나면 생명은 다시 뿌리를 내릴 것이다.

살게라스의 말을 들은 다른 판테온 구성원들은 공포에 휩싸였다. 생명의 어머니 이오나는 살게라스에게 언제나 생명을 보호한다는 티탄의 맹세를 다시 일깨워 주었다. 전 생명을 멸종시킨다는 주장을 정당화하는 것만큼 끔찍한 일은 없었다. 아그라마르까지 공허의 군주를 퇴치할 다른 방법이 있을 것이라며 스승의 의견에 반대하고 나섰다. 그는 이런 끔찍한 계획을 포기하고 다른 해결 방법을 생각해 보자고 살게라스를 설득하려 했다.

살게라스는 절망감과 배신감에 압도당해 다른 티탄들을 등지고 뛰쳐나갔다. 그는 동족이 자신을 이해하지 못한다는 사실을 알고 있었다. 그리고 만약 그들이 공허의 군주가 일으키는 타락을 정화하는 데 협력하지 않는다면 혼자서라도 해내야 했다.

그것이 판테온의 티탄들이 살게라스를 자신의 동료로서 마주한 마지막 순간이었다.

타락한 세계혼을 파괴하는 살게라스

2장
태고의 아제로스

정령의 지배

오랜 시간 동안 판테온은 계속해서 우주를 조사하고 그 과정에서 수많은 행성에 질서를 수립하면서 초기 티탄을 찾았다. 하지만 그런 노력에도 더는 동족을 찾을 수 없었다. 간혹 판테온의 티탄들은 그러한 노력이 헛된 것이 아닌지 의심하기도 했으나 언제나 의지를 다지고 임무에 매진했다. 그들은 마음속으로 더 많은 세계혼이 존재한다는 사실을 알았고 그러한 희망은 결의를 부추겼다.

판테온은 알지 못했으나 그들의 직감은 정확했다. 끝없는 어둠의 외진 구석에서 놀랍고도 새로운 행성이 모습을 갖춰 가고 있었다. 그 행성의 깊은 곳에서 강력하고도 고귀한 티탄의 영혼이 생명을 품고 꿈틀거리기 시작했다.

훗날 아제로스라는 이름으로 알려진 행성이었다.

초기 티탄이 성장하는 동안 행성 표면에서는 원소 정령이 나타났다. 시간이 흐름에 따라 이 존재들은 더욱더 변덕스럽고 파괴적으로 변했다. 세계혼은 매우 빠르게 성장했고 다섯 번째 원소인 정기를 다량으로 흡수해 소모시켰다. 균형을 창조하는 이 태고의 힘이 부족해지자 아제로스의 원소 정령들은 혼돈에 빠져들었다.

불, 대지, 바람, 물의 네 가지 힘은 어린 행성인 아제로스를 지배했다. 그들은 끝없이 분쟁을 일으키며 환호했고 계속해서 아제로스의 표면에 끊임없이 변화를 일으켰다. 필멸의 영혼이 이해할 수 없을 정도로 강력했던 네 정령 군주는 수많은 하급 정령들을 부리며 군림했다.

정령 군주 중에서도 바람의 군주 알아키르는 가장 잔혹하고 교활했다. 그는 종종 약삭빠른 폭풍우 하수인을 보내 적을 염탐하고 불신의 씨앗을 흩뿌렸다. 그뿐만 아니라 속임수와 계략을 이용해 다른 정령들이 서로 대립하도록 함정에 빠뜨린 다음, 적들이 약해진 틈을 타 분노에 찬 부하들을 대규모로 내보냈다. 알아키르가 다가오면 바람은 울부짖었고 폭풍이 이는 하늘은 어두워졌다. 아제로스의 표면에 번개가 내리치는 가운데, 알아키르의 회오리 정령들이 하늘에서 비명을 지르며 나타나 적들을 무시무시한 소용돌이에 가두었다.

불의 군주 라그나로스는 알아키르의 비겁한 행동을 경멸했다. 성급하고 충동적인 라그나로스는 난폭한 힘으로 적을 제압했다. 라그나로스가 가는 곳마다 지표면에서 화산이 분출해 파괴와 불의 물길을 만들어 냈다. 라그나로스는 바다를 끓이고 산을 잿더미로 무너뜨리며 하늘을 재와 잿불로 뒤덮기만을 바랐다. 다른 정령 군주들은 라그나로스의 뻔뻔하고도 파괴적인 공격에 깊은 증오심을 불태웠다.

바위 어머니 테라제인은 가장 고고한 정령 군주였다. 항상 아이들을 보호하려 했던 테라제인은 적의 공격에 대비해 산맥을 세웠다. 바위 어머니는 난공불락의 요새를 지나온 적들이 약해진 다음에야 모습을 드러냈고, 대지에 거대한 틈을 벌려 정령의 군대 전체를 집어삼키곤 했다. 그 공격에서 살아난다고 해도 테라제인의 가장 강력한 하수인이 기다리고 있었다. 적들은 수정과 바위로 이루어져 살아 움직이는 산의 무자비한 주먹 아래에서 망각에 들어야 했다.

지혜로운 바다사냥꾼 넵튤론은 신중한 성격 덕분에 알아키르의 책략에 빠지지 않았고, 부하들을 시켜 테라제인의 성채에 의미 없는 공격을 감행하지도 않았다. 불과 바람과 대지의 군대가 아제로스의 표면에서 격돌하는 동안 바다사냥꾼 넵튤론과 그의 정령들은 경쟁자들과 따로 전투를 벌이며 눈부신 승리를 거뒀다. 넵튤론은 테라제인의 가장 높은 산보다도 더 거대한 파도를 일으켜 후퇴하는 적들을 집어삼켰다.

헤아릴 수 없는 시간 동안 세계를 파멸시킬 듯한 정령 군주들 간의 전투가 지속되었다. 아제로스의 지배자는 계속 바뀌었고 군주들은 자기의 모습대로 아제로스를 바꾸려 했다. 그러나 정령들에게 승리보다 중요한 것은 분쟁 그 자체였다. 그들에게 세계의 재앙은 숭고한 것이었다. 그들의 유일한 욕망은 끝없는 혼돈의 순환을 지속하는 것뿐이었다.

고대 신의 출현

정령 군주들이 태고의 소란을 즐기는 동안 끝없는 어둠에서 한 무리의 고대 신이 아제로스에 떨어졌다. 그들은 아제로스의 표면에 충돌했고 세계 곳곳에 흩어져서 자리를 잡았다. 거대한 고대 신들의 모습은 위압적이었다. 곰보투성이의 살점이 산을 이루었고 수백 개의 입이 이를 갈았으며 검은 눈에는 감정이 없었다. 곧 절망의 기운이 고대 신의 꿈틀거리는 어둠 앞의 모든 것을 집어삼켰다.

고대 신들은 치유할 수 없는 거대한 종양처럼 아제로스의 대지에 타락의 기운을 퍼뜨렸다. 고대 신 주위의 땅은 끓어오르고 말라 갔으며, 생명을 잃고 검게 변한 땅이 끝없이 이어졌다. 동시에 고대 신의 촉수는 아제로스의 표면을 뚫고 무방비 상태인 심장부를 향해 깊숙이 파고들었다.

고대 신의 황폐화된 몸에서 생체 물질이 흘러나와 두 가지 독특한 종족이 탄생했다. 첫 번째는 교활하고 지능적인 느라키, 즉 '얼굴 없는 자'라는 이름으로 알려진 종족이었다. 두 번째는 아퀴르였는데 무척이나 집요하고 강한 곤충 종족이었다. 두 종족은 고대 신의 의지가 물리적 형체를 갖춘 존재로 광적인 충성심을 보이며 주인을 섬겼다.

고대 신은 새로운 부하를 통해서 멀리까지 지배의 경계를 넓혀 갔다. 무자비한 감독관 느라키는 아퀴르 노동자가 주인의 거대한 몸 주위에 높다란 요새와 사원을 건설하는 작업을 관리했다. 요새 중에서도 으뜸은 가장 강력하고 사악한 고대 신 이샤라즈 주위에 건설된 것이었다. 이 급성장한 문명은 아제로스의 가장 거대한 대륙의 복판에 위치해 있었다. 이샤라즈의 영역은 다른 고대 신의 영토와 함께 아제로스에 금세 퍼져 나갔고 검은 제국이라는 이름으로 알려졌다.

검은 제국의 출현은 정령들의 눈을 피해가지 못했다. 정령 군주들은 자신의 권위에 도전한 고대 신들을 보고는 아제로스에서 그 존재를 제거하기 위해 움직였다. 아제로스 역사에서 처음으로 자연의 정령들이 공동의 적을 상대하기 위해 협력을 도모했다.

알아키르의 폭풍우는 라그나로스의 불덩이 하수인과 합쳐져 무시무시한 불꽃의 회오리가 되었다.

불타는 폭풍우가 분노하며 세계를 누볐고 검은 제국의 요새를 잿가루로 만들었다. 다른 곳에서는 테라제인이 날카로운 바위벽을 세워 적들을 가두었으며 고대 신의 사원들을 무너뜨렸다. 그런 다음 넵튤론과 파도가 들이닥쳤고 느라키와 아퀴르를 단단한 바위와 바다의 분노로 짓이겨 버렸다.

그러나 정령들은 그러한 모든 노력에도 검은 제국을 무너뜨리지 못했다. 아무리 많은 느라키와 아퀴르를 쓰러뜨려도 부패한 고대 신의 몸에서는 벌집에서 애벌레가 나오듯 더 많은 부하가 생겨났다. 느라키와 아퀴르는 저지할 수 없는 역병처럼 땅을 집어삼키며 정령들의 형체를 조각냈다.

결국 고대 신은 정령과 정령 군주를 자신의 부하로 만들었다. 느라키와 아퀴르를 막아섰던 토착 정령의 방해가 사라지자 검은 제국은 생기를 잃은 세계의 상당 부분까지 경계를 확장했다. 영원히 이어질 듯한 황혼이 아제로스를 덮쳤고 아제로스 세계는 고통과 죽음의 심연 속으로 빠져들었다.

아제로스의 발견

한편 끝없는 어둠의 깊은 곳에서는 아그라마르가 모든 악마의 흔적과 영향을 지우는 임무를 계속 수행하고 있었다. 그는 악마가 출몰한 행성들을 차례로 옮겨 다니며 전투를 치렀다. 혼자서 막중한 임무를 모두 떠맡았지만 그의 결의는 흔들리지 않았다. 아그라마르는 언젠가 살게라스가 돌아와 판테온의 대의가 옳았다는 것을 이해하리라고 진심으로 믿었다.

아그라마르는 길고 외로운 여행 도중 놀라운 신호를 감지했다. 잠든 세계혼의 평온한 꿈이 우주 너머에까지 전해지고 있었다. 아그라마르는 그 생명의 노래를 따라가다 판테온이 아직 발견하지 못한 행성에 다다랐다. 훗날 판테온이 '아제로스'라는 이름으로 부를 행성이었다.

행성의 심장부에는 아그라마르의 동족 하나가 자리하고 있었다. 이제까지 만난 어느 세계혼보다도 강한 힘이 전해졌다. 그 세계혼은 너무도 강력해 활동의 흔적이 행성의 표면까지 전해졌고 아그라마르는 소리만으로도 그의 꿈을 감지할 정도였다.

그러나 가까이에 다가가서 아제로스를 살펴본 순간 그는 공포에 사로잡혔다. 아제로스의 표면이 병든 피부처럼 공허의 에너지에 물들어 있었다. 황폐한 땅에는 고대 신과 검은 제국이 솟아나 있었다. 초기 티탄의 영혼이 아직 타락하지 않은 것은 기적이었다. 그러나 아그라마르는 그 영혼이 공허에 굴복하는 것은 시간 문제일 뿐임을 알고 있었다.

아그라마르는 판테온에 그 사실을 알리고 의견을 구했다. 그것은 공허의 군주와 그들의 계획에 관한 살게라스의 이야기가 옳았다는 분명한 증거였다. 아그라마르는 티탄들에게 아제로스를 영원히 잃어버리기 전에 행동에 나서야 한다고 주장했다.

이오나가 곧 아그라마르의 주장을 옹호하고 나섰다. 이오나는 다른 판테온 구성원들에게 아제로스의 잠재력을 생각해야 한다고 말했다. 잘만 성장한다면 그 티탄은 살게라스의 막대한 힘을 능가할 수도 있다고 주장했다. 실제로 티탄의 가장 위대한 전사로 성장한다면 공허의 군주를 영원히 제거하는 일도 가능할지 몰랐다. 그러나 무엇보다도 아제로스는 그들 중 하나였다. 가장 연약하고 잃어버릴 위험에 놓인 동족이었다. 판테온은 자신의 형제자매를 공허의 군주의 손에 넘겨줄 수 없었다.

이오나의 발언은 판테온 티탄들의 마음을 움직였다. 모두가 어떤 희생을 감수하더라도 아제로스를 구하는 것에 동의했다.

아그라마르는 판테온 전체가 아제로스로 넘어가서 그곳을 장악한 검은 제국을 정화한다는 대담한 공격 계획을 세웠다. 그러나 직접적인 행동을 취하지는 않기로 했다. 그럴 경우, 거대한 몸을 가진 티탄이 아제로스의 세계혼에게 치명적인 부상을 주거나 심지어 죽일 수 있었기 때문이다. 아그라마르는 대신 판테온의 손발과 같은 강력한 피조물을 만들어 검은 제국을 상대로 자신들의 뜻을 수행하게 하자고 제안했다.

판테온은 위대한 연마자 카즈고로스의 지도에 따라 아제로스의 대지에서 거대한 하수인 부대, 에시르와 바니르를 만들어 냈다. 에시르는 강철에서 빚어진 존재로 폭풍의 힘을 다스렸다. 바위에서 만들어진 바니르는 대지를 지배했다. 이 강력한 생명체들은 후일 티탄이 벼려낸 피조물이라는 통칭으로 알려졌다.

판테온의 구성원들은 몇몇 하수인을 자신과 비슷한 모습으로 만들고 나머지 피조물을 이끌 능력을 부여했다. 권능을 부여받은 이 존재들은 수호자라 불렸다. 그들은 시간이 지나면서 자신만의 개성을 갖게 되었고, 창조자의 표시와 능력을 영원히 지니게 되었다.

아만툴은 대수호자 라와 수호자 오딘에게 그의 막대한 능력의 일부를 선물했다. 카즈고로스는 수호자 아카에다스에게 대지의 지배력과 연마 능력을 선사했다. 골가네스는 수호자 토림과 호디르에게 폭풍과 하늘의 권력을 허락했다. 이오나는 프레이야에게 아제로스의 동식물을 다스리는 능력을 주었다. 노르간논은 수호자 로켄과 미미론에게 자신의 지성과 마법 능력의 일부를 전해 주었다. 마지막으로 아그라마르는 티탄이 벼려낸 피조물 중 가장 위대한 전사인 수호자 티르에게 힘과 용기를 부여했다.

판테온은 아제로스의 땅에서 새롭게 창조한 군대로 전쟁에 나섰다. 검은 제국을 무너뜨리고 아제로스에서 그 사악한 영향력을 걷어낼 때가 다가오고 있었다.

티탄이 벼려낸 피조물의 분노

수호자들이 이끄는 티탄이 벼려낸 피조물들이 분노를 폭발시키며 검은 제국의 최북단 요새를 강타했다. 강력하고 기운 넘치는 판테온의 병력은 파죽지세로 전진했다. 그들은 적에게 신의 분노를 터뜨리며 느라키와 아퀴르의 군단을 불태우고 그들의 사원을 무너뜨렸다.

티탄이 벼려낸 피조물의 군대가 공격해 들어갔을 때 고대 신들은 완전히 허를 찔렸다. 그들은 돌과 강철의 피부를 지닌 침입자들을 보고서 몹시 동요했으나 단호하게 아제로스의 지배력을 사수하려 들었다. 고대 신들은 자신들의 지배력을 공고히 하기 위해 가장 강력한 부하인 정령 군주를 불러냈다.

분노한 정령 군주와 부하들은 사방에서 티탄이 벼려낸 피조물을 공격했다. 수호자들은 정령의 통합 병력과 전투를 치르기보다는 적들을 따로 공격하기로 결정했다. 그리고 각각의 정령 군주를 상대로 전쟁을 수행할 수 있도록 병력을 여러 부대로 나누었다.

티르와 오딘은 자진해서 가장 파괴적인 정령인 불의 군주 라그나로스를 상대하기로 했다. 그들의 전투는 몇 주 동안 이어졌고 대지는 불과 용암에 휩싸였다. 그러나 수호자들은 강력한 강철의 몸 덕분에 라그나로스의 화염 공격으로부터 안전했다. 티르와 오딘은 온전한 힘과 의지를 발휘해 라그나로스를 동부의 화산 소굴로 몰아넣었다. 두 수호자는 산성 바닷물이 끓어오르고 잿불이 하늘을 뒤덮은 땅에서 불의 군주를 물리쳤다.

그동안 아카에다스와 프레이야는 바위 어머니 테라제인을 공격했다. 테라제인은 자신과 부하들을 보호하기 위해 스스로 집이라 부르는 높다란 바위 첨탑으로 후퇴했다. 아카에다스는 대지의 지배력을 발휘해 그 요새의 기반을 약화시키고 그곳을 지키는 바위투성이 거인을 산산조각 냈다. 프레이야는 땅에서 거대한 뿌리를 일으켜 성채를 휘감았다. 뿌리는 바위와 수정을 파고들어 갔고 성채의 벽을 찌그러뜨려 테라제인의 머리에 떨어뜨렸다.

라와 토림과 호디르는 바람의 군주 알아키르와 싸웠다. 수호자들은 하늘과 폭풍의 지배력을 사용해 알아키르를 아제로스의 가장 높은 봉우리에 있는 그의 은신처로 돌려보냈다. 알아키르가 적과 맞서면서 번개가 내리쳤고 하늘에 불이 붙었다. 결국 세 수호자는 알아키르의 힘을 역으로 이용해 높디높은 정령 군주의 영토에서 그를 물리쳤다.

바다사냥꾼 넵튤론과 그의 부하들은 전투 중인 다른 정령 군주를 지원하기 위해 움직였으나 로켄과 미미론에게 제지당했다. 로켄과 미미론은 기지를 발휘해 매 전투마다 허를 찌르는 방식으로 넵튤론의 군대를 괴롭혔다. 결국 로켄이 비전 마력을 사용해 물의 정령을 얼린 다음 산산조각 냈고, 미미론은 마법의 결속 장치를 만들어 넵튤론을 가두어 버렸다.

수호자들은 정령 군주를 제압하기는 했지만 그들을 완전히 제거할 수는 없다는 사실을 알고 있었다. 정령의 영혼은 아제로스에 묶여 있었고 만약 죽인다고 해도 시간이 지나면 다시 육체를 지닌 모습으로 나타날 것이었기 때문이다.

라는 곧 해결 방법을 찾았다. 그는 위대한 살게라스가 악마에게 했던 것처럼 정령을 가두기로 하고 준비를 시작했다. 라는 먼저 뛰어난 여마술사이자 티탄이 벼려낸 피조물인 헬리아에게 도움을 청했다. 그들은 힘을 합해 소차원 내에 정령 세계로 알려진 네 개의 연결된 영역을 만들었다. 그런 다음 라와 헬리아는 정령 군주와 부하 대부분을 이 마법의 감옥으로 추방했다.

라그나로스와 불의 정령들은 정령 세계에서 불의 땅이라고 알려진 이글거리는 구석으로 추방되었다. 테라제인과 대지 정령은 심원의 영지에 있는 수정 동굴 속에 갇혔다. 알아키르와 바람의 정령은 하늘담의 구름 낀 첨탑에 감금되었다. 마지막으로 넵튤론과 물의 정령은 깊이를 헤아릴 수 없는 심연의 구렁 속으로 빨려 들어갔다. 아제로스의 표면에는 소수의 정령만이 남았고 정령 군주가 사라지자 전쟁을 중단하고 뿔뿔이 흩어졌다.

수호자들은 정령들을 가두고 검은 제국의 아퀴르 군단에 눈을 돌렸다. 곤충류인 아퀴르의 상당수는 황폐화된 아제로스의 지하에 구축한, 거대한 땅굴에 살고 있었다. 아카에다스는 흙과 바위를 움직여 아퀴르의 동굴을 무너뜨렸고 적들은 지상으로 내몰렸다. 둥지에서 나온 아퀴르는 곧바로 자기들을 포위한 티탄이 벼려낸 피조물들을 상대해야 했다.

티탄이 벼려낸 피조물과 아퀴르 사이의 전투는 의외로 격렬하게 진행되었다. 시간이 지나고 수호자들은 대부분의 아퀴르 종족을 쓰러뜨렸다. 지하 깊은 곳까지 굴을 판 소수의 아퀴르는 수호자의 분노를 피해 갔다. 그러나 세력이 너무도 약해져 반격조차 불가능했다.

티탄이 벼려낸 피조물과 정령 군주의 전투

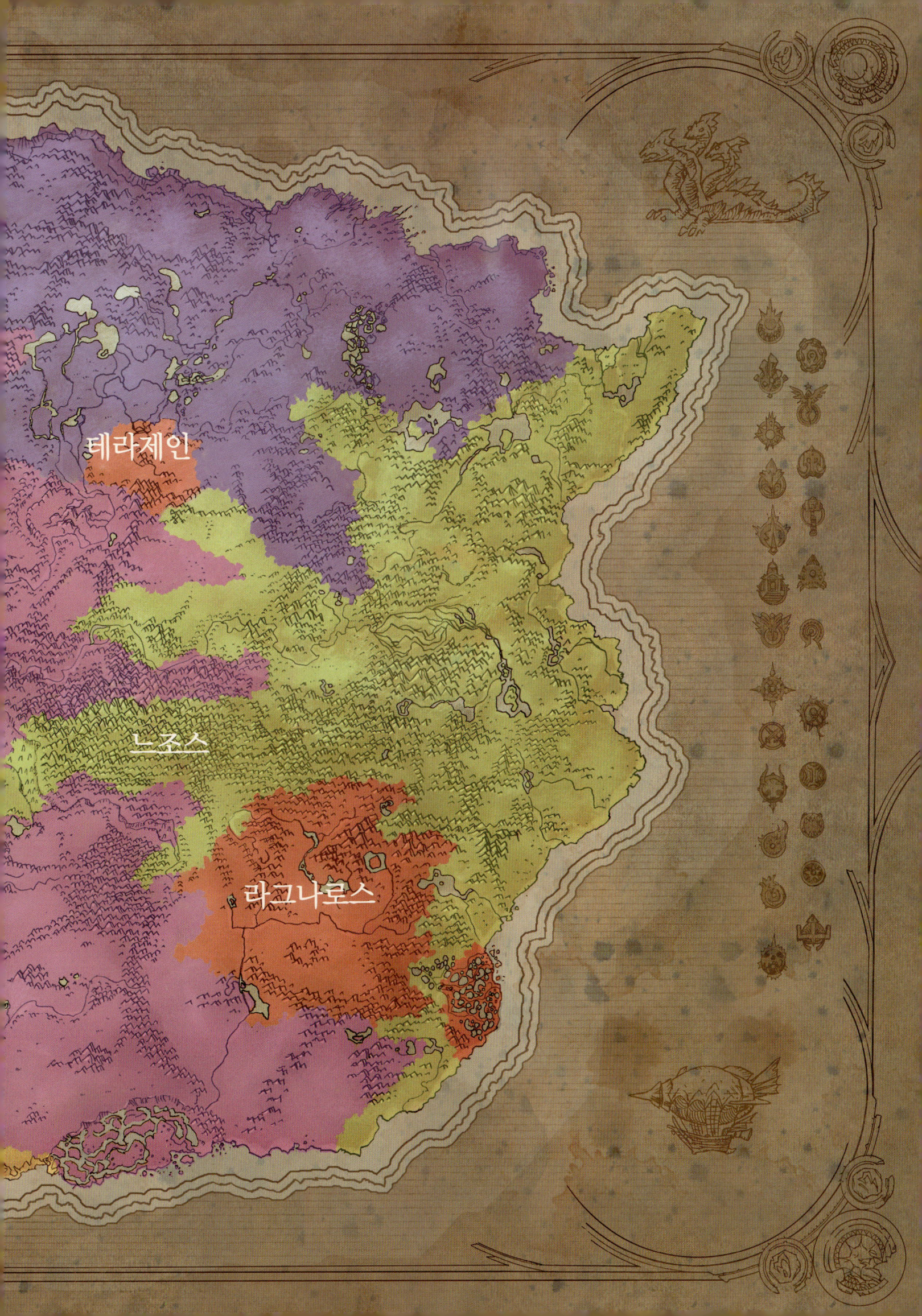

검은 제국의 몰락

수호자들은 아퀴르와 정령과 싸워 얻은 승리에 고무되었지만 아직 가장 중요한 전투가 남았다는 것을 알고 있었다. 그들은 한마음으로 정의로운 시선을 검은 제국의 심장부로 돌렸다. 그곳은 고대 신 이샤라즈를 중심으로 거대하게 조성된 사원이었다. 아제로스에서 가장 강력한 느라키 요새를 무너뜨린 수호자들은 한 차례 신속한 공격으로 적을 꺾을 수 있다고 생각했다.

수호자들의 군대는 느라키 무리를 차례로 쓰러뜨리면서 거대한 산과 같은 이샤라즈의 형체를 찾아 전진해 나갔다. 티탄이 벼려낸 피조물과 느라키의 망가지고 손상된 몸뚱이가 곳곳에 나뒹굴었고 수호자들은 사원을 돌파해 고대 신을 공격하기 시작했다.

이샤라즈는 그들의 예상보다 훨씬 강력했다. 이샤라즈는 티탄이 벼려낸 피조물의 마음을 타락시켜 공포를 불러내고 어두운 생각을 드리웠다.

판테온은 부하들이 고대 신에게 제압당할 것을 우려해 아제로스를 해칠 위험을 감수하고 직접적인 행동을 취하기로 결정했다. 아만툴이 몸소 아제로스의 폭풍이 이는 하늘을 찢고 내려와 이샤라즈의 꿈틀대는 몸을 붙잡았다. 아만툴은 거대한 팔을 들어 아제로스의 표면에서 고대 신을 뜯어냈다. 그 순간 이샤라즈의 거대한 몸통이 산산조각 났다. 고대 신이 죽어가면서 몸을 뒤틀자 산이 무너져 내렸고 수백에 달하는 티탄이 벼려낸 피조물들이 그 자리에서 흔적도 없이 사라졌다.

이샤라즈는 죽음을 맞았다. 그러나 이샤라즈의 촉수는 아만툴의 예상보다 훨씬 더 깊은 곳까지 미치고 있었다. 아만툴은 이샤라즈를 떼어 내는 과정에서 의도치 않게 아제로스 표면에 영원한 상처를 남기고 말았다. 초기 티탄의 생혈인 불안정한 비전 에너지가 상처에서 솟구쳐 나와 사방에 흘렀다.

판테온은 급변한 상황에 경악했고 그런 방식으로 고대 신을 죽이는 것은 너무 위험하다는 사실을 깨달았다. 사악한 생명체들은 아제로스에 너무도 깊이 파고들어서 그들을 모두 뜯어낸다면 아제로스마저 파괴될 수 있었다.

판테온은 사악한 고대 신의 존재를 그 자리에서 영원히 봉인하는 것만이 유일한 대책이라고 생각했다. 어려운 일이지만 수호자의 도움을 받는다면 가능했다. 판테온의 명령에 따라, 티탄이 벼려낸 피조물들은 검은 제국의 마지막 흔적을 영원히 제거할 계획을 세웠다. 그들은 각각의 고대 신과 직접 전투를 벌일 생각이었다. 고대 신이 전투를 치르고 약해지면 아카에다스가 지하에 방을 만들어 고대 신을 집어넣고 다음으로 미미론이 거대 기계장치를 만들어 그 자리에 가둔 후, 로켄이 감옥마다 강력한 마법을 부여해 사악한 힘을 중화하는 것이 주된 계획이었다.

티탄이 벼려낸 피조물들은 계획을 수립한 다음 전쟁터에 나섰다. 그들은 대규모 전투를 벌이며 대지를 가로질러 남동쪽 느조스의 성채까지 나아갔다. 수호자들은 고대 신 느조스를 제압한 다음 강력한 힘을 사용해서 지하 감옥에 봉인했다.

다음으로 티탄이 벼려낸 피조물들은 세 번째 고대 신 크툰 주위로 생겨난 남서쪽 사원을 향해 진군했다. 수호자의 군대는 느라키의 무리를 정화한 다음 고대 신 크툰을 습격해 진압했다. 수호자들은 느조스에게 썼던 방법으로 크툰을 지하에 가두고 직접 고안한 감옥을 만들어 봉인했다.

남은 고대 신은 하나, 사악하고 교활한 요그사론뿐이었다. 요그사론은 쉽게 쓰러지지 않았다. 티탄이 벼려낸 피조물이 북쪽 요새를 무너뜨리며 접근해 오자 요그사론은 가장 강력한 심복인 크트락시를 내보냈다.

크트락시는 가공할 전쟁광으로 다른 느라키보다 더 거대하고 끈질겼다. 게다가 엄청난 힘과 교활한 지능을 가졌고, 어두운 힘과 저주로 티탄이 벼려낸 피조물조차 광기에 사로잡힐 정도였다.

거대하고 촉수 같은 얼굴을 지닌 크트락시가 검은 제국의 잔여 병력을 채찍질하며 광기에 몰아넣었다. 적들이 사방에서 덮쳤고 티탄이 벼려낸 피조물들은 병력 일부를 잃었다. 수호자의 군대가 요그사론이 있는 곳에 도착했을 때 그들의 세력은 크게 감소한 상태였다. 그들은 고대 신 요그사론을 물리치기에는 병력이 부족하다는 사실을 깨달았다. 수호자들이 요그사론에게 완전히 궤멸되지 않은 것은 오딘의 영웅적인 활약 덕분이었다.

오딘은 전쟁에 지치고 상처투성이인 몸으로 마지막 힘까지 끌어모아 티탄이 벼려낸 피조물의 반격을 이끌었다. 그는 로켄에게 명령해 환영 주문을 짜게 했다. 크트락시는 환영을 보고서 동료와 요그사론을 적이라고 착각했다. 검은 제국의 군대가 서로에게서 등을 돌리자 오딘은 혼란에 빠진 적들을 베어 넘겼다. 티탄이 벼려낸 다른 피조물도 오딘을 따라 싸웠고 힘을 합쳐 요그사론을 진압했다. 수호자들은 크툰과 느조스를 가두었던 것과 마찬가지로 요그사론을 지하에 가두고 일체식 마법의 감옥에 봉인했다.

영원의 샘과 세계의 용광로

아제로스 역사상 처음으로 세계에 일시적인 평화가 찾아왔다. 티탄이 벼려낸 피조물은 혼돈에 휩싸인 정령 군주를 존재의 다른 차원으로 추방했다. 또한 검은 제국을 정화하고 고대 신의 끔찍한 힘을 잠재웠다. 그들은 악조건 속에서도 아제로스를 안전하게 지켜 냈다.

그러나 해야 할 일은 아직도 많이 남아 있었다. 수호자들은 무엇보다 아만툴이 아제로스의 표면에서 이샤라즈를 뜯어낼 때 생긴 끔찍한 상처를 걱정스러워했다. 그 거대한 틈에서 불안정한 비전 에너지가 끊임없이 흘러나와 아제로스 전역으로 퍼져 갔다. 수호자들은 만약 방치한다면 그 에너지가 점차 아제로스를 집어삼킬 것을 알고 있었다.

수호자들은 밤낮으로 매달려 벌어진 틈으로 분출하는 생혈을 막을 마법의 수호물을 만들었다. 결국 맹렬히 솟구치던 에너지는 잦아들었고 균형을 찾았다. 상처가 있던 자리에는 생기 넘치는 에너지로 이루어진 호수만이 남았고 수호자들은 그것을 '영원의 샘'이라고 불렀다. 이후 그 신비로운 샘의 힘은 고통받는 세계에 스며들어 생명이 온 세계에 뿌리를 내리고 번창하도록 도왔다.

상처를 치유한 수호자들은 아제로스의 초기 세계혼에게 기운을 불어넣고 생명을 안정시킬 방법을 찾았다. 이를 위해 아카에다스와 미미론은 서로 힘을 합쳐 의지의 용광로와 시초의 용광로를 만들었다. 이 두 가지 놀라운 장치는 동시에 작동해 아제로스의 잠든 세계혼에게 우주의 에너지를 불어넣었다. 의지의 용광로는 아제로스의 북단에서 세계혼의 자라나는 의식을 형성하고, 시초의 용광로는 아제로스의 남단에서 깊은 지하의 반복 활동을 조절하여 세계혼의 신체를 강화하도록 설계되었다.

두 장치의 건설이 마무리되자 수호자들은 작업에 착수했다. 오딘은 훗날 폭풍우 봉우리라고 알려진 북부의 광대한 산악 지대에 의지의 용광로를 설치하는 작업을 감독했다. 판테온은 고대 신과의 전쟁에서 오딘이 보인 활약을 인정해 그를 제1관리자로 임명했다. 오딘은 요그사론의 감옥을 감시하고 의지의 용광로를 관리하는 일을 맡았다. 오딘을 비롯한 수호자들은 곧바로 아제로스에서 티탄이 벼려낸 피조물의 주요 요새로 쓰일 거대한 성채, 울두아르를 건설하기 시작했다. 울두아르에는 요그사론의 감옥은 물론 의지의 용광로와 수호자들이 고안한 여러 기계장치가 함께 들어갔다.

의지의 용광로는 또 다른 역할을 수행했다. 그 장치는 아제로스에서 생명의 정수를 끌어모아 바위와 강철로 만들어진 생명체들, 즉 거인은 물론 티탄이 벼려낸 다른 유형의 피조물에게 형상과 지각을 제공했다. 이 새로운 세대의 피조물들은 수호자들을 도와 아제로스에 질서를 부여하는 임무를 맡았다.

의지의 용광로가 새로운 피조물을 만들어 내는 가운데 대수호자 라는 원정대를 이끌고 시초의 용광로를 설치하기 위해 남쪽으로 향했다. 의지의 용광로에서 최근 생산된 수많은 생명체가 라와 함께 했는데, 바위 피부를 지닌 아누비사스 거인, 맹수를 닮은 톨비르, 불굴의 모구가 바로 그들이었다.

라는 이동하는 도중 아제로스의 남부 지역에 흩뿌려진 이샤라즈의 시신 일부를 발견했다. 아만툴이 고대 신 이샤라즈를 아제로스에서 뜯어냈을 때 이샤라즈의 찢긴 육체의 일부가 땅에 떨어져 사악한 기운을 주입하고 있었다. 온전한 조각 중에서도 가장 커다란 부위는 이샤라즈의 차가운 심장이었다. 그 병든 살점의 덩어리는 공허의 에너지로 끓어오르고 있었다.

라는 이샤라즈의 심장을 없애지 않고 지하에 금고를 만들어 가둔 다음 사악한 기운을 무력화했다. 라와 수호자들은 이샤라즈의 심장을 연구한다면 고대 신의 본질과 다른 공허의 피조물을 더 깊이 이해할 수 있으리라 생각했다. 라는 모구 부하들에게 이샤라즈 금고를 감시하는 임무를 맡겼고 그 주위 땅까지 감시하고 관리하게 했다.

라는 서쪽으로 원정을 이어갔다. 그리고 그곳에서 부하들과 함께 시초의 용광로를 설치했다. 라의 발밑에서 대지가 요동치는 가운데 거대한 기계장치가 작동하기 시작했다. 라는 곧 쌍둥이 용광로가 상승 작용을 일으키며 아제로스의 심장에 치유의 에너지를 보내는 것을 감지할 수 있었다. 라와 부하들은 시초의 용광로를 보호할 거대 요새를 건설했다. 그곳은 울둠이라 불렸고 수호자들의 최남단 작전 기지가 되었다.

의지의 용광로와 마찬가지로 시초의 용광로도 두 가지 역할을 수행했다. 그 거대한 기계장치는 아제로스의 동식물이 오염되는 상황이 발생할 경우, 새로운 생명의 발원을 위해 내부에 저장된 에너지를 방출해 모든 생명을 흔적도 없이 멸종시키게 되어 있었다.

대수호자 라는 일군의 톨비르와 아누비사스 부하들에게 영원히 울둠을 보호하라는 명령을 내렸다. 라와 나머지 부하들은 후일 실리더스라고 알려진 북서쪽 땅으로 이동했다. 이 건조하고 척박한 지역의 지하에는 고대 신 크툰이 감금되어 있었다. 라와 그의 부하들은 감옥을 확장하기 시작했고 마침내 강력한 요새 안퀴라즈를 건설했다. 대수호자 라는 작업을 마친 후 남아 있는 티탄이 벼려낸 피조물들에게 요새의 수호를 맡겼다.

라는 일을 완수한 뒤 아제로스 남부 지역을 떠돌며 부하들이 신성한 임무를 잘 수행하는지 오랫동안 멀리서 지켜보았다.

아제로스의 질서 수립

수호자들은 쌍둥이 용광로를 설치한 다음 아제로스의 표면을 재형성하는 일에 착수했다. 이를 위해 의지의 용광로에서 만들어진 새로운 세대의 하수인들에게 작업을 맡겼다.

티탄이 벼려낸 충성스럽고 강력한 피조물들은 각자 역할을 수행하며 질서를 세우고 세계를 보호했다. 따뜻한 마음씨를 지닌 바위투성이 토석인에게는 산을 만들거나 땅을 깎는 등 지형을 만들어 내는 특기가 있었다. 미미론이 설계한 태엽장치 기계노움은 수호자의 놀라운 기계장치의 제작을 돕거나 보수를 담당했다. 바위 피부를 지닌 모구는 땅을 파서 수많은 강과 물길을 냈다. 수호자의 여러 요새를 안전하게 지키는 임무는 두 종류의 다른 피조물에게 돌아갔다. 강철 피부를 가진 브리쿨과 정교하게 조각된 톨비르였다. 수호자들은 또한 강력한 바위 거인과 바다 거인을 징집해 아제로스의 환경을 빚었다. 거인들은 아제로스의 숨결을 더듬으며 높다란 산맥을 만들고 깊이를 가늠할 수 없는 심해의 바닥을 훑었다.

티탄이 벼려낸 피조물이 세계의 형상을 빚는 가운데 수호자 프레이야는 아제로스에 유기 생명체를 채우기 시작했다. 이를 위해 프레이야는 영혼과 자연 마법의 세계이자 끊임없이 변화하는 방대한 차원인 에메랄드의 꿈을 만들었다. 이 에테르계는 아제로스의 복제 형상으로 작용하면서 동식물의 진화 경로를 조정하는 데 도움을 주었다. 수많은 영혼과 초자연적인 존재가 에메랄드의 꿈을 채웠고 자신들의 집이나 다름없는 그 비현실적인 공간에서 즐거이 뛰놀았다. 이 신비로운 꿈은 현실에 관한 필멸자의 인식을 부정했다. 시간이나 거리와 같은 개념은 이 보이지 않는 세계에서 아무런 영향을 주지 못했다. 물리 세계에서의 하루가 에메랄드의 꿈에서는 수십 년처럼 느껴질 수 있었다.

프레이야는 그런 다음 세계를 떠돌면서 영원의 샘에서 나온 에너지가 합쳐지는 지역을 찾았다. 그런 지역은 새로운 동식물을 키우기에 최적의 조건을 갖추고 있었다. 프레이야는 이 마력의 장소에 거대한 자연의 군락을 조성했다. 그녀는 놀랄 만큼 다양한 생명을 빚었고 세계 곳곳에 그 씨앗을 뿌렸다. 프레이야가 찾았던 장소는 아제로스의 두 극지대에 위치한 곳들이었다. 그 지역 중에는 후일 운고로 분화구, 숄라자르 분지, 영원꽃 골짜기로 알려진 지역이 포함되어 있었다.

이런 군락에서 출현한 생명체 중 가장 위대한 존재는 야생 신이라 알려진 거대한 동물들이었다. 프레이야는 이 위풍당당한 존재들을 자식처럼 아끼고 보살폈다. 그녀는 종종 야생 신들을 데리고 물리 세계를 거닐곤 했는데 그들의 발자국에서는 무성한 숲과 초원이 자라나곤 했다. 프레이야와 야생

꿈의 세계

어떤 이들은 프레이야가 무에서 에메랄드의 꿈을 창조했다고 믿는다. 또 어떤 이들은 이 기이한 장소가 어떤 형태로든 항상 존재했으며 아제로스의 잠자는 세계혼에게서 생겨난 꿈이라고 주장한다. 누군가는 프레이야가 아제로스의 초기 티탄과 교감할 목적으로 이 영역에 다가와 후일 에메랄드의 꿈이라고 알려진 세계를 만들었다고 말한다.

야생 신

가장 위대한 야생 신 중에는 다음의 신들이 있다.

말로른―명예로운 흰 순록

아에시나―어머니 위습

아감마간―서슬멧돼지

아비아나―새들의 주인

우르속과 우르솔―거대 곰 군주

토르톨라―현자

골드린―거대한 늑대

츠지―주학

니우짜오―흑우

쉬엔―백호

위론―옥룡

신들이 특히 자주 들렀던 곳이 있었으니 바로 하이잘 산 정상의 무성한 숲이었다.

프레이야는 하이잘의 언덕에서 야생 신들의 사랑스러운 영혼을 에메랄드의 꿈에 결속시켰다. 야생 신들은 그 에테르 영역에 굳게 연결되어 아제로스의 생명력과 활력을 상징하게 되었다. 그 후로 하이잘은 영원히 야생 신들에게 성스러운 은신처로 남았다.

프레이야의 창조물은 세계를 탐험하면서 낯선 생명체들을 수없이 발견했다. 그들은 아제로스의 옛 정령 세계에서 스스로의 의지로 등장한 생명체들이었다. 수호자들이 정령 세계를 봉인했을 때 뒤처진 일부는 추방을 면할 수 있었다. 시간이 지나면서 그들 영혼의 분노는 수그러졌고 피와 살을 지닌 생명체가 되었다. 한때 정령이었던 존재로부터 원시용과 같은 일부 야생 동물이 생겨났다.

수호자와 하수인들의 노력으로 아제로스의 주 대륙은 점차 안정된 상태에 접어들었다. 대륙 곳곳에 각양각색의 동식물이 가득했다. 어느 황혼이 지던 저녁, 티탄이 벼려낸 피조물들은 스스로 빚은 세계를 조사하고 그 초기 대륙을 '영원한 별빛의 땅', 즉 칼림도어라고 이름 지었다.

창조의 기둥

판테온은 세계의 질서를 세우는 것을 돕기 위해 수호자들에게 창조의 기둥이라고 알려진 경이로운 유물들을 주었다. 수호자들이 위대한 작업을 마치고서 오랜 시간이 지난 뒤 그 유물들은 사라졌고 아제로스의 땅 곳곳에 흩어졌다.

아제로스의 땅과 바다를 빚는 거인

아제로스를 떠나는 판테온

수호자들의 노력에 만족한 판테온은 잠든 세계혼이 안전한 환경에 있음을 확인하고서 다시 끝없는 어둠으로 돌아갈 준비를 했다. 아제로스는 우주에 다른 초기 티탄이 존재할 수 있다는 증거였기에 그들은 조사를 재개하고 싶은 열정이 가득했다.

수호자들은 창조자들이 곧 떠난다는 사실에 슬퍼했으나 아제로스를 지키는 명예로운 임무를 받았다는 사실에 한껏 자부심을 느꼈다. 로켄과 미미론은 판테온과의 작별을 기념해 마력이 깃든 한 벌의 유물을 만들었다. 그 유물은 노르간논의 원반이라 불렸으며 아제로스의 역사를 기록했다. 이로써 판테온이 돌아온다면 그간 일어난 일들에 관한 기록을 볼 수 있게 되었다. 아만툴은 별무리인 관찰자 알갈론에게 아제로스 천체 수호자의 임무를 맡겼다. 티탄들은 세계혼이 타락할 가능성을 무시할 수 없었다. 만약 그런 일이 일어난다면, 알갈론은 시초의 용광로를 작동시켜 아제로스에 존재하는 모든 생명을 정화시킬 것이다.

판테온은 그것을 마지막으로 티탄이 벼려낸 피조물에게 작별을 고하고 우주로 사라졌다. 티탄은 아제로스를 치료하고 세계혼이 잘 자랄 수 있도록 가능한 모든 일을 끝냈다. 이제 남은 것은 세계혼이 언젠가 깨어나기를 바라며 기다리는 일뿐이었다.

갈라크론드

판테온이 아제로스를 떠나고 오랜 시간이 흘러 무수히 많은 생명들이 아제로스의 표면에서 번성했다. 가장 야만적이고 교활한 생명체는 칼림도어의 얼어붙은 북쪽에 사는 원시용이었다. 원시용은 다채로웠고 다양한 힘과 능력을 뽐냈다. 거대한 날개와 엄청난 체력을 자랑하는 일부 종은 아제로스에 영혼이 묶이기도 했다. 또 다른 종은 자각하지도 못하는 사이에, 새롭게 정돈된 아제로스에 스며든 원소의 잠재적 에너지를 접했다.

그러나 잔혹함과 파괴적인 힘에 있어서 다른 동족과는 비교할 수 없는 원시용이 있었다. 갈라크론드라는 이름의 그 생명체는 아제로스의 하늘을 가른 역사상 가장 거대한 원시용이었다. 그는 너무도 거대했던 나머지, 날갯짓만으로도 숲 전체가 납작하게 눌릴 정도였다. 그러나 갈라크론드의 무기는 힘만이 아니었다. 그는 불가사의할 정도로 교활한 두뇌를 가졌고, 그 덕분에 매우 특별한 사냥꾼이 될 수 있었다. 시간이 흐르면서 갈라크론드는 북부 칼림도어의 가장 유명한 사냥터를 독차지했다. 그는 채울 수 없는 굶주림에 이끌려 보이는 모든 것을 집어삼켰다. 배는 더욱 크게 부풀었지만 그 무엇도 굶주림을 온전히 채워줄 수 없었다. 갈라크론드의 굶주림은 너무도 끔찍했던 나머지, 다른 원시용을 잡아먹고 심지어 시체까지 먹어 치웠다. 그는 원시용의 시체를 먹고서 괴사의 고통을 느끼며 육체와 정신이 뒤틀리고 말았다. 거대한 몸에서 기형적인 관절과 수십 개의 눈이 튀어나왔다. 뼈죽뼈죽한 가죽에서는 죽음의 기운이 퍼져 나와 죽은 물질을 다시 움직였다. 죽음의 마력은 갈라크론드의 희생자들에게 주입되었고 죽은 자의 시체에서 의식 없는 살덩이가 되어 일어섰다.

그의 저주받은 부하들은 늘어만 갔다. 곧 갈라크론드와 타락한 추종자들은 칼림도어의 하늘을 공포로 뒤덮었다. 다른 원시용들은 오랜 경쟁으로 분열했고 새로운 위협에도 서로 뭉치지 못했다.

수호자 중에서 갈라크론드가 드리우는 위협을 처음으로 감지한 이는 가장 강력한 티르였다. 티르는 동료 수호자들에게 자신이 본 것을 경고했지만 그들을 움직이지는 못했다. 수호자들은 아제로스를 보호하기로 맹세했으나, 고대 신과 전투를 치르고 아제로스의 질서를 세우느라 그간 축적한 힘과 의지를 소진한 상태였다. 그들은 대체로 아제로스의 일에 냉담한 반응을 보이며 자신의 시설과 비전 기계장치를 유지하는 데에만 집중했다. 그러나 티르는 형제자매의 무관심한 반응에 낙담하지 않았다. 그는 아제로스에 정의와 질서를 구현하겠다고 다짐하며 단호하게 행동에 나섰다. 갈라크론드를 그대로 두었다가는 모든 자연을 집어삼키고 아제로스 구석구석까지 그의 고통을 퍼뜨릴 것이 분명했다. 티르는 거대한 원시용 갈라크론드와 그의 부하들을 쓰러뜨릴 방법을 찾았다.

티르는 위대하고 지적인 다섯 원시용에게서 답을 찾았다. 그들의 이름은 알렉스트라자, 넬타리온, 말리고스, 이세라, 노즈도르무였다. 이 다섯 원시용은 혈통도 달랐고 각자 고유한 능력을 지녔다. 심지어 자매인 알렉스트라자와 이세라조차 뚜렷이 다른 능력을 사용했다. 친절하고도 강인한 알렉스트라자는 입에서 불덩이를 뿜을 수 있었다. 강력한 넬타리온은 어마어마한 힘을 지녔고 그의 날카로운 비명은 뼈와 바위를 부서뜨릴 정도였다. 지능적인 말리고스는 서리를 내뿜었고 단단한 얼음으로 적을 가둘 수 있었다. 지혜로운 노즈도르무는 눈을 뜰 수조차 없는 거친 모래 폭풍을 불러내 적을 공격했다. 교묘한 이세라는 숨결로 적들을 약화시키고 의지를 흡수한 다음 깊은 혼수상태에 빠뜨릴 수 있었다. 티르는 다섯 원시용에게 갈라크론드를 쓰러뜨리도록 도와달라고 부탁했다. 그들은 티르를 의심했지만 곧 그의 편에서 싸우기로 맹세했다. 서로 무척이나 달랐던 다섯 원시용은 적극적으로 하나가 되어 싸우겠다는 놀랄 만한 의지를 보여주었다.

티르의 인도에 따라 알렉스트라자와 동료들은 갈라크론드와 썩은 내 나는 부하들에게 전쟁을 선포했다. 북부 칼림도어의 눈 덮인 봉우리와 바위투성이 산 위로 분노에 찬 전투가 펼쳐졌다. 처음에는 갈라크론드의 울퉁불퉁한 가죽이 다섯 원시용의 공격을 막아냈다. 알렉스트라자와 동료들은 강인한 갈라크론드의 기세에 눌렸지만 곧 약점을 찾았다. 그들은 갈라크론드의 수많은 눈과 부드럽고 연약한 목구멍을 노렸다. 다섯 원시용은 서로를 믿고 일사불란하게 제 능력을 발휘한 끝에 결국 거대한 적을 쓰러뜨렸다. 갈라크론드의 시체는 아래로 곤두박질쳐서 얼어붙은 툰드라에 떨어졌다. 그곳은 훗날 용의 안식처라는 이름으로 알려졌다.

다섯 원시용은 불리한 여건 속에서도 승리를 거두었지만 서로 협력했기에 가능한 일이었다. 그것은 오랫동안 남을 교훈이 되었다. 알렉스트라자와 다른 원시용은 앞으로도 계속해서 단결하고 협력하겠다는 결의를 다졌다.

티르와 은빛 성기사단

티르는 원시용과 함께 싸웠지만 갈라크론드는 정의의 수호자 티르에게도 너무 벅찬 상대였다. 한 전투에서 거대한 갈라크론드가 티르의 강철 손을 물어뜯었고 티르에게 죽음의 에너지를 퍼뜨렸다. 티르는 전투가 끝난 후에도 상처를 완전히 치료하지 못했다. 수년이 지나 티르는 순은으로 손을 만들어 잃어버린 손을 대신했다. 티르의 은빛 손은 희생을 통해서만이 지속적인 정의를 이룰 수 있다는 그의 믿음을 상징하게 되었다.

용의 안식처에 찾아온 변화

티르와 원시용이 갈라크론드와 싸우는 동안 다른 수호자들이 마침내 무력감에서 깨어났다. 그들은 타락한 괴물 갈라크론드가 드리운 위협을 깨달았으나 이미 늦고 말았다. 수호자들은 티르의 날개 달린 동료들이 보여 준 결의에 고무된 한편, 스스로의 무관심을 책망했다. 그러나 티르는 수호자들을 책망하지 않았다. 대신 티르는 다섯 원시용이 아제로스의 땅을 보호할 수 있도록 마력을 부여해달라고 그들을 설득했다.

이 제안에 이의를 제기한 이는 수호자 오딘뿐이었다. 오딘은 다섯 원시용의 영웅적인 업적을 인정했지만 아제로스의 운명을 용들의 어깨에 맡긴다는 생각에는 동의하지 않았다. 오딘이 보기에는 알렉스트라자와 용은 원시적인 생명체였다. 아제로스를 믿고 맡길 수 있는 존재는 티탄이 벼려낸 강력한 피조물뿐이었다. 오딘은 제1관리자로서 최종 결정권이 자신에게 있다고 주장했다.

그러나 티르와 다른 수호자들은 의견을 달리했다. 그들은 원시용들이 용기와 희생으로 아제로스의 수호자로 활동할 권리를 얻었다고 생각했다. 오딘의 계속된 반대에도 수호자들은 계획을 실행에 옮겼다.

원시용들이 갈라크론드를 퇴치한 후 수호자들은 얼어붙은 툰드라에서 마지막 전투가 벌어졌던 장소를 찾았다. 대수호자 라는 곧 벌어질 위대한 의식에 참여하기 위해 머나먼 남쪽에서 찾아왔다. 모여든 수호자들은 창조자의 능력을 전달하는 매개체가 되어 원시용들에게 판테온의 축복을 내렸다.

대수호자 라는 노즈도르무에게 그의 창조자인 아만툴의 능력을 전했다. 노즈도르무는 아만툴의 수많은 능력 중에서 시간을 다스리는 능력을 얻었다. 이후로 노즈도르무는 시간의 지배자라는 이름으로 알려졌고 운명과 숙명의 길을 엮는 영역을 다스렸다.

항상 자애롭게 생명을 보살피는 프레이야는 자신의 창조자 이오나에게 부탁해 원시용 알렉스트라자에게 권능을 부여했다. 알렉스트라자는 그 후 생명의 어머니로 알려졌고 자신의 모든 것을 바쳐 생명이 넘치는 아제로스의 청지기가 되었다. 또한 갈라크론드와의 전투에서 보여준 용기와 연민을 인정받아 용의 여왕에 올랐고 동족을 다스리게 되었다.

프레이야는 이오나에게 청해 알렉스트라자의 여동생인 원시용 이세라 역시 축복했고, 그녀에게 자연의 힘을 선사했다. 이세라는 아제로스와 에메랄드의 꿈에서 자라나는 야생 동식물들을 돌보는 임무를 맡았다. 그녀는 에테르 영역인 에메랄드의 꿈에 결속되어 끝없는 잠에 빠져들었고 이후 꿈의 여왕으로 알려졌다.

수호자 로켄은 자신의 창조자 노르간논에게 부탁해 원시용 말리고스에게 엄청난 비전 마력을 부여했다. 후일 말리고스는 마법의 지배자로 알려졌다. 마법의 무한한 영역과 숨겨진 비전 마법을 공유하고 탐색하며 보호하는 임무가 그의 것이 되었다.

마지막으로 수호자 아카에다스는 자신의 창조자 카즈고로스에게 요청해 그의 엄청난 능력의 일부를 불굴의 원시용 넬타리온에게 헌정했다. 후세에 대지의 수호자로 알려진 넬타리온은 대지의 산과 깊은 동굴을 관장했다. 넬타리온은 아제로스의 힘을 체화했고 아주 오랫동안 가장 절친한 동료이자 친구로서 알렉스트라자를 도왔다.

다섯 원시용은 판테온의 에너지를 받아들이면서 거대하고도 우아한 생명체로 변화했다. 노즈도르무의 가죽은 반짝거리는 황금빛 모래의 물결을 닮은 청동색을 띠었다. 알렉스트라자의 비늘은 깊고 생생한 붉은색으로 바뀌었다. 이세라의 유연한 몸은 생기 넘치는 녹색이 되어 새롭게 결속된 자연의 빛을 담았다. 말리고스는 차가운 푸른색으로 바뀌었고 비늘에서는 강력한 비전 에너지가 퍼져 나왔다. 넬타리온의 거친 가죽은 흙을 닮은 검은색이 되었다.

그날 이후 이 다섯의 비범한 존재들은 용의 위상으로 알려졌다. 또한 수호자들은 용의 위상을 도와 아제로스를 보호할 새로운 종족을 창조했다. 그들은 위상들의 배우자이자 동료로 활약할 존재였다. 수호자들은 이를 위해서 수백 개의 원시용 알을 마법으로 변화시켰다. 알에서 위상의 모습을 닮은 생명체들이 태어났다. 용이라고 알려진 이 새로운 종족은 개성 있는 다섯 군단을 이루었다. 청동용군단과 붉은용군단, 녹색용군단, 푸른용군단, 검은용군단이 바로 그들이었다.

각자 다른 용의 위상을 섬겼지만 용군단은 모두 아제로스를 보호한다는 의무에 결속되어 있었다. 수호자들은 이 결속을 강화하고자 북부 칼림도어에 고룡쉼터 사원이라 불리는 거대한 탑을 만들었다. 고룡쉼터 사원은 그들에게 문화의 심장이자 서로 모여 활동을 논의하는 안식처가 되었다. 그러나 무엇보다도 고룡쉼터 사원은 용의 단결을 상징하는 곳이었다.

수호자들은 위상들에게 아제로스의 생명들을 보살피는 임무를 맡겼고 이에 만족하고서 다시 각자의 은신처로 돌아갔다.

오딘과 용맹의 전당 건설

수호자들이 용의 위상에게 힘을 내리는 의식을 수행하는 동안 오딘은 울두아르의 전당에서 생각에 잠겨 있었다. 그는 동료들이 제1관리자인 자신의 뜻을 거슬렀다는 사실에 분개했다. 또한 오딘은 용의 위상이 아제로스를 보호하는 책임을 수행하지 못할 것이라고 진심으로 염려했다.

오딘은 아제로스를 위해 자신의 힘으로 문제를 해결하기로 했다. 언제든 필요한 상황이 된다면 아제로스를 보호할 수 있는 정예 병력을 설계해 소환할 생각이었다. 오딘은 이 전투 병력을 채우면서 강력한 브리쿨을 생각했다. 오딘은 항상 브리쿨의 타고난 용기와 힘에 감탄하곤 했다. 오딘이 보기에 브리쿨은 티탄이 벼려낸 여러 피조물 중에서도 전사의 영혼에 걸맞는 완벽한 존재였다.

티르와 수호자들은 울두아르에 돌아와서 오딘에게 어리석은 계획을 중단하라고 말했다. 그러나 그들의 말은 제1관리자 오딘에게 효과가 없었다. 그는 일에 몰두했고 스스로 옳다고 여기는 바를 굽히지 않았다. 오딘은 수호자들에게 군대를 만드는 일을 거들어 달라고 부탁했다. 그러나 그의 뜻에 함께할 이는 아무도 없었기에, 오딘은 누구의 도움도 받지 않고 자신의 뜻을 이루겠다고 공언했다.

오딘은 울두아르의 한 구역을 차지하고 새로운 군대의 기지로 삼았다. 그곳을 울두아르와 다른 수호자들에게서 영구적으로 분리하기 위해 티탄이 벼려낸 피조물이자 마술사인 헬리아의 도움을 청했다. 오랜 시간 동안 오딘은 헬리아를 수양딸로 여겼다. 헬리아는 강력한 주문을 만들어 오딘의 요새를 둘러쌌다. 그런 다음 모든 힘을 집중해 울두아르의 거대한 덩어리 하나를 땅에서 떼어 내, 구름 위 하늘로 들어 올렸다. 시간이 흐른 후 그 공중의 요새는 용맹의 전당이라는 이름으로 알려졌다.

오딘은 요새의 정상에서 모든 브리쿨에게 큰 소리로 외쳤다. 전투에서 영광스러운 죽음으로 용맹을 증명한 자는 용맹의 전당에서 다시 살아난다는 내용이었다. 오딘은 그들의 영혼이 용맹의 전당으로 옮겨지고 폭풍으로 벼려낸 강력한 육신을 얻을 것이라고 말했다. 그리고 그들은 발라자르라는 새로운 존재로 태어나 아제로스의 으뜸가는 수호자가 될 것이며, 그 행적이 티탄이 벼려낸 모든 피조물의 가슴 속에 영원히 남을 것이라고 선포했다.

남은 것은 죽은 자의 영혼을 용맹의 전당으로 옮길 수단을 찾는 일뿐이었다. 오딘은 이를 위해서 어둠땅에 충만한 에너지를 연구해 일부 브리쿨을 발키르라는 유령으로 변화시킬 수 있는 지식을 얻었다. 유령 같은 하수인, 발키르는 어둠땅과 물리 세계를 오가면서 자격을 갖춘 브리쿨의 영혼을 용맹의 전당으로 데려오는 역할을 수행할 수 있었다. 그러나 브리쿨이 발키르가 되면 영원히 혼령으로 사는 저주를 받아야 했다.

브리쿨 중 누구도 발키르가 되는 불길한 임무를 맡으려 하지 않았다. 그래서 오딘은 무력으로 하수인을 만들기로 결정했다. 헬리아는 오딘에게 개인의 의지는 무시한 채 티탄이 벼려낸 피조물을 노예로 삼아서는 안 된다고 충고했다. 헬리아와 오딘의 언쟁은 점점 고조되어 거의 폭발 직전까지 이르렀다. 결국 헬리아는 만약 오딘이 생각을 바꾸지 않는다면 용맹의 전당을 다시 울두아르로 내려보내겠다고 경고했다.

오딘은 헬리아의 반항이 자신의 계획은 물론 향후 아제로스의 안전에 위협이 될 수 있다고 생각했다. 맹목적으로 용맹의 전당의 미래만을 꿈꾸던 오딘은 결국 헬리아를 공격했다. 그는 헬리아의 육신을 산산조각 내고 영혼을 뒤틀어 첫 번째 발키르로 만들었다. 고통과 분노에 찬 헬리아의 비명은 아제로스를 넘어서 어둠땅 심장부까지 미쳤다.

이 강요된 변신은 헬리아를 영원한 어둠 속으로 빠뜨렸다. 그러나 고통은 끝나지 않았다. 헬리아는 자신에게 그런 짓을 저지른 오딘을 증오하면서도 그의 뜻을 거역할 수 없었다. 헬리아는 오딘의 명령에 따라 전생을 원하지 않는 브리쿨을 저주받은 발키르로 변화시키기 시작했다.

오랫동안 헬리아와 발키르는 영웅적인 브리쿨의 영혼을 용맹의 전당으로 데려왔다. 용맹의 전당은 폭풍으로 벼려낸 발라자르로 가득 찼다. 오딘은 그 전사들을 훈련시키고 각자에게 힘을 부여했다. 오딘은 수호자들에게서 떨어져 나온 것이나 헬리아를 첫 번째 발키르로 변화시킨 것을 후회하지 않았다. 그 모든 일은 아제로스를 안전하게 보호하고 위대한 판테온을 기리기 위한 것이었기 때문이다.

살게라스와 그의 배반

수호자들이 아제로스에서 의무를 수행하는 동안, 끝없는 어둠의 머나먼 한쪽에서는 새로운 위협이 모습을 드러내고 있었다.

판테온과 모든 관계를 끊어 버린 살게라스는 우주의 운명을 두고 홀로 생각에 잠겼다. 공허의 군주가 이미 다른 세계혼들을 타락시켰다는 두려움이 그를 사로잡았다. 의심과 절망은 계속해서 살게라스의 생각 하나하나를 뒤틀었고 그는 창조 자체에 심각한 결함이 있다고 어느 때보다도 확신하게 되었다. 마침내 살게라스는 우주를 구할 유일한 방법은 모든 것을 불태우고 정화하는 것뿐이라고 결론지었다. 살게라스의 불타는 성전이 시작된 순간이었다.

불타는 성전을 치르기 위해서는 억제할 수 없는 분노를 지닌 대규모 군대가 필요했다. 그런 힘과 잠재력을 품은 곳이 한 군데 있었다. 바로 추방의 차원인 마르둠이었다.

시간이 지나 마르둠에는 지옥 마법과 복수심에 찬 악마가 들끓었다. 마르둠은 그들의 존재 때문에 뒤틀려 악몽의 영역으로 바뀌었다. 지옥 에너지가 끊임없이 감옥의 벽을 강타하며 불안정한 마법이 붙잡힌 악마들을 소용돌이치는 바다에 빠뜨렸다.

살게라스는 마지막 우려를 가라앉히고 감옥을 부쉈다. 분노에 찬 영혼들이 끝없는 어둠으로 풀려났고, 이어서 지옥 마법이 폭발했다. 폭발은 상상도 못 할 만큼 위력적이었다. 파괴적인 에너지가 살게라스의 몸을 휘감았고 핏줄을 타고 흘러들어 그의 영혼을 불태웠다. 두 눈은 에메랄드 불꽃의 덩어리가 되어 타올랐으며 지옥의 화산이 한때 고귀했던 육체를 가로지르며 불을 뿜었다. 피부가 갈라지고 벌어진 틈에서 맹렬한 분노가 끝없이 쏟아져 나왔다.

그러나 살게라스는 이 끔찍한 육체적 변화에도 단 하나의 궁극적인 목표만 생각하고 있었다. 공허의 군주가 창조물을 손에 넣지 못하게 하려면 생명 자체가 사라져야 했다.

살게라스는 감옥을 부숨으로써 끝없는 어둠과 뒤틀린 황천의 경계를 무너뜨리고 말았다. 무시무시한 천체의 주둥이가 에메랄드 불꽃의 폭풍을 일으키며 현실의 결을 찢고 들어왔다. 살게라스의 광기를 증명하는 그 이글거리는 흔적은 창조의 영원한 상처로 남았다.

그 균열에서 모양도, 크기도 제각각인 악마들이 해방의 기쁨에 포효하면서 물리 우주로 쏟아져 들어왔다. 살게라스는 굶주린 악마 무리에게 자신의 힘을 부여하고 지옥 마법의 불길 속에서 그들을 규합했다. 그전까지 뒤틀린 황천의 불안정한 에너지를 접해 본 악마들은 많았지만, 살게라스의 지옥에서 발견한 순수한 힘과 분노는 누구도 경험하지 못한 것이었다. 어떤 악마들은 덩치와 키가 커졌다. 또 다른 악마들은 마음속에 새로운 책략이 떠오르고 지력이 높아지는 것을 느꼈다.

살게라스는 이때 악마의 본성에 관해 더 많은 사실을 알게 되었다. 그중 하나는 악마의 영혼을 영원히 파괴하는 방법이었다. 살게라스는 악마들이 새롭게 얻은 힘을 대가로 간단한 서약을 요구했다. 자신의 편에서 싸우거나 그게 아니면 죽으면 되었다. 어려운 선택은 아니었다.

살게라스는 공허의 군주의 계획을 저지할 새로운 군대, 불타는 군단을 끝없는 어둠 속 수많은 행성에 내보냈다. 지금껏 사악한 힘이 그렇게 대규모로 뭉친 적은 없었다. 살게라스는 감히 반항이라는 것은 생각조차 못 할 만큼 강했고 누구도 감히 대적할 꿈을 꾸지 못했다. 그러나 더 중요한 것은 살게라스의 부하들이 생명을 거두는 자신의 역할을 점차 즐거워했다는 사실이었다.

불타는 군단은 첫 번째 행성을 덮쳤다. 아주 오래전, 잠든 티탄은 없었지만 판테온이 정돈한 적이 있는 행성이었다. 살게라스의 군대는 그곳에서 필멸의 문명들을 불태웠고 의식이 있는 수십 종의 생명체를 말살했다. 판테온이 그 행성을 지키도록 임명한 별무리가 도착하자 살게라스는 직접 그 천체의 존재를 쓰러뜨렸다.

별무리의 최후를 처음 인지한 이는 아그라마르였다. 그는 불타는 군단의 잔혹한 만행에 관한 더 많은 소식을 듣고 악마 군대를 쫓아 나섰다. 아그라마르는 현장에 도착해 불타는 군단이 또 다른 행성을 불태우는 모습을 목격했다. 그와 동시에 뒤틀리고 불길에 휩싸인 누군가가 악마들을 이끄는 모습을 보았다.

그는 스승이자 가장 절친한 친구였던 살게라스였다.

아그라마르는 눈을 의심했다. 그는 한때 판테온의 용사였던 살게라스에게 해명을 요구했으나 그는 아무런 설명도 하지 않았다. 그 대신 살게라스는 우주를 정화할 유일한 방법은 불타는 성전뿐이라고 선포했다. 그리고 누구든지 자기를 막아서는 자가 있다면 불타는 군단의 불길에 사라질 것이라고 덧붙였다.

아그라마르는 살게라스를 설득할 수 없다는 사실을 깨닫고서 한때 스승이었던 그에게 대결을 청했다. 수많은 악마가 지켜보는 가운데 전 우주에서 가장 위대한 두 전사가 맞붙었다.

아그라마르는 곧 살게라스를 당할 수 없다는 것을 깨달았다. 모든 티탄이 그렇듯이 아그라마르도 지옥 마법에 약한 면모를 보였다. 살게라스의 매서운 공격이 아그라마르의 방어를 무너뜨렸고 아그라마르는 고통 속에서 비틀거렸다. 절박해진 아그라마르는 마지막 반격을 날리기 위해 자신의 모든 힘을 끌어모아 살게라스를 공격했다.

지옥과 비전 마력이 깃든 두 검이 부딪혔고 무시무시한 폭발이 일었다. 휘몰아치며 힘을 겨루던 두 에너지가 마침내 가라앉았을 때 살게라스와 아그라마르의 두 검은 모두 산산조각 나 있었다.

폭발 때문에 심한 부상을 입은 아그라마르는 전투에서 퇴각해 판테온의 다른 티탄들에게 돌아갔다. 티탄들은 전해 들은 사실을 도저히 믿을 수 없었다. 가장 신뢰했던 고귀한 전사가 어둠에 타락하고 말았다는 생각은 그들의 믿음을 뼛속까지 흔들었다. 판테온은 그러한 위협을 막을 묘수가 없었으나 이대로 지켜볼 수만은 없다는 데 동의했다. 판테온은 전쟁 준비를 마치고 힘을 합해 니힐람이라는 행성 부근에서 살게라스와 그의 부정한 군단에 맞섰다.

아만툴은 살게라스에게 광기에 찬 불타는 성전을 멈추라고 호소했다. 아만툴은 아제로스를 언급하며 판테온이 보았던 어느 누구보다도 강력한 잠재력을 지닌 세계혼이 자라나고 있다고, 그리고 그 세계혼은 머지않아 공허의 군주들을 물리칠 수 있을 만큼 강력한 존재가 될 것이라고 살게라스에게 말했다. 살게라스는 그의 말에 귀를 기울이면서도 마음을 바꾸지 않았다.

아그라마르는 살게라스와 한 차례 전투를 치른 후에도 한때 판테온의 용사였던 그의 마음 깊은 곳에 아직 고결한 무언가가 남아 있을 것이라고 믿었다. 아그라마르는 최후의 수단으로 자신의 무기를 내려놓고 타락한 티탄 살게라스에게 다가갔다. 그는 함께 악마에 맞서 싸웠던 영광스러운 전투를 이야기하며 창조를 보호한다는 신성한 서약을 다시 일깨워 주었다. 그러나 살게라스는 자신의 길을 고수했다. 판테온의 어떤 말도, 심지어 자신이 아꼈던 제자의 말도 살게라스의 마음을 돌릴 수 없었다.

살게라스는 분노와 슬픔의 괴성을 내지르며 아그라마르를 내리쳤고 그의 망가진 지옥 검은 아그라마르의 몸을 거의 두 동강 내고 말았다.

판테온은 극악무도한 만행에 격노해 살게라스와 불타는 군단에게 총공격을 감행했다. 우주를 가로지르며 격렬한 전투가 벌어졌다. 별들은 죽어 갔고 현실에는 거대하게 늘어진 상처가 새겨졌다. 후일 파멸의 세계로 알려지는 니힐람은 종말과도 같은 분쟁 때문에 왜곡되고 뒤틀렸다. 판테온의 티탄들은 필멸자의 사고로는 상상할 수 없는 힘을 휘둘렀지만, 그조차 지옥에서 끌어올린 살게라스의 힘을 극복하지는 못했다.

타락한 티탄 살게라스는 판테온 구성원들을 지옥불로 쓰러뜨렸고 마침내 싸울 의지조차 꺾어 버렸다. 살게라스는 그들을 봉인하기 위해 육체와 영혼을 모두 집어삼킬 거대한 지옥 폭풍을 불러냈다. 그러나 그 맹렬한 학살의 에너지가 패배한 티탄들을 거두기 전에, 노르간논은 망각을 지연시킬 마지막 시도를 감행했다.

노르간논은 우주의 원초적인 에너지를 자신의 의지에 따라 구부린 다음 보호의 장막을 지어 판테온 티탄들의 영혼에 덧씌우고 끝없는 어둠 속으로 날려 보냈다. 살게라스의 지옥 폭풍은 그들의 남은 육체를 없애 버렸다.

살게라스는 티탄의 영혼이 살아남은 사실을 알지 못한 채 불타는 군단의 승리를 선언했다. 이제 판테온은 없었다. 그는 아제로스라고 불리는 강력한 세계혼의 존재를 어렴풋이 알게 되었다. 그러나 초기 티탄 아제로스의 이름을 알았을 뿐, 그 소재는 수수께끼였다. 살게라스는 어쨌든 자신을 방해할 판테온이 사라진 지금, 언제건 그 세계혼을 찾아낼 것이라고 생각했다.

또한 공허의 군주들보다 먼저 세계혼을 찾아야 한다는 것도 알고 있었다.

불타는 성전

불타는 군단은 판테온에게 승리를 거두었고 살게라스는 자신의 전쟁에서 더 많은 악마를 모으기 위해 움직였다. 그러나 판테온과의 전투로 거의 무적이나 다름없었던 군대가 약점을 드러냈다. 살게라스는 그 약점을 보완하기로 결심했다.

살게라스의 힘과 지력이 아무리 대단하다고 한들 모든 군대를 한꺼번에 지휘할 수는 없었다. 악마들은 사악하고 피에 굶주려 있었으나 대부분은 전략적으로 생각할 줄 몰랐다. 판테온의 공격에 불필요하게 죽은 병력만 해도 상당했다. 살게라스는 교활하고 전략적인 머리를 가진 지휘관을 둘 필요가 있었고 그런 부하들을 모을 적당한 곳을 알고 있었다. 아르거스라는 행성이었다.

아르거스는 고도로 발전한 에레다르 종족의 고향 행성이었다. 에레다르는 살게라스가 발견한 생명들 중에서 가장 지성이 뛰어난 종족이었다. 그들은 무엇보다 지식을 갈구했고 지식을 습득함으로써 우주를 더 이롭고 나은 곳으로 바꿀 수 있으리라 생각했다.

에레다르는 세 명의 지도자가 이끌었다. 그들은 무력이나 공포가 아니라 우주의 위대한 질문을 생각하고 답을 나누는 방식으로 종족을 다스렸다. 강력한 아키몬드는 주위 사람들에게서 힘을 찾아내는 재능이 있었다. 그는 대담한 처신으로 추종자들을 이끌었고 어떤 어려움이라도 상대할 수 있는 확신과 용기를 불어넣어 주었다. 세 지도자 중에서 가장 명석한 킬제덴은 축복받은 에레다르 중에서도 수재로 통했다. 킬제덴은 재치가 넘치고 빈틈이 없었으며 가장 혼란스러운 우주의 수수께끼를 푸는 것을 즐겼다. 마지막 인물 벨렌은 세 지도자 중에서 정신적 지주로 통했다. 벨렌은 흔들림 없는 평화의 용사였고 그의 지혜는 어떤 분쟁이라도 다스릴 수 있었다.

삼두정치의 세 지도자는 혼자서도 뛰어난 지도자가 되었을 것이다. 그러나 함께, 각자의 강점이 더해짐으로써 더 좋은 결과가 뒤따랐고 에레다르 종족은 꿈에도 상상할 수 없는 수준으로 발전했다.

에레다르의 위대한 단결력은 불타는 군단의 약점을 보완할 이상적인 해결책이었다. 그들을 대의에 끌어들이려면 먼저 완전하게 타락시켜야 했다. 살게라스는 빛을 내뿜는 우아한 존재로 위장하고서 에레다르의 세 지도자와 교감했다. 그는 에레다르가 원하는 지식과 상상할 수 없는 힘을 약속했다. 그리고 에레다르가 다스릴 수많은 행성을 보여주었다. 에레다르가 평화와 지적 사고가 가득한 안식처로 변화시킬 원시 행성들이었다.

살게라스는 에레다르에게 존재의 드러나지 않은 비밀은 물론 자신이 창조의 근본적인 결함이라고 생각하는 최종적인 답을 알려주겠노라고 약속했다. 아르거스의 에레다르는 그에 대한 보답으로 살게라스의 위대한 작업과 그에 따른 결함을 바로잡는 일을 도와야 했다.

살게라스의 제안은 아키몬드와 킬제덴을 사로잡았다. 그들은 살게라스의 대업에 참여한다는 것만으로도 영광이라고 생각했다. 그러나 벨렌은 확신이 서지 않았다. 그들 앞에 나타난 살게라스는 아름다웠고 모든 것을 아는 것처럼 보였지만 어딘가 수상한 느낌이 들었다.

벨렌은 아주 오래전 신성한 나루가 그의 종족에게 선물한 고대 유물, 아타말 수정을 사용해 명상에 들었다. 그는 마력이 깃든 아타말 수정을 통해서, 살게라스와 편을 이루었을 때 에레다르 종족이 맞이할 끔찍한 미래의 계시를 보았다. 그들은 끔찍한 모습이 되어 깊이를 알 수 없는 악의 존재로 변화할 운명이었다.

벨렌은 자신이 보았던 미래를 형제들에게 전하며 경고했지만, 그들은 벨렌의 통찰력을 무시하고 살게라스의 제안을 받아들일 계획임을 분명하게 밝혔다. 벨렌은 계속 반대했다가는 아키몬드와 킬제덴이 자신을 죽일 것이라고 생각해 그들에게 동의하는 척했다. 벨렌은 킬제덴과 아주 가까웠지만, 그들의 우정도 살게라스의 달콤한 약속보다 더 끈끈하지는 않을 것이라고 생각했다.

벨렌은 종족의 운명에 절망했다. 절망의 순간에 에레다르의 몰락을 전한 존재가 그에게 다가왔다. 그 존재는 크우레라는 나루였다. 크우레는 에레다르의 지도자인 벨렌에게 자신의 인도를 따라 가장 가까운 동족을 이끌고 안전한 곳으로 떠나라고 전했다. 벨렌은 새로운 희망을 느끼면서 신뢰할 수 있는 에레다르 사람들을 모았다.

살게라스가 순진한 에레다르를 타락시키기 위해 아르거스에 도착했을 때, 벨렌과 추종자들은 대담하게도 탈출을 감행했다. 그들은 제네다르라고 알려진 거대한 나루 차원 성채에 올라 영원히 고향 행성을 떠났다. 그날 이후 벨렌과 그의 추종자들은 '추방당한 자'라는 의미를 지닌 드레나이로 알려졌다.

살게라스는 아르거스에서 나머지 에레다르를 자신의 부정한 의지에 굴복시켰다. 아르거스 거주자들의 마음속에 광적인 지옥의 속삭임이 몰아치며 이성적인 사고를 무너뜨렸다. 살게라스는 또한 에레다르에게 지옥의 에너지를 주입하고 형태를 뒤틀어 흉측한 악마를 닮은 모습으로 만들었다.

살게라스는 새롭게 타락시킨 지옥의 전향자들을 이용할 방법을 빠르게 찾아냈다. 에레다르는 불타는 군단을 통솔하는 역할로 자리를 잡았다. 킬제덴과 아키몬드는 불타는 군단에서 가장 유능하고 강력한 지휘관으로 거듭났다.

살게라스는 킬제덴의 타고난 치밀함과 지성을 불타는 군단에 맞게 개조했다. 이후 '기만자'라고 알려진 킬제덴은 자신의 기지를 활용해서 물리 우주에 있는 필멸의 문명들을 불타는 군단의 앞잡이로 변화시키는 역할을 맡았다.

살게라스는 또한 주위 동료의 의욕을 고취하는 아키몬드의 재능이 불타는 군단을 강화하는 귀중한 도구로 쓰일 수 있다고 생각했다. 아키몬드는 그 이후 '파멸자'라고 알려졌고 그의 강력한 의지를 사용해 악마의 군대를 극단적인 폭력과 야만적인 행동으로 몰아넣었다. 아키몬드는 자신을 따르는 모든 부하에게서 매서운 분노를 끌어내고 연마해 그들을 파멸의 무기로 다시 만들어 냈다.

에레다르의 지도 하에 불타는 군단의 병력은 뒤틀린 황천과 끝없는 어둠의 행성에서 새로운 악마 종족을 규합하며 점점 증가했다. 아키몬드는 무시무시한 지옥의 군주에게 힘을 부여해 살아 있는 공성 병기로 만들었다. 지옥의 군주는 마주치는 모든 적에게 공포를 선사했다. 매우 쓰임새 많고 근면한 모아그는 군단의 병기 제조를 맡았다. 모아그는 지옥의 힘이 주입된 무기를 만들었고 우주의 행성을 포위할 구조물을 지었다. 킬제덴은 또한 교활한 서큐버스를 데려왔고 유망한 행성에 잠입시킨 다음, 정복할 문명에 관한 정보를 수집했다. 무시무시한 파멸의 수호병은 힘과 잔인성에 있어서 타의 추종

드레나이의 탈출

벨렌이 살게라스의 웅대한 뜻을 거절하고 이어 아르거스를 탈출하자 기만자 킬제덴은 몹시 분노했다. 킬제덴은 벨렌이 배신했다고 생각하고 복수심에 불탔다. 그는 흔적도 없이 사라진 벨렌 일행을 끝까지 쫓겠다고 맹세했다.

살게라스와 불타는 군단

을 불허하는 악마 전사였으며 군단의 습격 부대로 활약했다. 열성적인 쉬바라는 군단의 으뜸가는 비술사이자 조언자가 되었다. 그들은 살게라스에게 광적인 충성심을 키워 나갔다.

수많은 악마 중에서도 이 사악한 생명체들은 불타는 군단의 힘을 한층 강화했다. 살게라스는 급증한 병력에 기뻐하며 악마들을 대우주로 보냈고 창조를 끝장낼 불타는 성전을 재개했다.

불타는 군단은 그 후 오랫동안 수많은 행성과 문명을 불태우며 존재의 흔적을 지워 나갔다.

로켄의 배신

한편 살게라스는 알지 못했으나 판테온이 남긴 마지막 힘의 불씨는 생명의 끈을 붙들고 있었다. 살게라스는 티탄의 육체를 죽여 없앴지만 노르간논은 위대한 마법의 주문으로 그들의 영혼을 보존했다. 육신을 떠난 티탄의 영혼들은 대우주를 지나 아제로스와 수호자들을 향해 날아갔다. 판테온은 아제로스에서 깃들 육체를 찾을 수 있기를 바랐다. 만약 그릇이 될 생명체를 찾지 못한다면 그들은 약해진 영혼이 곧 망각 속으로 사라지는 두려운 최후를 맞이해야 했다.

티탄의 영혼들은 힘이 크게 빠진 채 아제로스에 도착해 자신의 손으로 창조한 수호자의 몸속으로 들어갔다. 수호자들은 마음속에서 티탄의 힘이 이는 것을 느끼고 바로 압도되었다. 그들은 머나먼 행성과 살아 보지 않은 삶과 본 적이 없는 불가사의에 관한 기억의 파편들을 접했다. 그러나 그 힘은 들어왔을 때와 마찬가지로 빠르게 희미해졌다.

수호자들은 여전히 원래 성격을 유지했으며 그 이상한 현상에 당혹스러워했다. 그들은 판테온에게서 능력의 일부를 받았다는 것은 알았어도, 사랑하는 창조자의 마지막 흔적이 자신의 몸에 스며들었다는 사실은 알지 못했다. 혼란스러웠던 수호자들은 판테온에게 대답을 구했으나 아무런 답도 들을 수 없었다. 수호자들은 판테온의 긴 침묵에 고민하며 오랫동안 혼란과 불안에 사로잡혔.

울두아르에 갇혀 있던 고대 신 요그사론은 수호자들의 요동치는 감정을 느꼈다. 아제로스에 질서가 수립된 이후 억겁의 시간 만에 그의 몸속에서 날카로운 자각이 피어나기 시작했다. 요그사론은 간수들을 약화시킨 다음, 감옥을 탈출할 계획을 고안했다. 육체의 저주라고 알려진 기이한 병으로 의지의 용광로 내부의 합성 모형을 타락시키는 것이었다. 그렇게 되면 의지의 용광로에서 만들어지는, 티탄이 벼려낸 모든 피조물에게 육체의 저주를 내릴 수 있었다. 저주를 받은 티탄이 벼려낸 피조물은 이전 세대의 피조물에게 저주를 옮길 것이고, 그런 방식으로 점차 많은 감염자를 피와 살로 이루어진 필멸의 존재로 바꿀 것이었다. 교활한 고대 신 요그사론은 필멸의 존재를 쉽게 처치할 수 있다고 생각했다.

요그사론은 계획을 실행하기 위해 수호자 로켄에게 눈을 돌렸다. 울두아르의 수호자 중에서 판테온의 침묵에 가장 괴로워한 이는 로켄이었다. 요그사론은 로켄의 초조한 꿈속에서 그를 습격했고 차가운 불길로 절망을 부채질했다. 그러나 로켄은 불안한 상태에서도 마음속에 전해지는 속삭임에 저항했다. 결국 그의 몰락은 훨씬 더 은밀한 곳에서부터 시작되었다.

로켄은 점점 더 깊은 절망에 빠져들며 시프라는 이름을 가진 브리쿨에게서 위안을 찾기 시작했다. 시프는 그의 형인 수호자 토림의 아내였다. 로켄은 비밀스럽게 시프를 만나며 자신의 깊은 두려움을 털어놓았다. 시간이 흐르면서 두 티탄이 벼려낸 피조물 사이에서 금지된 사랑이 피어올랐다.

요그사론은 시프를 사랑하는 로켄의 마음에 들러붙었고 사랑을 비틀어 위험천만한 집착으로 변질시켰다. 로켄이 점점 강박적인 행동을 보이자 둘의 관계는 빠르게 악화되었다. 로켄은 서로에 대한

아내 시프의 시체를 찾은 수호자 토림

사랑을 공개적으로 알리자고 거듭 요구했으며 그 횟수도 늘어 갔다. 그러나 시프는 그의 생각이 몹시 불편했다. 시프는 만약 토림이 이 관계를 알게 된다면 수호자들의 단결이 깨질 것이라고 생각했다.

결국 시프는 로켄과의 모든 관계를 끊고 자기를 조용히 보내 달라고 부탁했다. 로켄은 시프를 잃는다고 생각하자 광기에 휩싸였다. 로켄은 분노와 질투의 감정에 북받쳐 자신의 사랑을 제 손으로 죽이기에 이르렀다.

로켄은 죄책감에 시달렸지만 토림에게 사실을 전할 결심을 하지 못했다. 그는 시프의 죽음을 덮을 방법을 찾았다. 막막했던 바로 그 순간, 시프의 영혼이 로켄의 눈앞에 나타났다.

놀랍게도 시프는 로켄을 용서해 주었다. 게다가 그녀는 토림이 사실을 알기 전에 서둘러 행동해야 한다며 주의를 주기도 했다. 시프는 만약 토림이 사실을 아는 날에는 티탄이 벼려낸 피조물 사이에서 내전이 발생해, 로켄이 판테온 앞에서 행한 모든 맹세가 깨질 것이라고 말했다.

로켄은 시프의 제안에서 교활함을 느꼈다. 로켄이 아는 시프는 절대로 그런 성격이 아니었다. 시프의 영혼은 어딘가 수상했고 보이지 않는 어둠이 미묘하게 드러났다. 그러나 두려움 때문에 판단력이 흐려진 로켄은 의심을 지웠다.

로켄은 시프의 충고에 따라 그녀의 시신을 폭풍우 봉우리의 얼어붙은 황무지로 끌고 갔다. 그런 다음 토림에게 아내의 죽음을 알리며 얼음거인의 왕 아른그림에게 비난의 화살을 돌렸다. 비탄에 빠진 토림은 걷잡을 수 없는 분노를 터트리며 아른그림과 그의 부하들을 학살했다. 그 사건으로 토림의 폭풍거인과 아른그림의 얼음거인 사이에서 재앙과도 같은 전쟁이 일어났다. 분쟁이 격화되는 동안에도 시프의 영혼은 계속해서 로켄을 도왔다. 시프의 충고는 점점 더 걱정스럽고 극단적인 형태로 변해 갔지만, 로켄은 시프의 충고를 따랐다. 시프는 로켄에게 전쟁 중인 거인들의 공세에서 울두아르를 보호할 수 있도록 의지의 용광로를 이용해 독자적으로 대규모 군대를 구축하라고 설득했다.

로켄은 시프의 설득에 이끌려 전쟁을 일으킨 그의 형 토림을 책망했다. 로켄은 토림이 분노를 조절하지 못한 탓에 티탄이 벼려낸 피조물들 사이에서 그런 끔찍한 분열이 생기고 말았다고 그를 비난했다. 로켄은 더 나아가 만약 토림이 시프의 이름으로 저지른 짓을 그녀가 본다면 부끄럽게 생각했을 것이라고 질책했다. 토림은 로켄의 쓰라린 비난을 듣고서 깊은 우울감에 빠져들었다. 토림은 비탄에 사로잡힌 채 울두아르를 떠났고 홀로 괴로운 나날을 보냈다.

토림이 떠나자 로켄은 새롭게 벼려낸 군대를 동원해 얼음거인을 진압하고 분쟁을 마무리 지었다. 그의 의지에 반대한 이들은 모두 감금실에 갇히는 신세가 되었다.

그러나 전투가 진행되어 가면서 로켄은 자신의 병사들 사이에서 무언가 불안한 기운을 감지했다. 가혹한 고통이 그들의 영혼에 번져 가고 있었다. 로켄은 시프를 불러내 조언을 구했지만 그녀는 나타나지 않았다. 로켄은 엄습하는 공포를 느끼며 애초부터 시프의 영혼은 존재하지 않았다는 사실을 깨달았다. 시프의 영혼은 요그사론이 만들어 낸 환영이었다.

시프의 거짓 영혼은 로켄이 자신의 군대를 만드는 동안 남몰래 의지의 용광로를 오염시켰고, 육체의 저주가 기계장치에 있는 합성 모형 중심에서 뿌리를 내렸다. 이기심에 눈이 멀었던 로켄은 자기도 모르게 요그사론의 손에 놀아났다는 사실을 깨달았다.

이러한 깨달음은 로켄의 마음에 마지막 남은 고귀한 흔적을 산산조각 내고 말았다. 로켄은 자신의 죄악을 숨겨야 한다는 강박에 사로잡혔다. 그것이 요그사론의 힘을 받아들이는 것이라고 해도 상관없었다. 로켄은 요그사론의 힘을 쓸 수 있다면 남은 수호자들을 물리치고 모든 죄악의 증거를 지울 수 있다고 생각했다.

봉인된 용맹의 전당

로켄은 다른 수호자들을 물리치려면 먼저 오딘과 그의 강력한 발라자르 군대를 무력화해야 한다고 생각했다. 그렇지만 하늘의 요새나 다름없는 용맹의 전당에 직접 공격을 감행하는 것은 불가능했다. 대신 로켄은 더욱 은밀하게 접근하기로 결정했다. 로켄은 발키르가 된 오딘의 수양딸, 헬리아를 찾았다.

수천 년 동안 헬리아는 오딘의 명령을 성실히 수행하며 살해된 브리쿨의 영혼을 용맹의 전당으로 이끌었다. 하지만 그러는 동안에도 헬리아는 유령의 심장 속에서 차가운 분노를 키우고 있었다. 헬리아는 의지와는 무관하게 자신을 발키르로 만들어 버린 오딘을 용서할 수 없었다. 그녀는 오딘이 자신은 물론 발키르로 변한 다른 이들에게 저지른 만행에 복수할 날을 꿈꿨다.

로켄은 헬리아를 불러내 그녀의 끓어오르는 분노와 배신감에 불을 지폈고, 오딘이 건 복종의 사슬을 끊어 주겠다고 약속했다. 그리고 그 대가로 아제로스에서 용맹의 전당을 영원히 봉인해 달라고 요구했다. 그렇게 되면 헬리아는 모든 브리쿨의 영혼을 다스리는 오딘의 자리를 차지할 수 있었다. 복수심을 채울 기회라고 생각한 헬리아는 로켄의 계획에 동의했다.

로켄이 자유의지를 되찾아 주자 헬리아는 먼 옛날 정령 세계를 봉인할 때 사용했던 마력을 불러냈다. 헬리아는 아제로스를 휘감는 강력한 비전 에너지를 자신의 의지에 굴복시킨 다음, 용맹의 전당과 발키르 군대를 봉인했다. 오딘과 그의 강력한 발라자르는 하늘의 요새에서 필사적으로 탈출하려 했지만 헬리아가 만든 난공불락의 장벽을 깨뜨릴 수 없었다. 이제 용맹의 전당에 갇힌 발라자르와 수호자 오딘은 오랜 시간 동안 그곳의 황금빛 회랑에 머물러야 할 운명이었다.

복종의 삶에서 해방된 헬리아는 자신과 다른 발키르를 위해 새로운 집을 만들었다. 헬리아는 용맹의 전당에서 까마득한 아래에 있는 곳에 새로운 안식처를 짓고 아제로스의 대양에 결속시켰다. 곧 바다의 안개가 올라와 헬리아의 영지를 휘감고 그곳은 시야에서 사라졌다. 헬하임이라 알려진 이 영역은 죽음을 맞이한 수많은 브리쿨의 영혼이 마지막으로 향하는 장소가 되었다.

그러나 헬리아의 마음속에서 오랫동안 곪았던 어둠은 헬하임을 악몽과 어둠의 공간으로 바꿔 버렸다. 헬하임에 도착한 브리쿨의 영혼들은 곧 자신이 복수심에 불타는 유령 같은 존재로 변했다는 사

어둠의 수호자

오딘이 패한 후 모든 발키르가 계속 헬리아를 따른 것은 아니었다. 이 유령 같은 존재 중 일부는 어둠땅으로 사라졌다. 아직 영혼에 고귀한 빛의 흔적이 남은 소수의 발키르는 헌신적으로 물리 세계를 보호했다.

발키르는 어둠땅에 머물며 때때로 망자의 영혼을 산 자들의 땅으로 인도하곤 했다.

실을 깨달았다. 이 저주받은 영혼들은 크발디르라는 이름으로 알려졌다. 그들은 밀물과 썰물에 결속되었고 바다의 안개와 하나인 존재가 되었다. 악의와 고통의 영원한 불꽃이 그들의 영혼 속에서 불타올랐고 크발디르는 영원히 칼림도어의 해안을 습격하고 약탈하는 운명을 떠안았다.

수호자의 몰락

오딘과 발라자르가 봉인되자 로켄은 울두아르로 돌아왔다. 로켄은 이제 다른 수호자들을 무너뜨리기에 적당한 시기가 되었다고 생각했다. 그러나 곧 계획을 위협하는 새로운 조짐을 발견했다.

미미론은 로켄이 새롭게 벼려낸 피조물에게서 수상한 점을 느끼고 그것을 조사하기 시작했다. 명석한 수호자였던 미미론은 의지의 용광로에서 발생한, 일부 오작동의 원인으로 보이는 부패의 징후를 발견했다. 로켄은 미미론이 사실을 확인하기 전에 작업실을 파괴하고 불의의 사고로 가장해 미미론을 처치했다. 그러나 미미론은 완전히 죽은 것이 아니었다.

미미론의 충성스러운 기계노움들은 주인의 영혼이 살아 있다는 사실을 발견했다. 그들은 서둘러 거대한 기계 몸을 만들어 미미론의 희미해져 가는 영혼을 주입했다. 기계노움들의 영웅적인 행동으로 미미론은 목숨을 구했지만 이전과 같을 수는 없었다. 그는 죽음을 대면하면서 마음의 상처를 입었고, 울두아르의 거대한 작업장에 스스로를 가둔 채 태엽장치 발명품의 내부 작업에 골몰하며 하루하루를 보냈다.

로켄은 미미론의 말로가 다른 수호자들에게 의심을 불러일으킬 것이라고 생각해 남은 형제자매를 진압하기 위해 군대를 보냈다. 먼저 폭풍우 봉우리에서 초록이 무성한 프레이야의 영지인 생명의 신전을 찾아 그녀를 상대했다. 두 수호자와 추종자들 사이에서 전투가 벌어졌다. 생명의 신전은 쪼개지고 소중한 생명력이 빠져나가며 말라 갔다. 프레이야는 용감하게 적과 싸웠지만 결국 요그사론의 어두운 힘을 부여받은 로켄에게 무릎을 꿇었다.

요그사론은 약해진 틈을 노리고 프레이야를 덮쳐 영혼을 사로잡았다. 그리고 낙담한 프레이야를 울두아르의 전당으로 돌려보냈다. 프레이야는 그곳 성채의 심장부에서 무심히 퍼져 가는 정원을 돌보며 쓸쓸한 나날을 보냈다.

로켄은 프레이야와 싸우는 동안 티탄이 벼려낸 피조물 군대를 보내 강력한 수호자 호디르의 겨울의 신전에서 전쟁을 일으켰다. 이그니스와 볼칸이라고 하는 두 화염거인이 공격을 이끌었다. 그들은 이글거리는 지옥불로 겨울의 신전을 뒤덮으며 호디르의 냉기와 그의 얼음 부하들을 괴멸시켰다. 그 후 로켄이 도착해 직접 호디르를 상대했고 손쉽게 굴복시켰다.

요그사론은 프레이야에게 그랬던 것처럼 호디르의 마음을 뒤틀었다. 그는 울두아르 내부의 얼어붙은 방으로 후퇴해 수천 년 동안 그곳에서 홀로 시간을 보냈다.

남은 수호자 중 두 명, 티르와 아카에다스는 로켄의 책략에 빠지지 않았다. 오랫동안 티르는 타락한 로켄의 내면에서 어둠이 자라고 있다고 의심했고, 로켄이 호디르를 공격하는 것을 보고 그것을 확신했다.

그러나 티르는 로켄을 직접 상대할 만한 상황이 아니었다. 타락한 수호자 로켄의 충성스러운 군대가 폭풍우 봉우리와 울두아르의 전당을 활보했다. 티르는 로켄의 군대를 상대하기 힘들 것이라고 생각하고 아카에다스와 그들의 가까운 친구인 티탄이 벼려낸 피조물 거인, 아이로나야를 데리고 폭풍우 봉우리의 외곽으로 몸을 피했다. 그들은 얼음 덮인 봉우리에서 로켄의 책략을 지켜보며 다음 계획을 세웠다.

로켄은 티탄이 벼려낸 피조물의 병력을 보내 티르 일행을 뒤쫓았다. 로켄의 병사들은 폭풍우 봉우리의 산과 동굴을 불태웠으나 사냥감을 찾을 수 없었다. 로켄은 그들이 이미 도망쳤다고 생각하고 울두아르에서 전권을 행사했다. 그는 울두아르 성채에 있는 기계장치를 조작해 자신이 아제로스의 새로운 제1관리자라고 선언했다. 또한 오염된 의지의 용광로를 망가뜨리고 자신의 수많은 부하를 폭풍우 봉우리로 추방했다. 그런 다음 거대한 울두아르 성채를 봉인했다.

로켄은 울두아르의 적막한 전당에서 죄책감에 휩싸인 채 괴로워했다. 그는 많은 것을 이뤘지만 판테온이나 그들의 지명 감시자인 알갈론을 항상 두려워했다. 언젠가 그들이 돌아온다면 로켄의 끔찍한 범죄를 알고서 그를 벌할 것이 분명했다.

그러나 사실 가장 큰 위협은 바로 로켄의 발밑에 있었다. 감시할 울두아르 간수들이 사라지자 요그사론이 철벽같은 감옥에서 탈출하기 위해 꿈틀대기 시작했다.

사라져 버린 라

로켄은 다른 수호자들을 처리하면서 칼림도어의 머나먼 남쪽 끝에서 라가 울두아르의 상황을 조사하러 올 것이라고 예상했다. 그러나 예상과는 달리 대수호자 라는 세계가 뒤집히는 사건들 속에서도 아무 기척이 없었다.

로켄은 궁금한 생각이 들어 머나먼 요새 울둠에 라의 활동을 살필 조사단을 보냈다. 로켄이 보낸 첩보원들은 대수호자 라의 행방을 찾을 수 없었으나 그 지역의 모구와 톨비르, 아누비사스에게서 라가 알 수 없는 이유로 사라졌다는 이야기를 들었다.

그 접촉은 오래 지속될 영향을 남겼다. 남쪽으로 여행한 로켄의 병력은 자기도 모르게 라의 수많은 충성스러운 부하에게 육체의 저주를 퍼뜨렸다.

로켄과 티탄이 벼려낸 피조물들은 몰랐으나, 라는 계시를 보았다. 그것은 너무도 처참했다. 라는 그 충격으로 은둔에 들어갔다. 판테온의 힘과 기억이 수호자들에게 주입되었을 때 그는 형제자매들이 그랬던 것처럼 동요했고 혼란에 빠졌다. 그러나 시간이 지나면서 그 사건이 단순한 기현상이 아니라고 결론을 내렸다. 그들에게 주입된 힘은 판테온의 영혼이 남긴 마지막 흔적이었다.

라는 판테온이 죽었다는 사실을 어렵사리 받아들였다. 그는 자신의 몸에 남아 있는 아만툴의 힘을 추출해 후일 영원꽃 골짜기라는 이름으로 알려진 지역의 산속에 조심스럽게 보관해 두었다. 대수호자 라는 사랑하는 창조자가 남긴 작은 흔적이 그곳에서 보존되기를 바랐다.

라는 다시 땅속 지하묘지로 돌아와 자신이 알게 된 사실을 두고 생각에 잠겼다. 대수호자는 사라졌지만 티탄이 벼려낸 피조물들은 라에게 충성을 다했고, 북쪽의 동료와 뚜렷이 구분되는 새로운 문화를 발전시키기 시작했다. 대부분의 톨비르는 울둠 주위에 모여 그곳을 집으로 삼았다. 서쪽으로는 아누비사스가 크툰의 감옥을 감시하는 신성한 임무를 계속 수행했다. 모구 역시 동쪽에 머물며 지하에 묻힌 티탄의 기계장치와 보관실을 지켰다.

윈터스코른 전쟁

로켄의 배신 후 오랫동안, 티탄이 벼려낸 피조물들은 울두아르에서 추방당해 북부 칼림도어 곳곳으로 퍼져 나갔다. 느릿느릿 움직이는 거인들은 주위의 산과 바다로 점차 흩어지더니 모습을 감췄다. 토석인들은 아제로스의 깊은 곳까지 굴을 파고 내려갔고, 기괴하고 잔혹한 트로그라는 종족과 패권을 다퉜다. 다수 브리쿨은 지상에 남아 작은 부족들을 이루었다. 이런 부족 중 일부는 유목민이 되어 험난한 북부 지역을 떠돌기도 했다. 다른 부족들은 숲이 있는 북부 툰드라 지역에 정착했다.

이들 티탄이 벼려낸 피조물 세력은 아슬아슬한 평화를 유지했으나 오래가지는 않았다. 시간이 지나자 악의를 품은 세력이 움직였고 한때 수호자들이 보호했던 지역을 자신의 것이라고 주장했다. 로켄이 직접 창조한 두 생명체, 잔혹한 화염거인 볼칸과 이그니스도 그중 일부였다.

볼칸과 이그니스는 울두아르와 폭풍우 봉우리를 정복할 땅으로 생각했다. 하지만 그곳을 차지하려면 군대가 필요했다. 그들은 이를 위해서 브리쿨 부족 중에서도 사나운 윈터스코른 부족에게 눈을 돌렸다.

많은 브리쿨이 선천적인 호전성을 자랑했지만 대부분은 서로와 직접적인 대결을 피했다. 윈터스코른은 예외였다. 윈터스코른 브리쿨은 폭력과 공격성 넘치는 문화를 발전시켰는데 그것은 상당 부분 그들이 언젠가 용맹의 전당으로 승천할 것이라는 믿음 때문이었다. 그들은 분쟁을 즐겼으며 싸울 상대라면 같은 부족원도, 주위의 티탄이 벼려낸 피조물도 마다하지 않았다.

볼칸과 이그니스는 윈터스코른 부족을 무력으로 제압해 브리쿨의 전투 욕구에 불을 지폈다. 거인들은 마력을 주입한 갑옷으로 브리쿨의 강철 피부를 강화했다. 또한 티탄이 벼려낸 다른 피조물의 강철과 바위 피부를 부술 수 있는 강력한 무기를 만들었다.

트로그와 울다만의 기원

고대 신과의 전쟁 이후 수호자들은 의지의 용광로를 사용해 아제로스를 고치는 작업을 도울 새로운 피조물을 만들었다. 그러나 첫 번째 도안은 너무 복잡하고 의욕이 앞선 것이었다. 그들이 만들어 낸 것은 완벽한 하수인이 아니라 트로그라고 알려진 바위 피부의 야수였다. 수호자들은 곧바로 설계안을 수정하고 다듬었다. 그다음으로 의지의 용광로에서 만들어진 티탄이 벼려낸 피조물 세대는 토석인이라는 이름으로 불렸다. 수호자들은 트로그를 두고 고민에 빠졌으나 그들을 죽일 수는 없었다. 대신 아이로나야가 울다만이라고 알려진 작은 지하 수용소를 만들었고 트로그를 가뒀다. 그중 일부는 감금을 피해 새롭게 정돈된 아제로스를 떠돌았다. 다른 일부는 정령 세계에 있는 대지의 영역, 심원의 영지로 들어갔다.

그러나 이 새로운 군대가 위대한 정복에 나선 순간, 윈터스코른 브리쿨에게서 이상한 현상이 나타나기 시작했다. 브리쿨의 강철 피부가 약화됐고 부서지기 쉬운 상태로 변했다. 처음으로 육체의 저주가 모습을 드러낸 순간이었다.

볼칸과 이그니스는 장애물을 만났지만 그럼에도 전쟁을 포기할 생각이 없었다. 그들은 윈터스코른 부족에게만 의지해서는 전쟁에서 승리할 수 없음을 깨달았다. 볼칸과 이그니스는 군대를 강화할 목적으로 더 강력한 용암 골렘과 무쇠 피조물을 직접 설계하고 만들었다.

대규모 윈터스코른 군대는 온순한 토석인의 지하 은신처를 덮치면서 첫 번째 공격을 시작했다. 토석인들은 그런 압도적이고 조직화된 병력에 전혀 대항할 준비가 되어 있지 않았다. 동굴 전체에서 생명의 흔적이 사라져버렸다. 소수의 생존자들은 학살의 현장을 벗어났고 로켄의 분노를 피해 살아남은 티르와 아카에다스와 아이로나야의 도움을 청했다.

소식을 듣고 격분한 티르와 동료들은 곤경에 빠진 토석인들을 돕기 위해 곧바로 동굴을 찾았다. 티르는 직접 가장 용맹스러운 토석인을 이끌고 윈터스코른과 싸웠고 아카에다스와 아이로나야는 추후 공격을 막아 줄 방어 시설을 구축했다. 이윽고 토석인과 동료들은 윈터스코른 부족을 물리칠 수 있었다.

폭풍우 봉우리를 정복하려는 시도가 실패로 돌아갔지만 볼칸과 이그니스는 패배를 인정하지 않았다. 둘은 이글거리는 대장간으로 돌아와 다시 엄청난 군대를 조직했다. 골렘과 피조물로도 만족하지 못한 그들은 마법의 올가미를 만들어 원시용군단 전체를 노예로 삼았다. 원시용들은 탈것이 아니라 전쟁을 수행할 야수였다. 두 거인은 토석인의 심장에 공포를 불어넣을 불의 무기를 날개 달린 하수인들에게 마련해 주었다.

윈터스코른 부족은 다시 맹공을 감행해 토석인의 방어를 격파했고 동굴에서 몰아냈다. 토석인들은 얼어붙은 산길을 따라 흩어졌으나 적들에게서 달아나지 못했다. 지상에서는 브리쿨과 골렘이, 하늘에서는 원시용이 그들을 뒤쫓았다. 티르와 아카에다스, 아이로나야조차 분노한 윈터스코른에게서 몸을 피해야 했다.

티르는 자신들의 힘만으로는 윈터스코른을 꺾을 수 없다는 것을 알고 다섯 용의 위상에게 도움을 청했다. 고귀한 위상들은 티탄이 벼려낸 피조물이 떼죽음을 당한 광경을 보고서 격분했다. 또한 적들이 원시용을 노예로 삼았다는 사실을 알고서 더욱 노여워했다. 위상들은 주저하지 않고 날아올라 윈터스코른의 강철 병사들에게 자신들의 마력을 쏟아부었다.

용의 위상들은 갈라크론드를 상대할 때처럼 단결해 브리쿨 군대를 압도했다. 알렉스트라자는 마법의 불길로 벽을 세워 윈터스코른을 궁지에 몰았다. 말리고스는 피조물과 골렘이 움직이는 원동력인 마법의 정수를 흡수해 적들을 무력화했다. 또한 원시용들을 속박하는 마법의 올가미를 부서뜨리고 용들을 풀어 주었다. 넬타리온은 대지에서 산을 일으키고 브리쿨과 그들의 주인인 거인들을 가두었다. 마지막으로 이세라와 노즈도르무는 합심해서 전쟁을 종결지을 주문을 만들었다.

이세라와 노즈도르무는 윈터스코른 병사들을 온통 수면의 안개로 뒤덮고 티탄이 벼려낸 피조물들을 잠재웠다. 그런 다음 싸우지 못하는 그들을 북부 칼림도어 너머 무덤 도시에 가두어 버렸다. 그들은 에메랄드의 꿈의 평화로운 잠을 알지 못했다. 대신 의식을 잃고 무한한 잠 속에서 까마득한 시간 동안 머물러야 했다.

다가올 천 년 동안 육체의 저주는 잠든 윈터스코른을 계속해서 뒤틀 것이다. 그리고 마침내 잠에서 깨어나면 그들은 육체와 피로 이루어진 필멸의 생명체로 쇠퇴했음을 깨달을 것이다.

노르간논의 원반

티르는 윈터스코른을 격퇴한 후 마침내 로켄에게 눈을 돌렸다. 울두아르가 봉인되고 티탄이 벼려낸 피조물이 분열한다면 더 많은 분쟁이 발생할 터였다. 티르는 로켄을 처리하지 않으면 아제로스가 전쟁과 혼돈의 심연에 빠질 것이라고 단호하게 결론을 내렸다.

그러나 로켄을 쓰러뜨리려면 수년의 준비가 필요했다. 티르와 그의 동료인 아카에다스와 아이로나야는 우선 로켄의 활동에 관한 정보를 모으기로 했다. 그들은 이를 위해서 울두아르의 심장부에 있는 노르간논의 원반을 훔칠 계획을 세웠다. 그 유물은 로켄의 배신 등 아제로스에서 일어난 모든 일을 기록한 것이었다. 로켄의 술책으로 발생한 피해를 되돌리고자 한다면 그의 행동을 철저하게 조사해야 했다.

티르는 원반을 손에 넣을 계략을 세우고 울두아르 입구로 향했다. 그리고 로켄에게 아제로스를 위해 울두아르를 영원히 넘기라고 소리치며 만약 거절한다면 혹독한 대가를 치를 것이라고 위협했다. 울두아르 성채에 나타난 로켄은 극단적인 방법을 써야 되겠느냐며 티르를 설득했다. 두 수호자 간에 불같은 언쟁이 일었다. 정확하게 티르가 예상한 대로였다. 로켄이 정신이 팔린 동안 아카에다스와 아이로나야는 울두아르에 잠입해 노르간논의 원반을 훔쳤다.

티르 일행은 유물을 손에 넣은 다음 폭풍우 봉우리의 산마루와 얼어붙은 바위 사이로 돌아왔다. 그들은 로켄이 쫓아오는 것은 시간문제라고 생각했다. 티르 일행은 남쪽으로 떠날 준비를 했다. 그곳에서 몸을 숨길 곳을 찾고 다음 행동을 구상할 생각이었다.

티르와 동료들은 길을 나서기 전에 울두아르 주위에서 티탄이 벼려낸 피조물을 다수 규합했다. 육체의 저주에 영향을 받은 평화적인 브리쿨의 대규모 무리와 생존한 대부분의 토석인, 많은 기계노움이 여행에 동참할 뜻을 밝혔다. 티르와 아카에다스와 아이로나야는 이들 티탄이 벼려낸 피조물을 로켄의 배신 사건의 무고한 희생자라고 생각했고, 이들에게 울두아르를 해방하기 전에 안식처를 제공해 주겠다고 약속했다. 그들은 망명자가 되어 여러 주 동안 여행을 지속했고 드디어 로켄에게서 벗어났다고 생각했다.

로켄은 노르간논의 원반이 사라진 것을 알고서 공포에 사로잡혔다. 티르 무리가 알갈론이나 판테온 티탄에게 그 원반을 보여 준다면 그의 목숨은 끝이었다. 절박한 심정이 된 로켄은 강력한 티르가 원반을 복구하는 것을 막을 수 있는 유일한 생명체들에게 눈을 돌렸다. 바로 자카즈와 키틱스라는 이름의 크트락시 괴물들이었다.

자카즈와 키틱스는 검은 제국에서 활약한 크트락시 장군으로 몹시 잔혹하고 교활했다. 오래전 수호자들은 그들과 다른 느라키들을 고대 신과 함께 지하실에 봉인했다. 로켄은 각고의 노력 끝에 크트락시의 무덤을 발굴해 자카즈와 키틱스를 깨웠다. 그리고 끔찍하고 거대한 두 괴물에게 티르와 그를 따르는 모두를 죽이라고 명령했다. 두 크트락시는 로켄의 마음속에서 요그사론의 남은 흔적을 읽고 기꺼이 명령에 응했다.

자카즈와 키틱스는 멀리 떨어진 남쪽의 평화롭고 온화한 숲에서 도망 중인 수호자 무리를 따라잡았다. 티르는 동료들의 목숨을 걱정해 아카에다스와 아이로나야에게 티탄이 벼려낸 피조물들을 이끌고 더 남쪽으로 내려가라고 말했다. 그러면서 자신은 크트락시들을 최대한 붙잡아 둘 생각이었다.

티르의 강철 육신에는 아그라마르의 오래된 힘이 거의 사라지고 아주 희미한 그림자만 남았지만, 아그라마르의 숭고한 영혼은 사그라지지 않았다. 티르는 무고한 자들의 생명이 위험에 처한 상황에서 물러설 수 없었다.

그는 크트락시를 붙잡고 싸웠다. 비전 에너지와 암흑 에너지가 소용돌이치며 한때 평화로웠던 숲을 갈랐다. 고독한 수호자 티르와 크트락시는 꼬박 엿새 동안 밤낮을 가리지 않고 격렬한 전투를 이어갔다. 그는 싸우는 내내 한 시도 물러서지 않았으나 그것은 적들도 마찬가지였다. 티르는 피로가 누적되자 자신을 희생해 친구들을 보호하기로 결심했다. 그리고 남은 모든 힘을 크트락시에게 방출해 생명력을 대가로 눈부신 비전 에너지의 폭발을 일으켰다. 그 충격은 아제로스의 지축을 흔들 정도였다.

남쪽에서 아카에다스와 아이로나야는 지평선 너머로 마법이 분출하며 불길이 솟구치는 모습을 보았다. 두 수호자는 격렬한 에너지가 가라앉은 다음, 위험을 감수하고 전투가 벌어진 장소로 돌아갔다. 그들은 비전 마법으로 갈라진 거대한 구덩이에서 티르와 자카즈의 시신을 발견했다.

정의의 수호자 티르는 절망적인 상황에서도 두 크트락시를 거의 죽음의 문턱까지 데려갔다. 살아남은 키틱스는 티르의 복수에 찬 학살을 간신히 모면했다. 심하게 부상을 당한 키틱스는 뒤도 돌아보지 않고 서쪽으로 도망쳤다. 그리고 수천 년 동안 다시 나타나지 않았다.

아이로나야는 구덩이 주위의 숲을 티르가 쓰러졌다는 뜻을 담아 '티르의 몰락지'라고 부르며 그의 명예를 기렸고, 그 이름은 브리쿨의 언어로 '티리스팔'이 되었다. 아이로나야와 그녀의 추종자들은 티르와 크트락시를 쓰러진 자리에 묻었다. 그리고 티르의 거대한 은빛 손을 무덤 위에 세워 그의 용기와 희생을 기렸다.

망명자들은 모두 티르의 숭고한 희생의 이야기를 기리기로 했으나, 브리쿨은 그것만으로는 부족하다고 생각했다. 티르의 행동에 무척 감화받은 그들은 전투가 벌어진 그곳에 정착해 죽는 날까지 그의 무덤을 지키며 경계를 서기로 결심했다.

아카에다스와 아이로나야는 티리스팔 땅에 정착하겠다는 브리쿨의 뜻이 명예롭다고 생각했다. 그들은 토석인과 기계노움을 데리고 계속해서 남쪽으로 내려갔다. 일행이 최종적으로 도착한 곳은 칼림도어의 동쪽 끝, 티탄이 만든 금고인 울다만이었다. 아카에다스와 아이로나야는 울다만을 확장해 노르간논의 원반을 보관할 새로운 방을 만들었고 원반에 담긴 아제로스의 역사를 목숨을 바쳐 지키겠다고 맹세했다.

시간이 지나고 몇몇 토석인들이 서서히 육체의 저주의 징후를 보이기 시작했다. 다수의 티탄이 벼려낸 피조물이 그 증세가 점차 나빠질 것을 염려했다. 그들은 치료제가 발견될 때까지 동면에 들게 해달라고 요청했고, 아카에다스는 언젠가 그들을 깨워 주겠다고 약속하며 요구에 응했다. 그는 토석

티르의 희생

언젠가 티리스팔 지역에 거주할 필멸의 존재들은 지하에서 전해지는 두 가지 대립하는 에너지를 느낄 것이다. 하나는 수호자 티르가 남긴 영혼의 정수이고 다른 하나는 티르의 적, 자카즈의 에너지이다. 어떤 이들은 티르의 에너지에 감응할 것이고 또 어떤 이들은 크트락시 자카즈의 어두운 기운에 동화될 것이다.

티르의 은빛 손과 브리쿨 경비대

3장
고대 칼림도어

줄 제국의 등장과 아퀴르의 부활
어둠의 문이 열리기 16,000년 전

수많은 세대가 지났고 정돈된 아제로스에서는 생명이 만개했다. 영원의 샘을 둘러싼 숲 지대는 그 어느 곳보다 생명 활동이 활발했다. 비전 에너지로 이루어진 아제로스의 생혈이 성장과 부활의 순환을 촉진하고 있었다. 곧 그 땅의 원시적인 생명체들에게서 의식을 지닌 존재가 진화하기 시작했다.

가장 먼저 등장해서 자손을 퍼뜨린 생명체 중 하나는 트롤이었다. 야생의 사냥꾼이자 채집자인 그들은 아제로스의 숲과 밀림에서 번성했다. 트롤은 지능이 평범한 수준에 지나지 않았으나 엄청난 민첩성과 힘을 자랑했다. 또한 고유한 신체 작용 덕분에 육체적 부상에서 놀랄 만한 속도로 회복할 수 있었고 심지어 팔이나 다리를 잃어도 서서히 복구할 수 있었다.

초기 트롤들은 다양한 미신적 관습을 발전시켰다. 일부는 동족을 잡아먹으며 전쟁에 몰두했다. 몇몇은 신비로운 의식과 명상을 통해서 지식을 추구하기도 했다. 또 다른 이들은 부두술이라고 알려진 어둡고 강력한 형태의 마법과 결속을 다졌다. 각자 풍습은 달랐지만 트롤은 칼림도어의 신비로운 야생 신들을 중심으로 하는 공통 종교를 가지고 있었다. 그들은 그 강력한 존재를 '로아'라고 불렀고 신처럼 숭배했다.

트롤은 야생 신들을 숭상하며 남부 칼림도어의 산과 고원 지대 가까이에 모여들었다. 그곳은 트롤이 기리는 많은 로아의 고향이었다. 그들은 그 신성한 산맥을 잔달라라고 이름 짓고 산비탈에 소규모 야영지를 건설했다.

잔달라 부족이라고 불렸던 트롤의 가장 강력한 집단이 잔달라의 신성한 지역인 가장 높은 고원 지대 대부분을 차지했다. 그리고 그 정상에 초기 형태의 집단 사원을 건설했다. 시간이 지나면서 그곳은 북적거리는 사원으로 발전했고 줄다자르라는 이름으로 알려졌다.

이후 수백 년에 걸쳐 다른 부족들이 융성했고 영토나 힘에서 잔달라 부족을 위협했다. 가장 주목

잔달라 트롤의 수도, 줄다자르

잔달라 트롤의 수도, 줄다자르

할 만한 트롤은 사납기로 유명한 구루바시, 아마니, 드라카리 부족이었다. 특히 구루바시와 아마니 부족은 칼림도어의 무성한 밀림과 숲지대에서 엄청난 영토를 장악했다. 가끔씩 트롤 부족들은 사냥터를 두고 충돌하기도 했다. 그러나 대규모 분쟁은 거의 없었고 오래 지속되지도 않았다. 트롤들은 무척 사납고 숙련된 전사였기에 실제로 분쟁이 발생한다면 모두 혹독한 대가를 치러야 했다. 곳곳에 누구의 손길도 미치지 않은 땅이 있었고 다양한 트롤 부족들은 전쟁을 감수하기보다 새롭게 정착하는 것이 이롭다는 지혜를 빠르게 습득했다.

그러나 부족 의술사와 사제가 금지한 단 한 곳의 장소가 있었으니, 잔달라 산맥 아래 검은 돌로 이루어진 작은 둔덕이었다. 로아는 부족의 비술사들에게 그 검은 돌을 건드렸다가는 가혹한 대가가 따를 것이라고 경고했다. 수년 동안 누구도 그 명령을 거스를 생각을 하지 못했다.

그러나 결국 호기심을 이길 수는 없었다.

일군의 반항적인 트롤 무리가 금지된 돌무덤을 파헤쳤다. 검은 돌들은 단순한 바위 조각이 아니라 괴물 같은 생명체의 날카로운 가죽이었다. 어떤 트롤도 그런 것을 본 적이 없었다. 트롤은 그것이 아직 발견되지 않은 로아이며 다른 영혼들이 그렇게 두려워하는 것으로 미루어 보아 아주 강력한 존재일 것이라고 생각했다. 그들은 잠든 괴물을 깨우기 위해 사악한 의식을 수행하고 살아 있는 제물을 바쳤다.

거대한 크트락시 장군이 피의 제물에 자극을 받아 길고 길었던 잠에서 깨어났고 자신을 깨운 트롤들을 가차 없이 학살했다. 트롤들은 그 괴물이 수호자 티르와의 전투에서 살아남은 키틱스라는 사실을 알지 못했다. 키틱스는 심각한 부상을 당한 채 남서쪽으로 도망쳤는데 그곳이 바로 후일 잔달라 산맥으로 알려진 지역이었다. 그는 쓰러져서 깊은 잠에 빠져들었다. 그 지역에 살던 로아는 괴물의 존재에 동요하며 다른 생명체가 방해하지 않도록 키틱스를 흙 속에 파묻었다.

잠에서 깨어난 키틱스는 경멸 어린 시선으로 트롤 문명을 바라보았다. 억겁의 시간 전의 검은 제국에 비하면 그것은 희미한 그림자에 불과했다. 키틱스는 이 가련한 문명을 잿더미로 만들어 버리면 고대 신의 기쁨을 살 것이라고 생각했다. 그는 정신을 넓게 펼쳐 지배할 만한 종족을 발견했다. 바로 아퀴르였다. 그 곤충류는 검은 제국이 몰락한 후 지하에 작은 굴과 구멍을 파고 숨어 있었다.

키틱스는 아퀴르 무리를 모으고 전쟁을 일으켜 다시 한 번 아제로스에서 패권을 차지하려 했다. 키틱스가 힘을 키우고 회복하는 동안 곤충 종족 아퀴르는 아즈아퀴르라는 거대한 지하 제국을 건설했다. 키틱스는 아퀴르 군대가 커지는 과정을 끈기 있게 지켜보며 기다렸다. 때가 되자 키틱스는 지하 제국에서 아퀴르를 불러냈고 그들은 대지를 뒤흔들며 전진했다.

사냥 경험이 풍부한 트롤은 만만찮은 적이었으나 아퀴르 군대는 그들이 이제껏 겪어 보지 못한 상대였다. 끊임없이 밀려드는 곤충의 군단 앞에서 수많은 소규모 부족들이 쓰러졌다.

아퀴르가 잔달라 산맥 가까이에 위협적으로 접근하자 잔달라 부족은 행동에 나섰다. 그들은 이질적인 트롤 부족들을 규합해, 줄 제국이라는 하나의 강력한 군대를 구성했다. 이 새롭게 꾸려진 공동체의 구성원들은 서로의 차이를 제쳐 놓고 협력해 아퀴르에 대항했다.

잔달라 부족은 트롤 군대를 지휘하는 역할을 맡았다. 그들은 높다란 산속에 세워진 사원에서 적의 움직임을 감지하며 약점을 찾아 공격했다. 잔달라의 지휘 아래 트롤들은 주위 숲을 이용한 잠복 전술로 적의 병력을 줄여나갔다. 또 다른 곳에서는 신성한 사제들이 로아를 소환해 적을 공격했다. 사나운 야생 신들은 트롤 전사들과 함께 싸우며 아퀴르 군대를 찢어발겼고 키틱스에게 부상을 입혔다.

아퀴르는 그 신성한 산맥을 온전히 장악하지 못하고 별수 없이 후퇴할 수밖에 없었다. 키틱스는 로아에게 큰 부상을 입은 채 가까운 아퀴르 추종자 부대를 데리고 북동쪽으로 도망쳤다. 다른 아퀴르 부대가 트롤을 상대하는 동안 그곳에서 힘을 되찾을 생각이었다.

잔달라 부족은 아퀴르를 격퇴하긴 했지만 그들이 다시 심각한 위협이 될 수 있다는 것을 알았다. 만약 그냥 내버려 둔다면 그 곤충 종족은 트롤의 외곽 영토를 공격할 것이 분명했다.

잔달라 부족의 지령에 따라 다른 부족들은 아퀴르를 추격해 나갔다. 곧 그들은 아퀴르를 죽이는 것만으로는 충분하지 않다는 것을 깨달았다. 살아서 지하로 숨은 아퀴르는 그곳에서 새로운 군체를 형성한 다음, 나중에 다시 기어 나올 수 있었다. 그 위협을 완전히 차단하려면 대륙 전체를 감시해야 했다. 그리하여 잔달라 트롤은 아마니, 구루바시, 드라카리 부족 같이 가장 권력에 굶주린 트롤들에게 아제로스 전역에 걸쳐 새로운 요새를 건설하라고 설득했다. 아퀴르를 물리친 지금 그들은 비옥한 땅이라면 어떤 곳이라도 새롭게, 아무런 방해도 받지 않고서 차지할 수 있었다.

야심에 찬 부족들은 기꺼이 동의했다. 드라카리 부족은 아퀴르 군대를 상대하며 얼어붙은 북부까지 밀고 올라갔다. 그런데 드라카리 트롤은 전혀 예상하지 못한 적을 만나고 말았다. 그것은 타락한 톨비르였다. 티탄이 벼려낸 피조물 톨비르의 소규모 무리는 울두아르 바깥에 기거하던 중 아퀴르에게 붙잡혀 노예가 되었다. '흑요석 파괴자'라고 불린 그들은 몸이 바위로 이루어졌고 흉포함에 있어서는 드라카리 트롤을 거의 압도할 정도였다. 그러나 수년 동안 지속된 전투를 통해 교활한 전사로 거듭난 드라카리는 놀라운 방법으로 적들을 처치했고 쓰러뜨렸다.

구루바시 트롤도 티탄이 벼려낸 피조물의 타락한 무리를 만났다. 구루바시 트롤은 남서쪽으로 향했는데, 그곳에서 곤충 종족 아퀴르가 고대 신 크툰이 갇힌 복잡한 감옥, 안퀴라즈를 온통 뒤덮고 있었다. 그들은 안퀴라즈에 침투해 감옥을 지키는 아누비사스 거인을 노예로 삼았다.

구루바시와 아퀴르 사이의 초반 교전은 트롤의 처참한 패배로 끝났다. 아퀴르와 강력한 아누비사스는 서너 곳의 구루바시 야영지를 괴멸시켰다. 그 후 잔달라 부족은 구루바시 사제들에게 대규모 부대 대신 기동력 있는 소규모 습격대로 부족을 나누라고 지시했다. 트롤은 이 새로운 전략으로 끊임없이 적을 괴롭히면서 수년 동안 아퀴르 군대의 수를 줄였다. 트롤은 아퀴르를 완전히 쓸어 내지는 못했지만 결국 주위 영토를 차지했고 누구도 넘볼 수 없는 지배력을 행사했다.

한편 아마니 부족은 키틱스를 처치하기 위해 길을 떠났다. 그들은 키틱스의 흔적을 뒤쫓아 아퀴르 수비병을 끝도 없이 쓰러뜨려 가며 멀리 북동쪽 숲까지 나아갔다. 아마니 트롤은 격렬한 최후의 전투에서 부족 전체가 키틱스와 부하들에게 뛰어들어 자살 공격을 펼쳤다. 극소수의 트롤 병력만이 살아남았다. 결국 지칠 줄 모르는 트롤 사냥꾼들은 키틱스를 굴복시켰다.

비록 비싼 대가를 치렀지만 아마니 부족의 무서운 명성은 다른 부족 사이에서 전설이 되었다. 아마니 트롤은 키틱스가 쓰러진 곳에 새로운 정착지를 세웠다. 그곳은 후일 줄아만이라고 알려진 사원으로 발전했다.

크트락시가 죽자 아퀴르는 목적의식을 잃었고 공세가 한풀 꺾였다. 트롤과 아퀴르의 전쟁은 극적인 전환을 맞았다. 트롤은 아퀴르의 박멸을 새로운 과제로 삼았다.

수세기에 걸친 잔혹한 전투 끝에 트롤은 아퀴르 제국을 무너뜨렸고 곤충 종족을 대륙의 최북단과 최남단에 가두었다. 중앙 칼림도어에서 아퀴르의 흔적은 영원히 사라졌다. 살아남은 아퀴르는 트롤의 공격을 막기 위해 지하 굴에서 방비를 강화했고 더는 싸울 의지를 보이지 않았다. 시간이 지나고 트롤들은 승리를 선언했다.

모두를 하나로 묶어 주던 전쟁이 끝나자 트롤 부족들은 어느 때보다도 멀어지고 배타적으로 변했다. 멀리 떨어진 부족의 요새들은 그들의 터전과 사원이 되어 생기가 넘쳤고, 마침내 자체적인 제국으로 발전했다. 잔달라 부족은 자신들의 고원으로 돌아와 영적인 지식을 추구했다. 그러면서도 그들은 이질적인 트롤 부족들에게 항상 막대한 영향을 끼쳤다.

네루비안, 퀴라지, 사마귀

아퀴르 제국에서 세 가지 문명이 발생했다. 북부의 곤충 종족은 요그사론의 지하 감옥 근처에 모여들었다. 그 아퀴르들은 고대 신과의 인접성 때문에 점차 네루비안이라는 종족으로 진화했다. 그들의 왕국은 아졸네룹이라는 이름으로 알려졌다.

남서부의 아퀴르는 크툰을 가둔 감옥인 안퀴라즈를 거처로 삼았다. 사로잡힌 고대 신 크툰의 부정한 존재가 오랜 시간 아퀴르의 형태를 점점 왜곡시켰고, 퀴라지라 불리는 종족을 만들어 냈다.

남동부의 아퀴르는 이샤라즈의 정수가 대지를 오염시키는 곳으로 모였다. 그 곤충들은 결국 사마귀라 불리는 종족으로 변했다. 아퀴르 제국이 무너지기 전부터 그들은 영원꽃 골짜기 근처에 거대한 군락인 만티베스를 세웠다.

사마귀의 순환

아퀴르 한 무리가 트롤과의 전쟁 후반부에 칼림도어 최남단으로 모여들었다. 그들은 거대한 키파리 나무 뿌리 아래에서 새로운 제국을 일으켰다. 이후 사마귀라고 알려진 그 곤충 종족은 자신의 힘으로는 승리할 수 없다는 것을 깨닫고서 전쟁을 지속할 이유가 없다고 생각했다.

사마귀들은 곤충 종족에게서 드문 절제력을 발휘해 그렇게 결론을 내렸다. 그들은 여전히 고대의 주인이 언젠가 감옥을 나와 아제로스의 지배력을 되찾을 것이라고 믿으며 고대 신을 열렬하게 숭배했다. 고대 신을 섬기는 가장 좋은 방법은 그들의 힘을 소모하는 것이 아니라 아껴서 날카롭게 다듬는 것이었다. 그들 사마귀는 생존을 위협받지 않으면서도 더 강하게 발전했다.

존경받는 여제가 사마귀의 일상 활동을 통치했으나 그 곤충 종족의 운명을 다스린 것은 다른 집단이었다. 그 집단의 구성원들은 스스로를 클락시라고 불렀는데 그것은 사마귀의 언어로 '사제'라는 뜻이었다. 그들은 종족을 지키고 힘을 키운다는 희망을 품고 여제와 사마귀 무리의 행동을 인도했다. 클락시는 트롤에게 복수하기보다 다른 적에게로 눈을 돌렸다.

그들이 있는 곳 근처에는 모구가 살고 있었다. 티탄이 벼려낸 강력한 피조물인 모구는 헤아릴 수 없는 세월 동안 영원꽃 골짜기를 수호했다. 사마귀는 죽은 고대 신 이샤라즈가 남긴 존재의 흔적에 이끌렸다. 이샤라즈의 부패한 심장은 대수호자 라에 의해서 영원꽃 골짜기 지하에 갇혀 있었다.

사마귀는 골짜기 지하에 묻힌 어둠의 정수를 찾기 위해 모구에게 기습 공격을 감행했다. 티탄이 벼려낸 피조물인 모구는 간신히 그 곤충의 무리를 막아 내고 적들을 키파리 숲으로 쫓아냈다.

클락시는 패배했지만 실패했다고 생각하지는 않았다. 살아남은 사마귀 전사들은 성장했고 더욱 강해졌으며 교활해졌다. 클락시는 끈기 있게 백 년을 기다린 다음 다시 모구를 공격했다. 그들은 새로운 세대의 젊은 사마귀를 보내 모구를 덮쳤다. 이번에도 생존자들은 더욱 강해져서 돌아왔다.

그렇게 해서 사마귀의 순환이 시작되었다. 백 년마다 새로운 사마귀 무리가 모구와 전쟁을 벌였다. 맹렬한 전투는 사마귀 무리에서 약자들을 걸러 냈고 강한 자들만이 키파리 나무로 돌아올 수 있었다. 불과 몇 차례 순환만으로 사마귀 문명은 날카롭게 연마되고 단단해졌다. 그들의 관심사는 전적으로 종족에서 약한 자들을 제거하고 강한 자들을 더욱더 강하게 만드는 것뿐이었다.

모구는 그러한 변화를 걱정스럽게 관찰했다. 그들은 다음 순환 주기를 끊기 위해 만티베스에서 전쟁을 일으켰다.

모구가 공격해 온 때는 사마귀로서는 달갑지 않은 시점이었다. 다음 무리의 전사들이 부화하려면 수십 년이 더 필요했다. 사마귀의 병력은 적었고 모구는 많았다. 처음에 모구는 곤충 종족의 병력을 초토화시켰다. 심지어 예전의 전투에서 생존한 가장 강한 전사들마저 죽어 갔다. 전투의 형세를 뒤집은 것은 단 하나의 사마귀, 코르벤이었다. 그는 키파리 호박석으로 벼려낸 칼날로 무장하고서 모구 병사를 가르고 공격을 저지해 적을 돌려보냈다. 코르벤의 능력은 실로 위대했다. 많은 사마귀들은 심지어 그가 죽음도 피해갈 수 있다고 믿었다.

클락시의 고위 장로들은 코르벤을 '용장'이라고 칭했고 그의 업적이 사마귀 종족 사이에서 전설로 남을 것이라고 단언했다. 그러나 명예로운 전사 코르벤은 전설이 되는 걸로 만족하지 않았다. 코르벤은 종족이 위기에 처한 지금, 자신이 소임을 다할 유일한 기회가 왔다고 생각했다. 그는 사마귀 종족의 방어를 운에 맡기고 싶지 않았다. 클락시도 그에 동의하면서 해결 방안을 찾으라는 임무를 주었다.

코르벤은 수년 동안 키파리 수액으로 실험을 반복한 후, 호박석을 이용하면 살아 있는 생물을 거의 수천 년 동안 보존할 수 있다는 사실을 발견했다. 클락시가 호박석 고치에 최고 전사들을 보존하고 필요할 때 깨운다면 언제 재앙이 일어나더라도 극복할 수 있었다. 코르벤은 호박석에 보존될 첫 번째 영웅이었다. 클락시는 그의 업적을 기리며 '시초자 코르벤'이라고 명명했다. 코르벤은 첫 번째 용장이 되었고 후일 그의 뒤를 이어 많은 용장이 등장했다. 코르벤이 호박석 무덤에서 조용히 누워 있는 동안, 그가 거의 혼자 힘으로 되살린 사마귀의 위대한 순환은 계속되었고 수많은 세대가 지나도록 깨지지 않고 이어졌다.

백왕의 시대
어둠의 문이 열리기 15,000년 전

대수호자 라가 모습을 드러내지 않은 수천 년 동안 그의 충성스러운 모구는 영원꽃 골짜기의 경계를 계속 유지하며 사마귀 군단의 연속된 공격을 용감하게 막아 내고 있었다. 그들은 몇 세기에 걸쳐 지속된 역경에도 언젠가 대수호자가 돌아올 것이라고 믿었다.

그러나 육체의 저주가 모구 병사들에게 나타나면서 그 믿음도 사라졌다.

모구는 처음으로 필멸의 운명을 마주했다. 마음속에서 두려움과 불확실성이 뿌리를 내렸다. 작은 의견 차이가 분쟁과 폭력과 유혈 사태로 이어졌다. 무리는 서로 뭉쳤고 수십 개의 부족과 장군들이 나타나 끔찍한 권력 투쟁을 벌였다. 승리를 거둔 이들도 곧 경쟁자들에게 쓰러졌다. 그러는 동안 모구의 문화와 언어, 심지어 목적의식과 정체성까지 변화하기 시작했다. 혼란과 분쟁의 이 시기는 백왕의 시대로 알려졌고 모구는 내부 문제로 자멸의 위험에 처할 정도로 세력이 감소했다.

그들의 원초적인 본능만이 괴멸을 피할 수 있게 해 주었다. 새로운 사마귀 군단이 등장할 때마다 모구의 사소한 분쟁은 수그러들곤 했다. 다양한 부족들이 마지못해 협력하면서 사마귀에게 맞섰다. 그러나 사마귀들이 물러나면 다시 내부의 적개심이 표면화되었다.

모구가 사마귀와 전투를 치르는 동안 다른 종족들이 모습을 드러내기 시작했다. 그들은 영원꽃 골짜기에서 뿜어져 나오는 강력한 힘에 이끌렸다. 그 놀랍고 새로운 종족 중 하나는 물고기를 닮은 신비로운 진위로, 강과 호수에서 모습을 드러냈다. 호젠이라고 알려진 기운차고 짓궂은 원숭이 종족도 골짜기의 넓은 지역을 둘러싼 밀림에 거주하기 시작했다. 그러나 새롭게 등장한 이들 종족 중에서 단연 뛰어난 지성을 갖춘 종족은 지혜로운 판다렌이었.

또한 영원꽃 골짜기에 나타난 많은 생명들에게 흥미를 보인 네 야생 신이 있었으니, 그들은 백호 쉬엔, 옥룡 위론, 주학 츠지, 흑우 니우짜오였다.

쉬엔과 동료 야생 신들은 골짜기에 모여서 그곳에 사는 수많은 생명들을 지켜보고 인도했다. 그들은 모구의 내전에 종종 곤혹스러워하면서도 다른 종족들이 번성하는 모습에 기뻐했다. 쉬엔을 비롯한 반신들은 특히 판다렌과 가까운 관계를 형성했는데 평화를 선호하는 그들의 성향이 크게 작용한 덕분이었다.

판다렌은 야생 신을 자애로운 신으로 여기며 '위대한 천신회'라고 칭했다. 또한 판다렌은 그 비범한 존재들을 기리는 숭배 방식을 체계적으로 발전시켰다. 야생 신들은 그 보답으로 판다렌에게 지식을 전수하고 철학과 자연 세계에 대한 유대감을 심어 주었다. 위대한 천신회의 인도에 따라 판다렌은 주위 환경에 어우러지는 평화와 조화를 추구했다.

그러나 곧 새로운 모구 지도자가 나타나 그들의 철학에 도전했다. 그의 이름은 레이 션이었다. 그의 통치는 영원꽃 골짜기에 사는 필멸의 종족들뿐만 아니라 위대한 천신회까지 위협했다.

사마귀 군대에 맞서 영토를 수호하는 모구

천둥왕
어둠의 문이 열리기 15,000~12,200년 전

판다렌과 여러 종족이 영원꽃 골짜기 주위에서 번성하는 가운데, 모구는 끝없는 내분에 빠져 있었다. 그러한 폭력의 순환 속에서 레이 션이라는 전사가 권력의 중심으로 떠올랐다.

하급 장군의 자손이었던 젊은 레이 션은 부족 간의 참혹한 전쟁에 철저하게 길들여졌다. 레이 션은 뛰어난 실력으로 전투에서 승승장구하면서도 끊임없는 분쟁과 정치 공작은 모구의 타고난 능력에 반하는 행위라고 생각하며 아버지의 충직한 신하로 남았다.

결국 가까운 고문 하나가 배신 끝에 레이 션의 아버지를 살해하는 일이 일어났다. 죽은 장군의 부족원들은 거의 모두가 레이 션을 버리고 다른 부족의 군대로 피신했다. 오직 소수의 충성스러운 병사들만이 그의 곁을 지켰다. 레이 션은 배신자들을 응징하고 분쟁을 이어 가는 대신에 추방자의 길을 택했다. 그는 대륙을 떠돌며 배신과 분열로 몰락하는 모구들에 대해 깊게 사색했다.

곧 레이 션은 자신의 지력과 이성으로 알아낼 수 없는 답을 갈구하기 시작했다. 그리고 오랫동안 나타나지 않았던 모구의 주인, 대수호자 라를 찾아 나섰다.

최근 수백 년 동안 대수호자 라는 모구 언어로 '주인 라'를 뜻하는 라덴이라는 이름으로 알려졌다. 라가 아직 살아 있다고 믿는 모구는 거의 없었다. 고대의 창조자가 어째서 그들을 육체의 저주에 고통받도록 허락했다는 말인가? 레이 션은 그에게 계획이 있을 것이라고 생각했다. 주인에게는 나름의 목적이 있을 것이며 지금 모구의 시련은 시험에 불과한 것이라고 믿었다. 어쩌면 그것은 티탄의 의지일지도 몰랐다. 어쨌든 라덴은 티탄의 살아 있는 도구였기 때문이다.

레이 션은 수년 동안의 노력 끝에 영원꽃 골짜기 북쪽의 지하에 숨겨진 석굴의 입구를 발견했다. 끊임없는 분쟁 때문에 모구가 거의 잊다시피 한 신성한 장소였다. 레이 션은 그곳에서 라덴을 발견했다. 그는 고요한 땅속에서 조용히 앉아 있었다. 라덴은 젊은 모구의 침입에도 아무런 반응을 보이지 않았다. 레이 션이 모구의 진정한 목적에 관해 묻기 시작했을 때에도 그는 아무 말이 없었다.

레이 션의 광기

레이 션은 아버지의 권력을 차지하려 들지 않았고 그 결정 덕분에 목숨을 부지할 수 있었다. 부족의 지도자가 죽으면 보통은 그 가족까지 바로 살해하여 부족의 혈통을 영원히 끝내는 것이 모구의 관례였다. 레이 션의 명상은 다른 이들에게 절망과 광기의 징후로 보였기 때문에 대다수 모구는 레이 션이 누구에게도 위협이 되지 않을 것이라고 생각했다.

며칠이 지났고 몇 주가 지났다. 레이 션은 주인의 침묵에 좌절감을 느꼈다. 마침내 레이 션은 라가 어떤 정교한 계획을 꾸미지도 않았고 티탄의 일도 살피지 않았다는 사실을 깨달았다. 대수호자 라는 그저 포기한 것이었다. 모구의 고통은 주인이 사라진 탓일 뿐 그 이상도 이하도 아니었다.

레이 션은 라에게 분노를 터뜨리며 티탄과 대의를 저버린 것을 비난했다. 라는 레이 션의 격한 말을 듣고서 무감각한 상태에서 깨어났다. 라는 레이 션을 근처에 있는 천둥산으로 데려갔다. 폭풍이 끝없이 몰아치며 하늘을 가르고 있었다. 모구들은 천둥산이 금지된 곳이라고 믿었기에 그때까지는 어떤 모구도 그 산에 오른 적이 없었다. 라덴은 거대하고 화려한 금고 속에서 아만툴의 남은 힘을 소환해 레이 션에게 원하는 답을 보여 주었다. 판테온의 티탄은 죽었다. 그것도 동료의 손에…. 티탄의 마지막 희망은 아제로스였으나 그곳에는 이미 공허의 생명체가 들끓고 있었다.

대수호자 라는 레이 션이 사실을 알게 되면 자기처럼 영혼이 산산조각 날 것이라고 생각했다. 그러나 모구는 전혀 예상하지 못한 반응을 보였다.

레이 션은 그의 주인이 티탄의 대의에 관심을 보이지 않는다면 자기가 직접 그 일을 수행하기로 마음먹었다. 그는 돌연 라덴을 공격해 무력화한 다음 그 위대한 존재를 마력이 깃든 무쇠 팔찌에 결속시켰다. 레이 션은 라덴의 엄청난 힘을 훔쳤을 뿐만 아니라 아만툴의 힘까지 차지했다.

레이 션의 영혼에 상상할 수 없는 힘이 밀려들었다. 그는 배신에 분노하고 혼란에 빠진 라덴을 천둥산에 가두었다. 레이 션은 산에서 내려와 남은 부하들을 만났고 그들은 경외의 눈으로 그를 바라보았다. 레이 션이 새로운 힘을 얻었다는 소문이 모구 부족들 사이에서 퍼졌다. 어떤 이들은 레이 션이 신의 심장을 꺼내 먹었다고 믿었다. 레이 션이 영원꽃 골짜기에 깃든 고대의 힘을 부린다고 주장하는 이들도 있었다. 그의 정체가 다시 태어난 티탄이라고 속닥거리는 이들도 있었다.

그러나 그 모든 이야기에 공통된 한 가지 사실이 있었으니, 바로 '천둥왕'이 모두에게 머리를 조아리라고 요구했다는 것이었다. 레이 션은 자신이 티탄의 생득권을 지녔으며 복종을 거부한다면 누구든 죽이겠노라고 말했다.

그 후 레이 션은 아제로스의 주인이자 세계혼의 수호자로서 모구를 통합하고 새 운명을 개척하기 위한 작업에 착수했다. 모구를 병들게 했던 한심한 반목과 내전은 이제 용인될 수 없었다. 레이 션은 번개와 천둥의 힘을 구사하며 반대 세력을 모두 평정했다. 운이 좋았던 적은 빠른 죽음을 맞이했고 운이 나빴던 적은 수백 년 동안 사슬에 묶여야 했다.

처음에는 대부분의 모구가 두려운 마음에 레이 션에게 모여들었다. 그러나 그의 '기적'은 곧 모구들에게서 헌신을 이끌어 냈다. 천둥왕은 수호자들의 마력이 깃든 도구를 사용하는 방법을 익혔다. 그 중 하나가 영원꽃 골짜기 북부의 땅속에서 발견한 나락샤의 동력장치였다. 레이 션은 그 엄청난 기계 장치를 이용해서 육체와 바위로 새로운 생명체를 빚어내기 시작했다. 모구는 심지어 스스로 육체의 저주를 되돌릴 방법을 발견하기도 했다.

레이 션의 통치 아래 번영과 만행의 시기가 영원꽃 골짜기를 뒤덮었다. 그것은 모구에게 새롭고 영광스러운 제국의 탄생을 의미했다. 그러나 다른 종족에게는 폭정의 시대가 시작됨을 알리는 신호탄이었다.

두 제국

레이 션의 제국은 확대되었고 힘도 강해졌다. 곧 그는 영토 내에 있는 모든 생명체를 자신의 부하로 생각하기 시작했다. 그는 육체의 저주를 나약함이라고 여겼다. 또한 모든 모구가 육체의 저주를 완전히 정화하지 못한다고 해도 육신을 지닌 다른 존재들의 위에서 군림할 것이라고 생각했다.

천둥왕 레이 션은 영원꽃 골짜기 주위에서 노예 정복 전쟁을 시작했다. 스스로 건설한 작은 제국에서 살았던 지혜로운 진위는 용감하게 싸웠지만 결국 무력 앞에 무너졌다. 모구는 진위의 마을을 약탈했고 그들의 문명을 온통 폐허로 만들었다.

진위의 운명을 전해 들은 판다렌은 영원꽃 골짜기 북쪽 쿤라이 봉우리로 피신했다. 판다렌은 그곳에서 백호 쉬엔의 보호를 청했다. 군대를 이끌고 산에 이른 레이 션은 쉬엔에게 판다렌의 운명을 걸고 결투를 벌이자며 도전했다. 쉬엔은 도전을 받아들였고 백호와 천둥왕의 대전투는 며칠 동안 이어지며 쿤라이 봉우리의 하늘을 뒤흔들었다. 결국 쉬엔은 티탄의 힘을 훔친 레이 션을 당할 수 없었다. 레이 션은 위대한 천신회가 볼 수 있도록 쉬엔을 산봉우리 부근에 결박하고 판다렌이 모구의 노예가 되었음을 알렸다. 레이 션은 판다렌의 평화적인 철학자들이 자신의 지배 기반을 약화시킬 것을 염려해 읽고 쓰는 것을 익히지 못하게 했고 모구 언어를 제외한 어떤 언어도 말하지 못하게 했다. 이를 어기는 자는 느리고 잔혹한 죽음을 맞아야 했다.

모구는 정복당한 종족의 피와 땀으로 거대한 궁전과 기념물을 건설했다. 곧 제국은 언어를 통일했고 도량형을 수립했으며 아제로스 최초로 성문법을 제정했다. 다른 종족들보다 모구를 우선시하는 잔혹한 법령이었다. 레이 션은 또한 노예들에게 병역을 지웠고 한때 사마귀에게서 영원꽃 골짜기를 방어하는 데 쓰였던 조악한 성벽을 확장하라고 명령했다. 그렇게 해서 곤충의 땅과 모구의 영토를 가르는 거대한 성벽인 용의 척추가 만들어졌다. 노예가 죽거나 충분하지 않을 때는 나락샤의 동력장치를 가동해 새로운 노예를 빚어냈다. 이로 인해 몸은 작지만 강건한 그루멀과 야만적인 파충류 사우록 등 다수의 생명체들이 등장했다.

호젠의 배신

진위는 제국의 전성기에 호젠과 가까운 관계를 맺었다. 두 종족은 모구가 침공할 경우 서로를 돕는 데 동의했다. 그러나 진위가 레이 션에 맞서서 마지막 결전을 벌이기 전날 저녁, 호젠은 진위를 배신했다. 진위의 명목상 동맹이었던 호젠은 비밀스럽게 천둥왕에게 충성을 맹세했다. 모구는 그 대가로 특별 대우를 약속했지만 그것은 지켜지지 않았다. 호젠의 배신으로 진위의 패배는 더 확실해졌고 진위와 호젠 사이에서는 수 대에 걸쳐서 극심한 갈등이 지속되었다.

위대한 천신회의 운명

레이 션이 백호를 감금한 후 다른 천신회의 존재들도 판다렌을 돕기 위해 내려왔다. 그러나 쉬엔과 마찬가지로 모두 천둥왕에게 무릎을 꿇었다. 레이 션은 그 일이 있은 후부터 천신회 숭배를 금했고 사형으로 다스렸다. 판다렌은 야생 신들과의 유대를 상당 부분 잃었으나 모두가 그랬던 것은 아니었다. 두려움을 모르는 소수의 판다렌이 비밀리에 천신회의 가르침을 이어 갔다.

모구 제국은 곧 아제로스의 다른 문명의 주의를 끌었다. 특히 잔달라 트롤은 천둥왕이 지닌 초자연적인 힘에 압도되었다. 잔달라 부족을 이끄는 일원이자 존경받는 대사제였던 줄라트라는 모구에게서 절호의 기회를 발견했다. 줄라트라는 수행단을 이끌고 천둥왕의 영토까지 찾아와 간단한 제안을 전했다. 모구는 세계의 힘을 가졌지만 트롤은 이 땅의 지식을 가졌다. 두 제국은 서로를 위대하게 만들고 각자 비밀을 전수해 줄 수 있으니 동맹을 맺는다면 아제로스의 그 누구도 감히 거스를 수 없을 것이라는 내용이었다.

그 제안은 레이 션의 흥미를 자극했다. 그가 지금껏 보았던 종족들은 주위 환경 속에서 평화롭게 살기를 추구했다. 환경을 정복하고자 하는 생명체는 트롤이 처음이었다. 모구는 그들의 땅에서 멀리 나가는 일이 거의 없었다. 영원꽃 골짜기를 보호한다는 뿌리 깊은 의무와 미신이 아직 그들의 행동에 영향을 미쳤다. 그들은 이제 무지 상태에서 벗어나 세계를 탐험할 수도 있었고 트롤과 동맹을 맺고 그 신비를 빠르게 배울 수도 있었다.

사실 두 지도자 모두 배신할 계획을 꾸미고 있었다. 줄라트라는 일단 모구의 비밀을 밝히면 레이 션의 신과도 같은 힘을 훔칠 수 있으리라고 믿었다. 천둥왕은 잔달라를 이용한 다음 그들을 노예로 부릴 심산이었다. 하지만 그들은 자신의 계획을 동료들에게도 알리지 않은 채 공개적으로 협상을 진행했다. 잔달라는 지식을 전수하고 모구는 비전 마법을 가르쳐 주기로 했다. 또한 모구는 잔달라에게 영원꽃 골짜기 부근의 넓고 비옥한 땅을 내어 주기로 약속했다.

레이 션은 심지어 줄라트라와 비밀 협약을 맺기도 했다. 천둥왕은 자신이 죽었을 때 온전히 부활할 방법을 고안해 냈으나, 그런 지식을 주변에 알릴 만큼 부하들을 신뢰하지는 않았다. 모구는 권력에 굶주린 종족이었고 레이 션이 죽는다면 그들은 직접 제국을 차지하려 할 가능성이 높았다. 따라서, 레이 션을 되살리는 열쇠는 잔달라만이 쥘 수 있었다. 레이 션이 없이는 비전 마법의 비밀을 완전히 배울 수 없었고 그의 놀라운 능력을 얻는 것도 불가능했기 때문이다.

두 지도자는 계속해서 책략을 꾸몄지만 그들의 배신은 빛을 보지 못했다. 사실 두 진영은 서로에게 더할 나위 없는 동맹이 되었고 그들의 협약은 오랫동안 지속되었다.

천둥왕과 백호 쉬엔의 전투

천둥의 몰락

레이 션이 제국을 통합하는 동안 울둠을 감시하던 톨비르는 육체의 저주를 견디며 분투하고 있었다. 육체의 저주는 톨비르 사이에서 퍼져 나가며 천천히 그들을 약화시켰다. 톨비르는 그런 일을 겪으면서도 대수호자 라와 동부에 있는 그의 부하들인 모구에게서 참을성 있게 소식을 기다렸다.

마침내 톨비르는 자신을 천둥왕이라 칭하는 모구 지도자에게서 호출을 받았다. 그들은 모구 제국의 출현에 관해서 아무것도 들은 바가 없었다. 호기심에 싸인 톨비르는 동쪽으로 사절단을 보냈다. 천둥왕의 영토에 다다른 사절들은 자신의 형제인 모구의 발전상을 보고 충격을 받았다. 심지어 모구는 일부 사례에서 육체의 저주를 되돌리기도 했다.

레이 션은 톨비르 사절을 환대하며 거대한 용의 척추부터 영원꽃 골짜기에 있는 금박을 입힌 황궁까지 모구 제국의 위용을 보여 주었다. 톨비르는 모구가 필멸의 종족을 노예로 삼고 가혹하게 다루는 모습을 보고서 충격을 받았다. 그렇지만 톨비르는 행동을 취하지는 않았다. 그들에게는 울둠에 있는 수호자의 기계장치를 보호하는 것이 무엇보다도 우선이었다.

천둥왕 레이 션은 전적으로 동의했다. 수호자가 울둠에 보관한 시초의 용광로는 무엇보다도 중요했고 그는 톨비르를 자신의 제국에 편입한다고 공언했다.

레이 션은 자신이 라덴을 물리치고 그의 힘을 취했다고 밝혔다. 그러므로 수호자의 도구 역시 자신의 것이라고 주장했다. 그는 나락샤의 동력장치와 시초의 용광로를 손에 넣는다면 원하는 대로 아제로스를 다시 만들 수 있다고 생각했다. 레이 션은 톨비르가 티탄이 벼려낸 동료 피조물이니 모구 제국에서 명예로운 자리에 오르겠지만, 제국의 지배자는 영원히 자신일 것이라고 말했다.

톨비르는 레이 션이 대수호자 라를 배신했다는 사실을 알고서 격분했다. 그들은 천둥왕의 제안을 거절하고 절대로 배신자를 섬기지 않겠다고 맹세한 다음, 그의 폭압적인 제국에서 서둘러 빠져나갔다. 레이 션은 사절단이 떠나도록 허락하면서도 무력으로라도 원하는 것을 얻겠다며 경고했다. 그는 톨비르의 병력으로는 도저히 자신을 상대할 수 없다고 생각했다.

확신에 찬 천둥왕은 줄라트라를 불러 모구 제국의 가장 큰 승리가 될 싸움을 직접 지켜보라고 말했다. 잔달라의 장로 줄라트라는 그에 동의했다. 레이 션은 줄라트라의 생명을 인위적으로 늘려 주었다. 이제 수호자의 모든 기계장치를 모구 제국 아래에 둘 수 있다면 불멸의 비밀을 풀 수도 있었다. 잔달라의 고위 지도자 거의 모두가 명예 경비대로서 줄라트라와 동행했다. 그들은 영생이라는 선물을 얻고서 수도 줄다자르로 귀환할 순간을 꿈꾸었다.

레이 션과 모구는 트롤을 이끌고 서쪽으로 향했다. 잔달라 트롤은 울둠 주변에 관한 전설을 듣긴 했지만 직접 눈으로 본 건 처음이었다. 울창한 수풀 곳곳에 깨끗한 호수와 폭포가 자리하고 있었다. 그곳은 눈길이 닿는 곳마다 미지의 생명과 놀라움이 가득한 천국이었다.

모구 제국의 압도적인 병력이 땅을 짓밟고 나아가 수호자의 성채 울둠을 구성하는 건축물 바로 앞에 섰다. 그것은 돌덩어리만으로 지어진 피라미드였다. 성채에서 나타난 소규모 톨비르 부대가 모구에 맞섰다. 레이 션은 병력의 규모를 보고서 적을 조롱했다. 그의 힘만으로도 충분히 압살할 수 있는 부대였다.

그것은 사실이었다. 톨비르는 천둥왕의 군대를 물리치거나 전투에서 이기는 게 불가능하다는 사실을 알고 있었다. 그들은 레이 션이 울둠으로 진군하는 동안 최후의 방어를 준비하며 울둠 지하에 잠겨 있는 시초의 용광로를 가동하기로 결심했다. 그리고 주위 지역에만 영향이 가도록 장치를 조정

티탄이 벼려낸 피조물의 성채, 울둠

했다. 최대 출력으로 가동했다가는 아제로스의 모든 생명을 말살할 수 있었기 때문이다.

레이 션은 눈앞에 다가온 승리에 취해 군대를 이끌고 돌격해 들어왔다. 그러자 톨비르는 무기를 가동했다. 지하 깊은 곳에서 기계장치가 덜컹거리며 작동하기 시작했다. 울둠에서 힘의 파장이 퍼져 나오자 대지가 들썩이며 찌그러졌고 소멸의 에너지가 주위 땅을 집어삼켰다. 그날 톨비르 방어군을 포함해 울둠 주위에 있었던 거의 모든 생명체가 즉사했다.

칼림도어 곳곳의 생명체들이 남쪽 지평선에서 번쩍거리는 불빛을 보았다. 에너지가 가라앉았을 때 레이 션과 그의 부하들은 사라지고 없었다. 방출된 에너지는 울둠 주위에서 모든 생명을 정화했으며 그곳에는 갈라지고 메마른 사막만이 남았다. 수천 년 동안 소수의 동식물이 서서히 모습을 드러냈으나 광대한 밀림은 다시는 그 생기를 온전히 회복하지 못했다.

울둠 내부에 머물렀던 톨비르는 살아남았다. 그들은 누구도 다시는 그런 힘을 차지할 생각을 하지 못하도록 작업을 시작했다. 톨비르는 마법을 이용해 그 지역으로 이어지는 몇 곳의 산길을 보이지 않게 숨겼다. 동시에 울둠이 필멸자의 눈에 보이지 않도록 효과적으로 봉인했다.

톨비르의 고귀한 희생으로 시초의 용광로는 레이 션의 손에 들어가지 않았고 다른 모구 황제가 감히 그의 전철을 따르지 못하게 막을 수 있었다. 레이 션과 잔달라 지도자들의 죽음은 두 제국에 커다란 권력 공백을 초래했다. 톨비르가 거대한 환영으로 울둠을 숨기기 전 천둥왕에 충성하는 일군의 무리가 그곳에서 그의 시체를 복구했다. 그들은 레이 션의 시체를 모구 제국으로 가져와 정복자의 무덤에 안치했다. 그러나 잔달라 지도자들 대부분이 사망한 상황에서 천둥왕을 부활시킬 이는 없었다.

레이 션에 이어 여러 황제가 제국을 통치했으나 누구도 그처럼 막강한 권력을 휘두르지 못했다. 잔달라 트롤도 울둠에서의 인명 손실을 복구하기까지 수 세대가 걸렸다. 재앙과도 같았던 그 사건은 두 제국에 치명타를 안겼다. 어느 제국도 과거의 영광을 회복하지 못했다.

그리고 시간이 흘러 두 제국 모두 흔들리고 무너지기 시작했다.

판다렌 혁명

어둠의 문이 열리기 12,000년 전

천둥왕의 죽음으로 제국이 약해지긴 했지만 모구 문명은 계속해서 영원꽃 골짜기를 지배했다. 모구 제국의 노예들은 레이 션의 야만적인 계승자들 밑에서 크게 고통받았다. 그들은 새로운 지배자가 등장할 때마다 더욱 잔혹한 대우를 받았다.

마지막 모구 황제 라오페는 재임 초기부터 '노예감독'이라는 칭호를 얻었다. 라오페는 겁먹은 노예들이 줄어들 것이라는 생각은 하지도 못한 채 방종한 삶을 살았다. 그는 아주 사소한 실수에도 노예들의 가족을 갈라 놓는 방식으로 그들을 다스렸다. 부모들은 자식들에게서 떨어져야 했고 아이들은 용의 척추로 보내져 사마귀 군단의 제물이 되었다.

캉이라는 판다렌 양조사의 가족에게도 같은 운명이 찾아왔다. 그의 아들은 사마귀에게 보내졌고 아내는 아들을 지키던 중에 죽임을 당했다. 모구들이 그의 가족과 삶을 망치고 떠난 후 캉은 절망에 거의 무릎을 꿇을 뻔했다. 그러나 곧 그의 생각은 한 가지 질문으로 모였다. 어째서 모구는 그런 고통을 주었을까?

캉은 동족이 노예가 된 상황을 두고 깊은 사색에 잠겼고 근본적인 결론에 이르렀다. 노예에 대한 극도의 잔혹함은 모구의 힘을 보여주는 것이 아니었다. 그것은 모구의 나약함을 반증하는 것이었다. 모구는 점차 노예에게 의존하게 되었으며 노예가 없다면 모구는 아무것도 아니었다.

캉은 모구의 약점을 밝히는 데 일생을 바쳤다. 용의 척추를 방어하러 간 인원을 제외하고는 어떤 노예도 무기에 손을 댈 수 없었다. 그것은 범죄로 여겨졌고 죽음으로 처벌받았다. 그 때문에 캉은 자신의 몸을 무기로 사용하는 법을 익혔다. 캉은 모구의 쉴 틈 없는 감시를 피하기 위해 공격 동작을 예술적인 춤으로 위장했다.

캉은 마침내 기술을 터득하고 동료 노예들에게 자신을 공격해 보라고 시켰다. 아무도 공격을 적중시키지 못했다. 그는 '춤추는 듯한' 유연한 동작으로 공격을 피했다. 노예들은 캉에게 무기 없이 싸우는 방법을 알려 달라고 요청했다. 캉은 그렇게 했다. 그의 새롭고도 기이한 전투 방법은 모구 제국의 억압받는 노예들 사이에서 급속히 퍼져 갔다.

수백 명에 달하는 노예들이 캉의 가르침을 받아들였고 헌신적으로 새로운 무술을 익혔다. 그 무술은 후일 수도사의 수련 방법으로 알려졌다. 무술에 관한 소문이 모구의 귀에 들어갔을 때 캉은 쿤라이 봉우리에 추종자들을 불러 모았다. 그는 제자들이 아직 모구를 쓰러뜨릴 정도로 강하지 않다는 사실을 알고 있었다. 판다렌 저항자들은 매서운 바람이 휘몰아치는 봉우리 사이에 비밀스럽게 수도원을 세우고 자신의 몸을 정의의 도구로 만드는 수련을 이어 갔다.

바로 그 쿤라이 봉우리에서 캉은 전혀 예상하지 못한 것을 발견했다. 백호 쉬엔의 감옥이었다. 캉은 종종 위대한 천신회의 쉬엔과 이야기하며 모든 이의 마음속에 깃든 힘의 비밀을 배웠다. 판다렌의 사부 캉은 쉬엔의 지혜를 제자들에게 전했다. 마침내 판다렌 수도사들은 싸울 준비를 마쳤다.

그들은 나락샤의 동력장치가 보관된 신성한 장소, 모구샨 금고에서 첫 대승을 거두었다. 저항군은 육신을 빚는 원천으로부터 모구 병력을 성공적으로 몰아냈다. 판다렌의 공격이 너무도 압도적이었기에 모구는 뒤틀린 병사들을 새로 만들어 낼 겨를도 없었다.

한 차례 승리로 판다렌들은 고무되었고 다른 종족들까지 반란에 동참했다. 호젠, 진위, 그루멀은 물론, 야운골이라 불리는 소를 닮은 종족이 모구 제국을 쓰러뜨리기 위해 힘을 모았.

혁명은 조금씩 무르익어 갔다. 캉은 옳았다. 모구는 노예들에게 너무 많은 것을 의지하고 있었다. 더 많은 이들이 항거에 동참했고 제국은 혼란 속으로 빠져들었다. 연락과 교역에 통달한 그루멀은 모구 보급망을 망가뜨렸다. 강력한 야운골은 습격대를 이끌고 북서부를 초토화했다. 약삭빠른 호젠은 땅속으로 굴을 파서 모구의 강력한 요새에 침입해 들어갔다. 신비로운 진위는 물과 이야기를 나누고 예언을 수집해 수도사의 군대에 공격할 장소와 후퇴 시기를 일러 주었다.

결국 라오페의 군대는 모구 제국의 옥좌인 영원꽃 골짜기로 후퇴했다. 캉은 마력이 깃든 영원꽃 골짜기에서라면 모구가 얼마든지 버틸 수 있다는 사실을 알고 있었다. 따라서 모구를 격퇴하려면 반란군이 스스로를 노출해 공격을 감행해야 했다.

캉은 주저하지 않고 실행에 옮겼다. 그는 직접 공격을 이끌며 영원꽃 골짜기의 심장부를 공격했다. 그리고 라오페와 육탄전을 벌여 물리쳤다. 그러나 캉 역시 치명상을 입고 말았다. 노예감독과 한때 노예였던 자가 함께 죽음을 맞았다.

해방된 노예 중 일부는 승리에 벅차오른 나머지, 수천 년 동안 모구가 대했던 방식대로 모구 생존자들을 학살하고 복수할 것을 꿈꿨다. 그러나 캉의 가장 유망한 제자들 중 하나가 그들의 충동을 가라앉혔다. 송이라는 이름의 그 제자는 판다렌 역사의 비밀스러운 전승자로서 사부 캉의 여러 가지 철학과 이야기를 외우고 있었다. 송은 해방된 노예들에게 스승의 이야기를 반복해서 들려주었고, 캉

샤

이샤라즈가 죽었을 때 그 망가진 유해는 영원꽃 골짜기와 그 주위 지역에 흩뿌려졌다. 시간이 지나 고대 신 이샤라즈의 사악한 기운이 땅에 스며들었다.

송은 여행을 하면서 대지에 도사리는 어둠의 힘을 깊이 느낄 수 있었다. 이샤라즈의 남은 정수는 부정적인 감정에 들러붙어 그것을 증폭시켰고 샤라고 알려진 악의 영혼이 생겨났다. 송은 판다렌을 비롯한 여러 종족이 고대 신의 영향을 누그러뜨리고 샤를 무력화하는 데 도움이 되기를 바라며 캉의 가르침을 퍼뜨렸다.

이 복수가 아닌 진정한 정의를 이루기 위해서 얼마나 노력했는지 일깨워 주었다. 그는 일생 동안 몰락한 제국의 곳곳을 누비면서 모두에게 캉의 지혜를 나눠 주었고 내면에서 일어나는 감정의 균형을 찾도록 가르침을 전파했다.

송의 이야기가 퍼져 가자 다른 이들도 그의 자취를 따르기 시작했다. 더 많은 판다렌이 여러 곳을 떠돌며 이야기를 전했고 만나는 이들에게 내면의 평화를 설파했다. 후일 '전승지기'라는 이름으로 불린 그들은 뛰어난 이야기꾼이자 분쟁의 중재인이었고 비유와 우화를 통해 다면적 견지에서 이치를 살피고 중도를 찾음으로써 갈등을 다스렸다.

그렇게 해서 영원꽃 골짜기 일대에는 평화와 번영의 시기가 열렸다. 판다렌은 그 지역을 고향으로 여기는 다른 종족들과 함께 번성했다. 그리고 전쟁으로 찢긴 땅을 수호할 새로운 제국, 정의와 지혜, 자비라는 신념에 기반한 제국이 등장했다.

야운골의 이주

모구 제국의 전성기에 소를 닮은 외모에 지성을 갖춘 야운골이라는 종족이 중부 칼림도어의 초원을 누볐다. 이 건장한 생명체들은 지혜로운 반신 세나리우스의 인도를 따라 자연과 조화를 이루며 살아갔다.

세나리우스는 다른 야생 신들과는 달리 인간형에 더 가까웠다. 몸의 절반은 수사슴인 세나리우스는 꽃과 넝쿨의 망토를 드리운 채, 유목 생활을 하는 야운골과 함께 걸으며 위풍당당한 모습을 드러내곤 했다. 세나리우스는 야운골에게 야생의 비밀을 가르쳤고 기쁜 마음으로 그들의 번영을 지켜보았다.

그러던 중 야운골은 주위 트롤과의 사냥터 다툼에 지친 나머지 새로운 땅을 찾아 나서기로 결정했다. 야운골이 사랑하는 반신 세나리우스는 그곳에 머무르며 평화적인 해결 방법을 찾으라고 만류했지만, 그들은 결국 남쪽으로 길을 떠났다. 야운골은 사냥과 채집으로 식량을 조달하며 모구 제국의 언저리에 이르렀다.

당시 황제였던 무자비한 치앙은 야운골과 그들의 엄청난 육체적 힘에 매료되었다. 그는 육신을 개조하는 부하들에게 야운골을 붙잡아 힘과 지능을 더욱 강화하는 동시에 야성적인 본능을 누그러뜨려 새로운 하수인으로 만들라고 명령했다. 야운골은 모구의 탄압 속에서 수 세대 동안 고통을 받았고 마침내 다른 노예들과 함께 일어나 잔혹한 지배자 모구를 타도했다.

야운골은 자유를 얻었지만 이미 많은 것을 잃은 후였다. 모구는 노예들이 전통에 관해 이야기하는 행위를 법으로 엄격히 금했다. 그 때문에 야운골의 유력한 구전 문화의 전통이 사라지고 다채로운 역사가 상당 부분 소실되고 말았다. 일부 야운골은 한때 자기 종족을 보살폈던 자애로운 반신에 관한 희미한 기억과 불완전한 신화에 집착했다. 또 다른 이들은 이제 강제로라도 모든 전통을 버리고 새로운 운명을 개척해야 한다고 주장했다. 의견의 차이로 인한 논쟁은 점점 고조되어 심한 경우에는 유혈 사태가 일어나기도 했다. 대부분 야운골은 그런 폭력을 경멸하면서 자연의 영혼들과 함께하는 수렵의 삶을 되찾을 결심으로 북쪽을 향해 길을 나섰다.

조금 더 유목민적인 기질이 있었던 일부 부족은 대륙을 가로질러 올라갔고 몹시도 차가운 지대인 폭풍우 봉우리 근처에서 걸음을 멈췄다. 다른 부족들은 중부 칼림도어의 온화한 지역에 정착해 고대의 후원자 세나리우스와 재회했다. 그들은 고대의 사냥터에 돌아온 후 옛 전통을 다시 찾을 수 있었다. 세나리우스와 함께 자연을 연구한 이들은 자연의 드루이드 마법을 익혔고 또 다른 이들은 주술의 힘을 다루는 기술을 연마했다.

모든 야운골이 영원꽃 골짜기를 떠난 것은 아니었다. 그곳에 남은 야운골은 곧 판다렌과 다른 해방 노예들 사이에서 갈등을 빚었다. 모구의 육체 형성 기술은 야운골의 기운 넘치는 본능을 완전히 잠재우지 못했다. 그들은 땅과 자원 등의 문제를 두고 거듭해서 충돌을 겪어야 했다.

야운골은 한때 아군이었던 그들과 전면적인 전쟁을 벌이고 싶지 않았다. 그들은 서쪽으로 이동해 용의 척추 바깥쪽에 정착했다. 그곳은 사마귀 종족에 노출된 지역이었기 때문에 백 년마다 사마귀 군단에게 몰살당할 위험을 감수해야 했다. 사마귀의 순환과 내부의 끊임없는 분쟁으로 인해 그들은 강력한 전사로서의 전통을 형성했고 북쪽으로 떠난 부족들보다 훨씬 더 야성적인 면모를 갖게 되었다.

수 세대를 거치면서 영원의 샘과 칼림도어 곳곳에 있는 수호자의 기계장치에서 발산하는 에너지가 야운골을 각자의 방식으로 변화시켰다. 영원꽃 골짜기 가까이에 살았던 이들은 '야운골'이라는 이름을 고수하며 멀리 떠난 형제자매들보다 호전적인 문화를 일구었다. 영원의 샘과 가까운 중부 칼림도어에 정착한 이들은 '타우렌'이라는 이름을 쓰게 되었다. 의지의 용광로와 가까운 북쪽으로 모험적인 길을 떠난 이들은 '타운카'라고 불렸고 북부의 차가운 토양에 적응해 갔다.

서로 멀리 떨어지게 된 부족들은 수년 동안 교류를 이어 갔으나 아제로스를 갈라놓은 세계의 분리 사건이 발생한 후 모든 접촉이 끊기고 말았다.

잔달라의 침공
어둠의 문이 열리기 11,900년 전

잔달라는 레이 션이 죽은 후 줄곧 모구와 먼 관계를 유지했다. 그들은 모구의 비전 마법 지식이 유용하다고 보았지만, 모구의 끊임없는 내부 분열과 술수가 난무하는 정치적 갈등을 혐오했다. 어느 모구 부족도 전체를 장악할 수 없다는 사실이 분명해지자, 잔달라는 동맹에 대한 충심을 거둔 채 어느 부족에게도 특별한 지지를 보내지 않았다.

그러나 잔달라는 레이 션의 약속을 잊지 않았다. 영원꽃 골짜기 부근의 대규모 토지는 영원히 트롤의 것이었다. 마침내 모구 제국이 무너졌을 때 잔달라는 기회를 틈타 마땅히 자신의 소유라고 생각한 영토를 차지할 생각이었다. 그들은 바로 움직이지 않았다. 잔달라의 수도 줄다자르에서는 그곳을 외교로 차지할 것인지 아니면 무력으로 점령할 것인지에 관해 논쟁이 격해졌다.

결국 위대한 대사제 줄라트라의 후손이 가장 강력한 주장을 내세웠다. 멩가지라는 이름의 그 트롤은 판다렌이 잔달라와 모구의 계약을 존중하지 않으리라고 생각했다. 한때 노예였던 판다렌은 주인인 모구를 전복시켰고 그로 미루어 보아 준비할 시간이 주어진다면 힘을 모아 트롤에게 격렬히 저항할 가능성이 있었다. 그 땅을 성공적으로 차지하려면 트롤로서는 예고 없는 기습이 필요했고 판다렌의 전의를 무너뜨릴 만큼 충분한 병력을 동원해야 했다.

그리하여 트롤은 쿤라이 봉우리 북쪽의 비옥한 토지를 차지할 목적으로 남쪽을 향해 진군했다. 잔달라는 그 지역에서 가장 큰 정착지인 판다렌의 평화로운 농촌 마을을 덮쳤다. 공룡 같은 전쟁 탈것을 몰고서 신비로운 마력까지 주입받은 트롤은 마을 주민을 대부분을 살해한 뒤 비취 숲으로 진격했다. 그 울창한 숲 지대는 새로 건설된 판다렌 제국의 심장부나 다름없었다.

다른 판다렌 거주지에 침공 소식이 전해지자 모두가 공포에 휩싸였다. 판다렌은 트롤을 저지할 만한 상비군이 준비되어 있지 않았다. 노예 혁명이 일어난 후 수십 년 동안, 모구의 군국주의를 계승해야 한다고 생각한 판다렌은 거의 없었다. 그들은 절대적인 권력보다 모두가 평화롭게 사는 방식을 추구했다. 유일한 전력은 판다렌 황제에게서 용의 척추를 순찰하면서 주기적인 사마귀 군단의 침입에 맞서라는 임무를 부여받은 수도사들뿐이었다.

수도사들은 판다렌의 땅을 수호하기 위해 용의 척추에서부터 달려와 트롤에게 맞섰으나 수와 전술에 있어서 압도적으로 밀리는 절망적인 상황에 부닥쳤다. 트롤은 파충류 테러윙과 거대 박쥐를 타고 내려와 전투를 수행했는데 그것은 누구도 보지 못한 방식이었다. 판다렌에게는 이 매서운 공중 공격에 반격할 수단이 없었다.

결국 구원은 지앙이라는 이름의 젊은 판다렌에게서 찾아왔다. 지앙은 어린아이였을 때 새끼 운룡 한 마리를 발견했다. 그 운룡은 끔찍한 폭풍에 둥지가 부서져 심한 부상을 입은 채 홀로 떨어져 있었다. 당시 판다렌은 운룡을 길들일 수 없는 난폭한 야수라고 생각했다. 그러나 지앙은 운룡을 돌보아 상처를 낫게 하고 운룡의 친구가 되었다. 그녀의 마을 주민들은 지앙이 운룡을 타고 하늘을 나는 모습을 종종 목격하곤 했다.

수도사들이 비취 숲의 언덕에서 승산 없는 전투를 벌이고 있었을 때 지앙과 그녀의 운룡, 로가 구름 속에서 내려왔다. 로는 분노의 불길을 내뿜으며 잔달라 군대를 공격했고 트롤은 어쩔 수 없이 퇴각했다. 승리의 소식은 제국 전역에 퍼졌으며 다른 이들도 지앙을 따라 하기 시작했다. 판다렌들은

잔달라 트롤을 공격하는 판다렌 운룡 기수

아즈샤라 여왕

아름답고 나이를 초월하는 지혜를 갖춘 아즈샤라 여왕은 나이트 엘프들이 가장 탐내는 특성을 체화한 존재였다. 그녀는 마음껏 마법을 추구했으며 영원의 샘 주위에 놀랄 만큼 아름답고 갖은 보석으로 치장한 궁전을 건설했다. 후일 쿠엘도레이, 즉 '명가'라고 알려진 가장 강력한 귀족들이 그곳에서 아즈샤라의 모든 명령에 따랐다.

명가는 무척이나 재능이 있고 야심 넘치는 마술사들이었다. 여군주 바쉬와 같은 일부 명가는 여왕의 총애를 받는 충성스러운 시녀 역할을 수행했다. 군주 자비우스를 비롯한 이들은 통치 등의 현안에 관해 여왕과 상의하며 믿음직한 자문으로 활동했다. 그러나 여왕의 곁에서 어떤 역할을 수행했건 간에 명가는 모두 나이트 엘프 사회에서 상류 계층을 차지했다. 명가는 자신들이 다른 구성원들보다 우월하다고 생각했고 그것은 다른 '평범한' 나이트 엘프들의 화를 샀다.

그러나 그러한 경멸은 아즈샤라에게까지 미치지 않았다. 아즈샤라 역시 최고의 귀족 혈통이었지만 나이트 엘프들은 계층을 막론하고 그녀를 사랑했다. 그들은 너무도 여왕을 아꼈던 나머지, 자신들의 경이로운 수도를 '아즈샤라의 영광'이라는 의미의 진아즈샤리로 개명하고 그녀의 명예를 기렸다.

아즈샤라 여왕의 통치하에 나이트 엘프 문명은 꽃을 피워 제국으로 발전했다. 활강하는 듯한 첨탑과 대도시의 환상적인 정경과, 현시대에는 다시 볼 수 없는 장관들이 펼쳐졌다. 거미줄처럼 연결된 가교들은 엘룬의 은색 달빛을 머금고 빛을 발산했으며 그 빛은 칼림도어의 먼 저편까지 이르렀다.

아즈샤라의 명령에 따라 세계를 탐험하고 제국의 경계를 확장하기 위해 원정군이 길을 떠났다. 그들은 종종 이국적인 동식물의 표본을 들고 진아즈샤리로 돌아왔고 세계의 하늘을 지배하는 신화적인 용군단의 이야기를 전했다. 원정대는 또한 수많은 전초기지와 보관소를 건설했다. 그중에는 얼어붙은 북부 달노래 숲에 세워진 샨다랄, 후일 불모의 땅으로 알려지는 중부의 푸른 미개척지에 세워진 텐라로레, 남쪽 페랄라스 숲에 세워진 엘드레탈라스 등이 있었다. 아즈샤라 여왕은 새로 엘룬에 바치는 경이로운 사원을 건설하는 작업을 감독했다. 칼림도어 서쪽 끝에 위치한 그 사원은 생명력 넘치는 호수와 보석이 장식된 교각이 곳곳에 펼쳐지며 장관을 이루었다. 아즈샤라는 그 매혹적인 땅을 '하늘의 권좌'라는 의미의 라타르라잘이라고 이름 붙였다.

검은 제국 이후 그렇게 넓고 거대한 영토를 차지한 제국은 없었다. 아제로스와 그곳의 생명들에게 아즈샤라가 끼친 영향력은 레이 션의 가장 야심 찬 권력의 꿈조차 바래게 만들 정도였다.

그러나 아즈샤라의 군대가 기피한 곳이 있었다. 바로 하이잘 산이었다. 아즈샤라는 그 울창한 숲을 거니는 정령과 반신의 존재에 불안감을 느꼈다. 그녀는 어떤 이유에서인지 하이잘 산이 자신의 영향력을 초월한 곳임을 직감했다. 고대의 마법이 가득한 그곳은 거칠고 길들지 않으며 변화하지 않는 땅이었고, 아즈샤라가 바라보는 새로운 칼림도어와 극명하게 대조되었다. 그녀는 고대로부터 내려온 나이트 엘프와 숲의 친밀한 관계를 존중해 하이잘 산에 세력을 확장하는 걸 금했다. 그러나 실제로는 하이잘 산과 그곳에 깃든 조화를 경멸했다.

세나리우스는 아즈샤라가 하이잘을 대하는 태도를 잘 알고 있었다. 그는 점차 불편한 심정을 느끼며 나이트 엘프 왕국이 확장하는 모습을 지켜보았다. 그리고 해가 갈수록 마법을 사용하는 명가의 무분별한 행동과 자만심에 점점 불만을 느꼈다. 그렇지만 나이트 엘프 대부분은 자연을 존중하는 예전의 방식을 계속 고수했다. 세나리우스는 그들이 여전히 땅과 조화를 이루며 산다는 사실에 마음이 따뜻해졌지만, 그들의 힘으로는 아즈샤라나 그녀의 오만한 추종자들을 변화시킬 수 없다는 사실도 잘 알고 있었다.

시간이 지남에 따라 나이트 엘프는 외교를 등한시하고 아제로스의 다른 문화를 대부분 무시했다. 종족의 순수성에 대한 아즈샤라의 독단적인 믿음은 나이트 엘프의 정신에 스며들어 다른 종족을 배타적으로 여기는 풍조가 만연해 갔다.

공개적으로 적대감을 표출한 트롤만이 나이트 엘프의 주목을 끌었다. 두 종족 간에 산발적인 소규모 전투가 불붙었다. 트롤은 매번 나이트 엘프의 파괴적인 마법 앞에 무릎을 꿇었다. 그러나 아즈샤라는 정복에 관심이 없었다. 트롤은 하찮은 존재였고 그들의 전투 욕망은 미개하고 무지한 정신을 드러내는 것에 불과했다. 결국 아즈샤라는 잔달라 부족과 합의를 체결했다. 나이트 엘프와 잔달라 부족 사이의 합의는 다른 모든 트롤 부족에게 막대한 영향을 끼쳤다. 나이트 엘프 영토에 대한 공격을 중단하면 그 대가로 잔달라 부족에게 영원의 샘 남쪽의 신성한 잔달라 산맥에서 계속 살 수 있는 은총을 베풀겠다는 것이 합의의 내용이었다.

트롤은 마지못해 동의했다. 그들은 적의 비전 마법을 상대할 방법이 없다는 사실을 아주 잘 알고 있었다. 수치스럽지만 인정할 수밖에 없는 상황이었다. 이로 인해 트롤은 나이트 엘프에게 깊은 적개심을 품었고 그 쓰라린 증오심은 이후 수 대에 걸쳐 이어졌다.

아즈샤라는 트롤의 위협을 해결한 뒤 계속해서 영토를 확장해 나갔다. 그러나 그동안에도 그녀는 왕궁 내에서 영원의 샘과 그 안에 감춰진 비전 마력의 비밀에 집착하며 더 많은 시간을 보냈다. 그녀는 나이트 엘프가 지금까지 접한 비전 마법은 영원의 샘에 담긴 마력의 작은 일부일 뿐이라고 생각했다. 그리고 지식을 확장하고 문화와 기술의 새로운 지평을 열기 위해서 명가에게 영원의 샘을 깊이 연구하라고 종용했다. 그들은 무모하게 실험을 강행했고 결국 마법의 격류가 일어 뒤틀린 황천을 갈랐다. 황천에 있던 악마들은 불꽃에 모이는 나방처럼 거역할 수 없는 힘의 원천에 이끌렸다.

살게라스와 불타는 군단이 이를 눈치채는 것도 시간문제였다.

마침내 살게라스는 아제로스의 위치를 찾아냈다. 그 전설적인 세계혼이 있다는 행성이었다. 살게라스는 즉각 모든 분노의 힘과 모든 끔찍한 악마 군단을 모아 머나먼 행성 아제로스에 악의 어린 시선을 돌렸다. 이제 남은 일은 아제로스에 갈 방법을 찾는 것뿐이었다.

고대의 전쟁

어둠의 문이 열리기 10,000년 전

명가가 영원의 샘에 계속해서 실험을 진행하는 동안 말퓨리온 스톰레이지라는 이름의 젊은 나이트 엘프는 자연과 더 깊은 유대를 맺어 나가고 있었다. 그는 지혜로운 세나리우스의 지도를 따르며 필멸자로서 아제로스 최초의 드루이드가 되었다. 말퓨리온은 자신의 연구에서 뛰어난 성과를 보였고 종종 하이잘의 숲을 거닐며 시간을 보냈다.

세나리우스는 말퓨리온의 성장을 매우 기뻐했다. 세나리우스는 제자의 영혼이 에메랄드의 꿈에 발을 들인 첫 순간부터 특별함을 발견했다. 그는 말퓨리온이 나이트 엘프들에게 드루이드의 가르침을 전파하고 조화를 추구했던 생활 방식으로 돌아갈 수 있도록 돕기를 바랐다.

그러나 아즈샤라와 추종자들에게 그런 변화를 기대할 수는 없었다. 다른 나이트 엘프들은 몰랐지만 명가는 이미 살게라스와 내통하고 있었다. 타락한 티탄은 명가 마술사를 이용해서 불타는 군단을

앞면: 나이트 엘프 제국 전성기의 아제로스 지도

고대의 전쟁 당시 세나리우스와 만노로스

아제로스에 즉시 투입할 생각이었다. 적당한 관문이 없이는 아제로스까지 이동하는 것만도 엄청난 시간이 필요하다는 것을 알았기 때문이다. 살게라스는 에레다르에게 그랬던 것처럼 자만심을 이용해 명가에게 손을 뻗었다. 살게라스의 부름을 처음 들은 것은 군주 자비우스였다. 권력에 굶주렸던 자비우스는 곧바로 아즈샤라에게 살게라스에 관한 소식을 전했다. 살게라스는 아즈샤라 여왕과 추종자들에게 칼림도어를 천국으로 바꾸어 놓을 수 있는 무한한 힘을 주겠다고 약속했다. 대신 그런 힘을 명가에게 줄 수 있도록 아즈샤라와 신하들에게 불타는 군단을 아제로스로 불러 달라고 요구했다.

살게라스의 힘에 매료된 아즈샤라와 명가는 영원의 샘의 에너지를 이용해서 불타는 군단을 아제로스로 불러들였다. 여왕의 궁전에서 악마 전사들이 파도처럼 밀려 들어왔고 동맹인 명가를 제외한 모든 나이트 엘프를 닥치는 대로 학살했다. 파괴자 만노로스, 사냥개조련사 학카르, 파멸자 아키몬드 등의 수장이 이끄는 불타는 군단은 죽음과 파괴의 물결이 되어 나이트 엘프 제국을 가로질렀다. 타오르는 지옥불정령이 하늘을 갈랐고 나이트 엘프 도시를 산산조각 냈으며 수천에 이르는 파멸의 수호병과 게걸스러운 지옥사냥개가 칼림도어의 평온한 숲을 녹색 불길만이 피어오르는 잿더미로 바꿔 버렸다.

어느 필멸의 제국도 경험하지 못한 전쟁이 아제로스에 찾아왔다.

군주 쿠르탈로스 레이븐크레스트라는 귀족이 나이트 엘프 저항군을 조직해 불타는 군단의 맹렬한 공격에 맞섰다. 이 용감한 수호자들 중에는 말퓨리온과, 마법을 사용하는 그의 쌍둥이 동생 일리단, 두 형제가 간절히 사랑한 아름다운 여사제 티란데 위스퍼윈드가 있었다. 결국 누구도 예상하지 못한 이 세 영웅이 칼림도어의 운명을 영원히 바꿔 놓았다.

레이븐크레스트의 군대는 처음에는 악마에게 많은 패배를 당했지만 그럼에도 성과를 거두었다. 말퓨리온은 전쟁 초기에 불타는 군단과 명가 동맹군에게 가장 결정적인 타격을 안겨 주었다. 그는 에메랄드의 꿈 깊은 곳에서 드루이드 마법을 방출해 아즈샤라의 충성스러운 하수인 자비우스를 쓰러뜨렸다. 그 공격은 명가의 가장 강력한 마술사 중 하나를 제압했을 뿐만 아니라 말퓨리온의 아군에게 드루이드 마법의 엄청난 잠재력을 증명하는 계기가 되었다. 일리단도 저항군에게 귀중한 자산이었다. 그는 어느 전투에서 용기 있는 행동과 뛰어난 비전 마법 실력을 선보이며 레이븐크레스트의 목숨을 구했고, 그 헌신적인 활약 덕분에 레이븐크레스트의 전속 마술사로 임명되었다. 일리단은 이후 나이트 엘프 저항군의 마술사 부대를 이끌었다. 여사제 티란데는 엘룬의 자매회에서 가장 걸출한 사제로 떠올랐다. 자애로운 엘룬을 향한 불굴의 신념으로 무장한 티란데는 군단의 습격자들에게서 수많은 무고한 목숨을 구했다. 후일 그녀는 엘룬의 대여사제이자 엘룬의 자매회의 존경받는 지도자가 되었다.

저항군이 용감한 활약을 펼쳤지만 명가의 차원문에서는 더 많은 악마가 쏟아져 들어오고 있었다. 게다가 불타는 군단은 아제로스에서 태어난 생명체를 새로운 악마의 종자로 규합하며 세력을 불렸다.

그 혐오스러운 존재 중 첫 번째가 자비우스였다. 살게라스는 패배한 명가, 자비우스의 시체를 날카로운 뿔에 발굽을 가진 악마의 형상으로 뒤틀어 버렸다. 사티로스라고 알려진 그 새로운 형상은 자비우스에게 불타는 군단의 영원한 하수인이라는 낙인을 선사했다. 자비우스는 살게라스의 명령에 따라 다수의 명가 동료를 사티로스로 변신시켰다.

전쟁이 이어지며 불타는 군단의 병력이 증가하자 말퓨리온은 나이트 엘프의 힘만으로는 전쟁을 감당할 수 없다는 생각이 들었다. 말퓨리온은 티란데와 일리단을 설득해 함께 하이잘 산의 평화로운 달숲으로 향했다. 그곳에서 그들은 세나리우스에게 도움을 청했다. 위대한 반신 세나리우스는 요청에 응하며 강력한 야생 신들을 모아 불타는 군단에 맞서기로 했다. 그러나 야생 신들은 예측할 수 없는 존재였고 단합해서 싸우는 일에는 익숙하지 않았다.

그들의 행동을 이끌어 내려면 시간이 필요했다. 하지만 나이트 엘프에게는 그럴 여유가 없었다.

데스윙과 용의 영혼

세나리우스가 야생 신들을 모으는 동안 말퓨리온은 아제로스를 수호하는 강력한 용의 위상을 찾았다. 생명의 어머니 알렉스트라자의 주도 아래 위상들은 군단의 침입을 저지할 묘수를 논의하기 위해 고대의 회합 장소인 고룡쉼터 사원에 모여들었다.

그러던 중 대지의 수호자 넬타리온이 한 가지 방법을 제안했다. 그는 용의 영혼이라는 비범한 유물을 직접 설계한 다음, 위상들에게 각자의 힘을 일부 희생해 유물에 주입하라고 설득했다. 그리고 그것을 무기 삼아 위상의 힘을 집중하면 아제로스 표면에서 불타는 군단을 없앨 수 있다고 주장했다.

다른 위상들은 몰랐지만 넬타리온은 이미 고대 신의 속삭임에 타락한 제물이었다. 오랜 시간 동안 고대 신의 사악한 영향은 감옥 주변의 대지로 스며들었고 대지와 선천적인 유대 관계에 있는 넬타리온은 자기만의 방식으로 그 사악함에 노출되었다. 한때 위대했던 위상의 마음속에 점차 어둠이 스며들었다. 넬타리온은 고통과 광기 속으로 추락했고 용의 영혼을 만들기에 이르렀다. 그 유물은 후일 악마의 영혼이라는 더 어울리는 이름으로 불렸다.

불타는 군단과 나이트 엘프 저항군의 격렬한 전투가 벌어지는 도중에 다섯 용군단은 불타는 군단에 마지막 공격을 감행했다. 넬타리온은 적에게 마력으로 강화한 용의 영혼의 온전한 힘을 퍼부었고 불타는 군단은 절멸했다. 저항군이 막 희망에 부풀 무렵, 넬타리온은 그 무기를 자신의 아군이었던 나이트 엘프와 용에게 겨누었다.

넬타리온의 잔혹한 공격으로 푸른용군단은 거의 몰살당할 위기에 몰렸다. 다른 용들은 넬타리온을 막으려 했으나 결국 물러나 도망가야 했다. 급작스러운 배신에 충격을 받고 공포에 질린 나이트 엘프도 넬타리온의 분노를 피해 전장에서 후퇴했다.

용의 영혼에서 흘러나온 에너지가 넬타리온의 몸속에 퍼졌고 그의 몸을 찢기 시작했다. 화산의 타오르는 심장부와 같은 원초적인 힘이 그의 영혼을 집어삼켰다. 넬타리온의 비늘 덮인 가죽 곳곳에 타오르는 균열이 생겨났다. 상처에서 백색에 가까운 불길이 솟았고 용암이 터져 나왔다. 넬타리온은 분노의 포효를 내지르며 마침내 전투에서 물러나 하늘 너머로 사라졌다.

넬타리온의 분노는 짧았지만 아제로스를 영원히 바꿔 놓았다. 그는 혼자서 위대한 용군단의 힘과 결속을 무너뜨렸다. 용군단은 다시는 이전과 같을 수 없었다. 특히, 푸른용군단의 지도자 말리고스는 다른 위상들보다 훨씬 더 큰 고통을 겪었다. 그는 추종자들이 죽어 가는 모습에 탄식하며 수천 년 동안 이어질 광기에 사로잡혔다.

이후 넬타리온은 데스윙이라는 이름으로 알려졌다. 그의 배신으로 검은용군단은 공포와 은둔의 삶을 살게 되었다. 검은용군단은 데스윙의 용서할 수 없는 배신 때문에 다음 시대에 다른 용군단에게 거의 멸종 직전의 위기에까지 몰렸다.

일리단의 배신

데스윙의 배신은 나이트 엘프의 사기에 치명타를 안겼다. 게다가 설상가상으로, 일리단이 종적도 없이 사라졌다. 다수 나이트 엘프가 그의 생사를 우려했다. 그러나 뛰어난 마술사 일리단이 저항군을 버렸다는 생각은 누구도 하지 못했다.

동족에게 등을 돌린 일리단의 결정은 말퓨리온과의 관계에서 싹이 텄다. 일리단은 언제나 형의 그늘 속에서 살았다. 그 역시 세나리우스의 가르침을 받았지만 드루이드의 가르침을 완전히 익히기에는 인내심이 부족했기에 결국 비전 마법으로 관심을 돌렸다. 그는 고대의 전쟁 내내 형을 제치고 종족의 영웅이 되겠다는 강한 의지를 불태웠다.

그러나 말퓨리온의 활약은 몇 번이나 일리단의 공적을 바래게 했다. 그러나 티란데 위스퍼윈드의 마음을 얻고 싶었던 일리단의 마음속 열망에 비하면 그건 하찮은 것이었고 고통스럽지도 않았다. 그는 마침내 용기를 내어 티란데에게 사랑을 고백했지만 돌아온 답은 거절이었다. 일리단은 그녀가 말퓨리온을 연인으로 선택했다고 생각했다.

일리단은 쓰라린 거절의 경험 때문에 어두운 생각에 빠져들었다. 그는 몰랐지만 자비우스는 교묘히 그의 마음을 뒤틀어 절망의 불길에 부채질을 하고 있었다.

불만은 걷잡을 수 없이 자라났고 결국 그는 나이트 엘프 저항군을 떠났다. 일리단은 어느 나이트 엘프도 넘볼 수 없는 궁극의 힘을 바라며 불타는 군단에 합류했다. 그렇게만 된다면 마침내 말퓨리온을 앞지르고 세상에 자신의 위대함을 증명할 수 있으리라 생각했다.

일리단은 어렵사리 살게라스와 직접 대면할 수 있었다. 그는 용의 영혼을 훔친다는 책략으로 타락한 티탄의 주의를 끌었다. 살게라스는 매우 기뻐하며 일리단에게 엄청난 힘을 부여했다. 살게라스는 지옥의 불로 일리단의 몸에 문신을 새겼고 눈을 불태운 다음 눈구멍에서 다른 세계의 불꽃이 일렁이게 만들었다. 일리단은 극심한 고통을 느꼈지만 마지막 단계를 거쳐 수많은 마법의 형태를 볼 수 있는 능력을 얻었다.

새로운 힘을 얻은 일리단은 곧바로 용의 영혼을 훔치러 나섰다. 엇나간 나이트 엘프는 위험천만한 임무를 수행한 끝에 데스윙과 마주쳤고, 그의 망가지고 고통받는 육신을 목격했다. 데스윙은 아다만

자비우스의 패배

말퓨리온은 고대의 전쟁 후반 전투에서 마침내 자비우스를 물리쳤다. 그는 샨드리스 페더문이라는 젊고 용감한 나이트 엘프의 도움으로 사티로스 군주 자비우스를 가두고 그의 몸과 영혼을 옹이 진 참나무에 비틀어 넣었다. 그러나 자비우스의 유산은 아제로스에 잔존했다. 지금도 사티로스는 아제로스를 거닐며 사악한 마법으로 자연을 더럽히고 있다.

티움 판금을 조여서 부서진 몸을 지탱하고 있었다.

결국 일리단은 용의 영혼을 손에 넣었고 그를 기다리는 명가에게 가져갔다. 명가는 즉시 그 무기를 다음 계획에 활용했다. 용의 영혼은 영원의 샘 가운데에 거대한 관문을 여는 데 필수적인 것으로 드러났다.

관문은 살게라스가 직접 아제로스 세계에 발을 들이는 데 필요했다.

일리단은 추후 그의 행동이 숭고한 대의를 위해서, 즉 불타는 군단의 일원이 되어 적을 더 자세히 안 다음 격퇴할 방법을 찾기 위해서였다고 주장했다. 그러나, 무모한 야망을 뒤쫓은 그의 행동은 마치 유령처럼 영원히 그의 명성을 더럽혔다.

수라마르와 창조의 기둥

칼림도어 곳곳에서 전투가 벌어지는 가운데, 아즈샤라를 섬기는 한 무리의 나이트 엘프가 미래를 걱정하고 있었다. 이 소규모 명가 마술사 집단은 아즈샤라 여왕의 의지의 일부로 활동했다. 그들은 수라마르를 본거지로 삼은 채 아즈샤라의 지배력과 제국의 강화라는 목표를 두고 첩보 활동을 벌였다.

이들 명가는 많은 임무를 수행했으나 특히 강력한 힘을 지닌 유물을 추적해 가져오는 작업에서 탁월한 능력을 보였다. 그렇게 획득한 보물 대부분은 수라마르에 위치한 대형 보관소인 유물의 금고에 보관되었다. 이 명가들은 여러 위대한 고고학적 유물을 발견했는데 오랫동안 사라졌던 창조의 기둥도 그중 하나였다. 그것은 아주 먼 옛날 고대의 수호자들이 아제로스의 모습을 고치고 정돈하는 데 사용했던 일군의 비범한 유물이었다.

수라마르의 정예 명가들은 아즈샤라에게 영원한 충성을 맹세했지만, 전쟁이 길어지자 여왕을 향한 시선이 바뀌기 시작했다. 그들의 지도자였던 대마법학자 엘리산드는 불타는 군단의 진정한 관심이 명가와는 다른 곳에 있을 수 있다고 염려했다. 무시무시한 악마들은 이미 나이트 엘프의 영광스러운 제국을 상당 부분 파괴했고 지옥의 마법으로 주위 땅을 오염시키고 있었다.

엘리산드는 불타는 군단의 악마들이 수라마르를 전쟁의 새로운 발판으로 변화시킬 계획을 꾸미고 있다는 것을 알고서 불신이 깊어졌다. 군단의 하수인들은 수라마르의 가장 중요한 건물인 엘룬의 신전에서 뒤틀린 황천으로 통하는 관문을 열기 시작했다. 일단 그 차원문이 열리면 불타는 군단의 지원군이 아제로스에 밀고 들어와 제2전선에서 나이트 엘프 저항군을 타격할 수 있었다.

엘리산드는 그것이 곧 수라마르의 파괴와 그곳에 사는 모든 이들의 죽음으로 이어질 것이라고 생각했다. 그렇게 해서 대마법학자 엘리산드와 추종자들은 군단의 노력을 저지할 공작을 시작했다. 그들은 다른 명가와 관계를 끊고 악마의 새로운 차원문을 봉인할 작정이었다. 이를 위해 엘리산드 진영은 수년에 걸쳐 수집한 강력한 유물을 꺼내 들었다. 특히 그들은 창조의 기둥에 깃든 원초적인 힘으로 군단의 차원문을 무력화할 수 있다고 생각했다.

엘리산드와 그녀를 따르는 명가들은 창조의 기둥을 들고 수라마르의 악마들을 습격했다. 불타는 군단의 새로운 차원문이 소리를 내며 작동하기 시작한 순간, 엘리산드의 마술사들은 창조의 기둥을 통해서 자신의 마법을 집중시켰다. 그들은 강력한 주문을 지어내 울부짖는 관문을 닫고 풀리지 않는 매듭으로 봉인했다.

그들은 불타는 군단이 새로운 차원문을 여는 걸 저지했지만, 나이트 엘프 저항군에 합류해 계속 군단에 맞설 생각은 없었다. 엘리산드 진영은 재앙을 피하고자 수라마르의 방어를 강화했다. 그들은 창조의 기둥 중 하나인 아만툴의 눈을 이용해 비전 마법의 거대한 샘을 만들었다. 밤샘이라고 알려진 이 힘의 원천은 마술사들의 힘을 채워 주었고 후일 발생할 위협으로부터 그들을 보호해 주었다. 밤샘은 수천 년에 걸쳐 엘리산드와 추종자들을 나이트본이라는 새로운 종족으로 변화시켰다.

진아즈샤리의 몰락과 세계의 분리

나이트 엘프 저항군은 일련의 압도적인 패배를 당하면서도 희망의 끈을 놓지 않았다. 제로드 섀도송이라는 용감한 나이트 엘프가 새롭게 사령관의 지위를 맡았다. 제로드는 전임 사령관들과는 달리 귀족 혈통이 아니었다. 사나운 전사이자 명석한 전략가였던 제로드는 전력을 다해 저항군을 강화했다. 제로드는 나이트 엘프의 배타적 기질을 벗겨 내고 아제로스의 다른 종족들을 규합했다. 토석인, 타우렌, 강력한 펄볼그 등이 나이트 엘프 군대에 힘을 더했다.

저항군은 또한 명가의 적 중에서 아군을 찾았다. 다트리마 선스트라이더가 이끄는 마술사 무리가 악마와 손을 잡았던 자신들의 행동이 결국 아제로스에 파국을 불러올 것이라고 생각하고 아즈샤라 여왕을 떠나 저항군에 목숨을 걸겠다고 맹세했다.

야생 신들도 마침내 세나리우스의 설득에 응해 숲에서 모습을 드러냈고 저항군의 편에 서서 맹위를 떨칠 준비를 마쳤다. 거대한 존재들이 하이잘 산을 타고 내려오자 온 숲이 흔들렸다. 야생 신들은 각자 악마가 전혀 겪어 보지 못했던 힘과 능력을 사용했다. 흰 늑대 골드린 등 몇몇 야생 신들은 거대한 체구의 악마들조차 왜소해 보이게 만들었다.

숲의 드리아드와 머리가 여럿 달린 키메라 등 다른 전설적인 생명체들도 야생 신들과 함께했다. 심지어 위대한 지혜와 힘을 겸비하고 위장에 능한 나무정령까지 악마와 맞서기 위해 모습을 드러냈다.

섀도송의 지휘 아래 연합한 저항군은 진아즈샤리에 필사적인 습격을 감행했다. 저항군은 부서진 도시를 급습해 불타는 군단의 끝도 없는 병력과 충돌했다. 대가는 끔찍했다. 수천수만의 악마들이 쓰러졌으나 아제로스의 막강한 수호자들도 다수 희생되었다. 피에 굶주린 군단의 전사들은 여러 야생 신들을 압도하기도 했다. 태고의 존재들이 악마의 독을 바른 검은 칼날과 지옥의 마력에 차례로 무릎을 꿇었다. 야생 신이 죽을 때마다 하이잘 산의 숲이 흔들렸고 바람은 탄식했다.

전투가 이어지는 동안 말퓨리온과 티란데는 소규모 정예 부대와 함께 영원의 샘을 찾았다. 그들은 불타는 군단이 그 마력을 사용하지 못하도록 용의 영혼을 되찾을 계획이었다. 말퓨리온 일행은 곧 일리단과 마주쳤다. 일리단은 명가와 불타는 군단에 충성한 것은 그들의 정보를 얻기 위한 계략이었다고 주장했다.

말퓨리온은 동생의 말이 무척 의심스러웠지만 더 거대한 위협에 시선을 돌려야 했다. 영원의 샘은 거대한 차원문으로 바뀌었던 것이다. 차원문은 살게라스를 직접 아제로스로 불러들이기 위한 것이었다.

그때 말퓨리온은 어떤 상비군도, 어떤 규모의 병력도 살게라스의 가공할 힘을 상대할 수 없다는 사실을 깨달았다. 승리할 수 있는 유일한 방법은 영원의 샘을 파괴하는 것뿐이었다. 그건 쉽게 받아들일 수 없는 전략이었다. 그러나 영원의 샘은 불타는 군단과 물리 세계를 이어 주는 역할을 하고 있었다. 그 마력의 샘을 파괴한다면 나이트 엘프 문명도 종말을 고할 것이지만, 아제로스를 구원할 방법은 그것뿐이었다.

말퓨리온 일행은 용의 영혼을 되찾은 후 아즈샤라의 왕궁에 침투했다. 많은 명가가 주문을 외우며 영원의 샘에 있는 차원문을 강화하고 있었다. 말퓨리온은 절박한 심정으로 그들의 마법을 흐트러뜨리기 위해 용의 영혼에 깃든 에너지를 끌어모아 적들을 공격했다. 위대한 드루이드 말퓨리온이 불러낸 거대한 폭풍이 하늘에서 내려와 부서진 왕궁을 집어삼켰다. 폭풍우는 맹렬한 바람을 일으키고 번개의 세례를 내리며 진아즈샤리를 난타했고, 그 안에 있던 악마와 명가 무리를 궤멸시켰다.

말퓨리온이 바란 대로, 명가를 방해해 그 거대한 차원문을 막으려는 시도는 효과를 거두었다. 살게라스가 차원문을 통해 아제로스에 들어설 준비를 하던 순간, 명가의 주문이 흐트러졌고 영원의 샘에서 비전 에너지의 불안정한 소용돌이가 솟구쳤다. 영원의 샘은 자체적으로 붕괴하고 말았다. 그 순간 살게라스는 다시 뒤틀린 황천으로 튕겨 나갔다. 무너지는 영원의 샘에서 불안정한 에너지가 뻗쳐 나와 불타는 군단의 악마 대부분을 황천으로 날려 보냈다. 분노의 포효가 황천을 가로지르며 메아리쳤고 대규모 지진이 일어 아제로스의 표면을 찢기 시작했다.

말퓨리온과 나이트 엘프 저항군은 승리를 거두었다. 그러나 승리를 즐길 여유는 없었다. 그들의 발밑에서 아제로스가 무너지고 있었기 때문이다.

나이트 엘프들은 무너지는 영원의 샘에서 앞다투어 물러서며 거리를 두었다. 붕괴를 마친 영원의 샘은 재앙과도 같은 폭발을 일으키면서 하늘을 검게 물들였다. 울부짖는 대양이 밀려들어 폭발 후 남겨진 빈 공간을 채웠고 동시에 진아즈샤리의 폐허를 집어삼켰다.

종말과도 같았던 지진이 마침내 잦아들자 살아남은 나이트 엘프들은 온 세계가 갈기갈기 찢기고 말았다는 사실을 깨달았다. 영원의 샘이 파괴되면서 칼림도어 땅덩어리의 팔 할이 부서졌고 몇 개의 대륙과 군도만이 남았다. 영원의 샘은 혼돈의 소용돌이라 알려진 격동하는 에너지의 소용돌이 속에 삼켜졌다. 혼돈의 소용돌이는 그 후에도 끝없이 회전하며 끔찍한 전쟁의 대가를 알렸다.

나이트 엘프와 다른 모든 생명체의 터전인 아제로스는 영원히 바뀌고 말았다.

아즈샤라와 명가의 운명

아즈샤라 여왕과 많은 충성스러운 명가가 세계의 분리에서 살아남았다. 그러나 대가가 없지는 않았다. 붕괴된 영원의 샘은 그들을 깊이를 알 수 없는 혼돈의 소용돌이 속으로 끌어들였다. 일부는 저주를 받고 돌이킬 수 없이 뒤틀렸으며 나가라 불리는 새롭고 끔찍한 뱀 종족이 되었다. 그 뒤틀린 생명체 중에서 가장 강력한 자가 아즈샤라의 시녀였던 여군주 바쉬였다. 외부에는 드러나지 않았지만 아즈샤라와 바쉬는 심해의 차가운 어둠 속에서 조용히 나즈자타라는 나가의 도시를 건설했다.

샤오하오의 집
어둠의 문이 열리기 10,000년 전

세계의 분리는 아제로스의 표면에서 수많은 생명을 궤멸시켰지만 칼림도어 남부에서 파멸의 운명을 피한 외진 지역이 있었으니 바로 판다리아였다. 수백 년 동안 평화를 사랑하는 황제들이 연이어 신비로운 판다리아를 통치했다. 그리고 불타는 군단의 침공이 있기 전, 새로운 판다렌 통치자가 미래에 관한 확신과 희망을 가득 품고서 제위에 올랐다.

그의 이름은 샤오하오였다. 그는 몰랐지만 판다리아는 샤오하오의 업적으로 새로운 역사의 장을 열게 되었다.

샤오하오는 새로 즉위한 황제의 전통에 따라 신비로운 진위 물예언자에게 미래에 관한 의견을 구했다. 그가 들은 이야기는 끔찍했다. 진위는 포악한 악마들이 끔찍한 침략 전쟁을 일으키고 왕국이 역겨운 녹색 불길에 휩싸이며 대지가 고통과 고뇌로 신음하는 광경을 보았다.

샤오하오는 불확실한 미래에 괴로워하며 끔찍한 계시를 이해하기 위해 전설적인 위대한 천신회와 그의 절친한 친구인 원숭이 왕을 찾았다. 황제는 그들의 도움을 받아 자신을 괴롭혔던 어두운 감정, 즉 의심과 절망, 분노, 증오, 폭력을 내쫓았다. 그러는 동안 부정적인 특성들은 물리적 형태를 갖추고 샤라고 알려진 강력한 영적 존재로 체화했다.

샤오하오는 지혜롭게 샤들을 차례로 상대하며 판다리아의 깊은 땅속에 가두었다. 샤들은 그곳에 갇혀 지하에서 썩어가야 했다. 샤오하오는 갇힌 샤들을 감시하기 위해 고도의 수련을 거친 판다렌 정예 병사 조직인 음영파를 창시했다.

샤오하오는 새로운 확신과 포부를 안고 다가올 세계의 분리에서 판다리아를 구제할 작업에 착수했다. 그리고 칼림도어에서 판다리아를 분리할 구체적인 계획을 세웠다. 거사를 수행할 장소는 판다리아의 심장부, 신성한 영원꽃 골짜기였다.

샤오하오는 영원꽃 골짜기에서 판다리아 제국을 칼림도어에서 분리하기 위해 온 힘을 집중했다. 그러나 아무리 애를 써도 성공하지 못했다. 의심과 공포가 되돌아왔다. 판다리아 곳곳에 갇혀 있던 샤가 다시 일어나면서 황제의 불안한 영혼을 잠식했다.

불타는 군단의 지옥 마법이 하늘을 밝히자 샤오하오는 절박한 심정으로 위대한 천신회의 옥룡을 불러 도움을 구했다. 어지러운 하늘에서 옥룡이 나타나 샤오하오에게 판다리아는 그의 제국 이상의 것이라고 말했다. 판다리아의 모든 것은 서로 연결되어 있었다. 판다리아의 모든 것은 하나였다.

그리고 샤오하오는 옥룡의 조언을 이해했다. 판다리아를 구하기 위해서는 자신이 그 땅과 하나가 되어야 했다. 샤오하오는 오랫동안 번영하는 삶을 누리고 싶었으나 그럴 수 없다는 사실을 깨달았다.

샤오하오는 마음을 비우고 수행할 과제에 집중한 채 자신의 영혼을 판다리아에 합친 다음 칼림도어에서 판다리아를 분리시켰다. 샤오하오의 정수가 판다리아를 두꺼운 안개로 뒤덮었다. 그의 안개는 외부 세계로부터 판다리아를 가려 주었고 끔찍한 세계의 분리에서 보호해 주었다.

이후 만 년 동안 판다리아는 숨겨졌고 전설 속으로 사라졌다.

교만의 샤

샤오하오가 자신에게서 정화하지 않은 부정적인 감정이 하나 있었다. 그것은 교만이었다. 교만은 샤오하오 황제가 세계의 분리에서 자신의 백성과 땅을 구한 이후에도 천 년 동안 조용히 판다리아에 도사리고 있었다.

뒷면: 세계의 분리 이후 아제로스 지도

4장
새로운 세계

4장
새로운 세계

하이잘 산과 세계수
어둠의 문이 열리기 10,000년 전

세계의 분리로 아제로스는 산산조각 났다. 영원의 샘은 사라졌고 한때 나이트 엘프가 탐했던 비전 마력의 원천도 사라졌다. 살아남은 나이트 엘프는 필사적으로 북서쪽 하이잘 산에서 피신처를 찾았다. 하이잘 산은 아제로스에서 파괴의 손길이 닿지 않은 몇 안 되는 지역 중 하나였다.

하이잘 산으로 가는 도중 말퓨리온 스톰레이지와 나이트 엘프들은 비전 마법이 안전하지 않다는 결론에 이르렀다. 그들은 고대의 전쟁과 같은 또 다른 재앙을 피하기 위해 비전 마법을 금지하기로 결의했다. 그러나 하이잘 산 정상에 다다른 그들은 작은 영원의 샘을 발견하고서 몸서리치게 놀랐다. 게다가 그 영원의 샘 한쪽에 서 있는 나이트 엘프의 모습을 보고 다시 한 번 경악했다. 그는 바로 일리단이었다.

일리단은 세계의 분리가 일어나기 직전에 영원의 샘에서 마력이 깃든 물을 담아 몇 개의 병에 보관해 두었다. 그리고 하이잘 산꼭대기에 있는 호수에 일부를 부어 고요하던 호숫물을 또 다른 비전 마력의 샘으로 변화시켰다.

나이트 엘프 일행과 일리단이 서로 폭력으로 맞서자 말퓨리온은 동생을 진정시켰다. 일리단은 새로운 영원의 샘이 필요하다고 주장했다. 그는 불타는 군단이 돌아오는 것은 시간문제일 뿐이기에 악마들을 무찌르는 데 필요한 비전 마력을 확보해야 한다고 말했다.

일부는 일리단의 의견에 동의를 표하기도 했으나 대부분의 나이트 엘프는 그렇지 않았다. 그들은 새로운 영원의 샘이 불타는 군단을 소환하는 차원문으로 쓰일 수 있다고 우려하면서 일리단의 경솔하고 이기적인 행동을 책망했다. 일리단은 사과도 변명도 하지 않았다.

나이트 엘프는 더는 방법이 없다고 생각해 결국 그를 수감하기로 결정했다. 말퓨리온이 직접 처리를 맡기로 했다. 그는 세나리우스의 도움을 받아 일리단을 깊은 동굴 감옥에 가두었다. 그런 다음 여사제 마이에브 섀도송에게 엇나간 마술사 일리단을 감시하는 임무를 맡겼다. 마이에브는 후일 감시자의 망토를 걸치고 나이트 엘프의 정예 비밀 교도관 부대를 설립한다.

위대한 용의 위상들은 두 번째 영원의 샘이 존재한다는 소식을 접하고서 하이잘 산에 모여들었다.

앞면: 하이 엘프의 왕국 쿠엘탈라스

세계수 놀드랏실을 축복하는 용의 위상들

그들 역시 나이트 엘프와 마찬가지로 마력의 샘이 존재하는 한 불타는 군단이 다시 아제로스를 침공할 수단을 갖게 될 것이라고 생각했다. 그렇게 해서 생명의 어머니 알렉스트라자가 마력이 깃든 씨앗을 이용해 영원의 샘에서 거대한 나무의 싹을 틔웠다. 곧 나뭇가지들이 샘 위로 자라나 하늘의 복판에 닿았다. 나무의 뿌리는 지하 깊이까지 뻗어 가며 전쟁으로 찢긴 세계에 생명의 에너지를 전했다. 거대한 나무는 새로운 영원의 샘을 봉인했고, 불타는 군단은 물론 다른 누구라도 그 힘을 남용하지 못하게 막았다.

말퓨리온과 나이트 엘프들은 그 거대한 세계수를 올려다보면서 '천상의 왕관'을 의미하는 놀드랏실이라는 이름을 붙였다. 그들은 어떤 희생을 치르더라도 놀드랏실과 영원의 샘을 안전하게 보호하겠다고 맹세했다.

용의 위상들은 그 결정에 경의를 표하면서 나이트 엘프가 수호자의 역할을 성공적으로 수행하도록 축복을 내리기로 결정했다. 알렉스트라자는 놀드랏실에 새로운 힘과 활력을 불어넣었다. 그 축복은 나이트 엘프들에게도 전해졌다.

꿈의 위상인 이세라는 축복을 내리며 세계수와 나이트 엘프의 모든 드루이드를 에메랄드의 꿈에 결속시켰다. 그전에도 말퓨리온과 드루이드들은 이세라의 영역을 거닐었지만 그러려면 힘든 명상을 거쳐야 했다. 이제 드루이드는 놀드랏실에 부여된 새로운 마법 덕분에 원할 때마다 에메랄드의 꿈에 들 수 있게 되었다.

마지막으로 시간의 위상 노즈도르무는 놀드랏실의 가지와 뿌리에 자신의 에너지를 엮어서 그 거대한 나무가 서 있는 한 나이트 엘프가 불멸의 삶을 살도록 축복해 주었다.

그것을 마지막으로 위상들은 숨겨진 둥지로 돌아갔다. 두 번째 영원의 샘은 위상의 마법 덕분에 악마를 부르는 표지나 불타는 군단이 손쉽게 아제로스에 발을 들일 수 있는 관문으로 쓰이지 못하게 되었다. 그것은 나이트 엘프와 자연 세계의 연결을 나타내는 상징이 되었고, 그들의 질병과 질환과 노화에 면역성을 부여한 성스러운 기념물로 남았다.

파수대

어둠의 문이 열리기 9,400년 전

수백 년이 지나고 나이트 엘프 사회는 급성장하여 하이잘 산 남쪽 잿빛 골짜기의 울창한 숲까지 진출했다. 엘룬의 자매회 대여사제인 티란데 위스퍼윈드는 나이트 엘프의 재건을 이끌었다. 고대의 전쟁에서 부각된 티란데의 자매회는 상대적으로 큰 피해 없이 고유한 위치를 점하며 나이트 엘프의 권력 공백을 채웠다.

티란데는 시의적절하게 자매회 일원들을 나이트 엘프의 정치 지도자와 군사 지도자로 임명했다. 또한 새로운 전투 부대인 파수대를 창설했다. 독실하고 고도로 훈련된 여전사들로 구성된 파수대는 새롭게 구성된 나이트 엘프 사회를 헌신적으로 보호했다. 파수대는 안개 자욱한 숲을 순찰하면서 지역의 토착 생물과 교감하는 한편, 어떤 위협에도 대처할 수 있는 상비군의 역할을 수행했다.

그 사이 말퓨리온은 동족들 사이에서 드루이드의 문화를 계속 조성해 나갔다. 비전 마법을 포기한 다수 마술사가 말퓨리온의 가르침을 받아들였고 자연과 조화를 이루는 삶을 위해 정진했다. 이들

샨드리스 페더문

고대의 전쟁 동안 용감하게 활약한 다수 나이트 엘프가 파수대에 합류했다. 그중 가장 두드러진 인물은 샨드리스 페더문이었다. 불타는 군단의 침공으로 부모를 잃은 샨드리스는 티란데의 보살핌을 받았다. 젊은 샨드리스는 전쟁 내내 전투에서 두각을 나타냈고 파수대가 설립되자 신생 조직을 이끌 수장으로 임명되었다.

초창기 드루이드들은 파수대처럼 엄중한 군사 법규나 계급 구조를 갖지 않았다. 말퓨리온의 추종자들은 자신의 의지에 따라 자유롭게 에메랄드의 꿈을 탐험했다. 또한 강력한 곰이나 날렵한 밤호랑이, 빠른 날개를 지닌 까마귀 등 깊은 숲 속을 거니는 다른 동물의 모습으로 몸을 바꾸는 기술을 익혔다.

드루이드들은 정기적으로 긴 잠에 들면서 에메랄드의 꿈을 여행했다. 티란데와 파수대는 드루이드의 이런 무심함에 불만을 느끼기도 했다. 나이트 엘프의 영토를 지키기 위해서는 종종 드루이드의 도움이 필요했지만, 잠들지 않고 그런 요청에 응할 수 있었던 말퓨리온의 추종자들은 많지 않았기 때문이다.

나이트 엘프 사회에서 이러한 변화가 자리를 잡는 동안 오랜 적이 칼림도어에서 힘을 모으고 있었다. 고대의 전쟁 이후 남은 사티로스는 아제로스의 어두운 구석에 숨어 지내면서 나이트 엘프에게 반격할 기회를 기다렸다. 결국 그들 뿔 달린 일탈자 중에서 공포의 잘란이라는 자가 사티로스에게 설욕의 기회를 주었다. 그는 사티로스들을 규합해 전쟁으로 이끌었다.

또한 잘란의 전쟁은 세계의 분리 이후 아제로스에 남은 불타는 군단 세력의 주목을 끌었다. 어두운 동굴에서 파멸의 수호병을 비롯한 사악한 존재들이 모습을 드러내며 사티로스의 부름에 응했다. 하나로 뭉친 악마 군대는 나이트 엘프의 기지인 어둠의 터를 첫 번째 제물로 삼아 매서운 습격을 감행했고, 취약한 나이트 엘프 사회를 다시 한 번 전쟁의 구렁텅이로 몰아넣었다.

사티로스와의 전쟁
어둠의 문이 열리기 9,300년 전

전쟁 초기 나이트 엘프는 사티로스의 공격으로 끔찍한 피해를 입었다. 그러나 티란데의 수양딸이자 파수대의 대장인 샨드리스 페더문이 악마를 상대로 새로운 전략을 고안한 후 전투의 흐름이 뒤바뀌었다. 샨드리스는 에메랄드의 꿈에 머물고 있는 드루이드들을 불러 전력으로 활용하자고 제안했다.

말퓨리온은 잘란이 나이트 엘프의 숲을 오염시키는 모습을 보고서 샨드리스의 제안에 동의했고 칼림도어에 있는 가장 강력한 드루이드들을 현장으로 불러냈다. 드루이드와 파수대는 하나가 되어

사티로스와의 전쟁에서 맞붙은 늑대인간과 사티로스, 나이트 엘프

하이 엘프는 새로 발견한 힘을 남김없이 동원해 간신히 트롤의 공격을 막았다. 다트리마는 사나운 트롤에 직접 맞서며 모든 전투를 이끌었다. 엘프는 조금씩 왕국의 경계를 넓히며 형제자매의 피로 새로운 고향을 지켜 냈다.

그러나 점점 많은 하이 엘프가 비전 마력의 무분별한 사용이 불타는 군단을 다시 아제로스에 끌어들이는 계기가 될 수 있다며 두려워했다. 다트리마는 가장 강력한 비전술사들을 보내 해결책을 찾도록 했다. 수십 년 동안 그들은 쿠엘탈라스의 국경을 따라 하나의 암석으로 만든 일련의 마법석을 배치했다. 그 장벽은 하이 엘프 언어에서 '문지기'를 뜻하는 단어인 반디노리엘로 불렸다. 반디노리엘은 다른 이들이 하이 엘프의 비전 마법 사용을 감지하지 못하게 막는 동시에 미신적인 아마니 트롤을 위협해 쫓아내는 역할을 했다.

트롤은 결국 줄아만 사원으로 물러났다. 그들은 쿠엘탈라스에 전면전을 감행하기보다는 마법의 장벽 너머로 빠져나온 엘프의 수송대를 노리는 것이 안전하다고 결론을 내렸다. 이윽고 정예 하이 엘프 순찰대가 결성되어 이 위협에 맞섰다.

쿠엘탈라스 내부에서는 문명이 번성했다. 마법을 마음껏 사용할 수 있게 된 하이 엘프는 놀라운 작품들을 만들어 냈고 자신들의 땅에 영원히 봄이 깃들게 했다. 하이 엘프는 그곳에 오는 동안 겪었던 잔혹한 겨울을 두 번 다시 경험하고 싶지 않았다. 그들의 수도 실버문은 고대 엘프 제국의 기억에 바쳐진 빛나는 기념비가 되었다.

다트리마는 새로운 제국을 설립한 후 지도자의 자리에서 내려왔다. 그의 후손들은 평화롭고 번영하는 왕국을 계속 물려받았다. 그러나 그의 증손자 아나스테리안이 지도자의 망토를 걸치면서 평화의 시대는 종말을 고했다. 아나스테리안이 권좌에 올랐을 때, 하이 엘프는 다시 한 번 트롤과의 전쟁에 직면하게 되었다.

수정노래의 저주

어둠의 문이 열리기 6,000년 전

쿠엘탈라스가 번영하는 동안 아제로스의 다른 명가 무리는 생존을 위해 분투했다. 비전 유물과 공예품을 보관했던 샨다랄의 엘프들도 그중 하나였다. 칼림도어의 북부 외곽에 지어진 샨다랄은 나이트 엘프 제국의 전성기에 전초기지 역할을 수행했다. 세계의 분리 이후 아제로스의 주 대륙은 여러 덩어리로 갈라졌고, 샨다랄과 그곳의 명가는 이제 노스렌드라 알려진 새롭고 차가운 대륙의 얼어붙은 심장부에 살고 있었다.

샨다랄 명가는 칼림도어와 동부 왕국의 형제자매들과는 단절된 채 완전한 고립 속에서 살았다. 영원의 샘에서 멀리 떨어진 그들은 손쉽게 질병과 질환에 노출되었다. 그러나 그들은 다트리마의 엘프들과 달리 영원의 샘의 물병도 갖고 있지 않았다. 그들에게는 영원의 샘을 대체할 힘의 원천이 없었다. 수백 년 동안 샨다랄 명가는 자신들을 지탱할 수단을 찾아 주위 수정노래 숲을 뒤졌다.

그 시기에 명가는 푸른용군단의 용들이 주문을 사용해 생명체들을 결정화하고 힘을 끌어내는 모습을 보았다. 용들에게는 호기심 차원의 행동이었지만 엘프는 그 기술을 자신들의 고통을 영원히 끝낼 수단으로 보았다.

용들과 접촉하려는 명가의 시도는 무시당하거나 어떤 경우에는 노골적인 적대감을 일으키기도 했다. 이에 절박해진 한 무리의 명가 마술사가 푸른용군단의 경이로운 둥지, 마력의 탑에 침입하기에 이르렀다. 그들은 용의 기술을 익히는 데 성공했지만, 탐욕을 주체하지 못하고 그 이상의 것을 원했다. 엘프 무리는 마력의 탑에 보관된 강력한 유물 몇 개를 빼돌렸다. 그러던 중 마법의 수호물을 건드려 푸른용들을 광란에 빠뜨렸다. 도둑질한 명가들은 그곳에서 무사히 탈출했지만 용들이 응징하리라는 사실을 잘 알고 있었다.

그날은 곧 다가왔다. 수십 마리의 푸른용들이 '열등한' 명가에게 소중한 유물을 도둑맞았다는 사실에 분노를 불태우며 샨다랄로 내려왔다. 절박해진 엘프 마술사들은 적들을 물리치기 위해 달노래 숲이 내려다보이는 얼음 언덕에 모였다. 그리고 마력의 탑에서 습득한 기술을 사용하기로 의견을 모았다. 명가 마술사들은 하나가 되어 마력을 집중했다. 그들은 숲의 일부라도 결정화해서 푸른용들을 공격하는 데 그 에너지를 사용할 수 있기를 바랐다.

그들의 주문은 재앙으로 드러났다. 명가의 무모한 마법은 칼림도어와 동부 왕국에서도 보일 만큼 눈부신 폭발을 일으켰다. 엄청난 에너지가 소용돌이치며 달노래 숲 전체를 즉시 결정화해 버렸다. 푸른용들은 임박한 주문의 힘을 감지하고 재앙이 벌어지기 전에 몸을 피했다. 에너지가 분출되면서 그 지역에 살던 모든 생명체의 물리적 형체가 부서졌다. 그러나 강력한 주문에 뒤틀린 그들의 영혼은 온전하게 남았고 영원히 그 으스스한 땅을 무심하게 배회하는 저주받은 운명을 갖게 되었다. 그 땅은 후일 수정노래 숲으로 알려졌다.

안드랏실 벌목

어둠의 문이 열리기 4,500년 전

세계의 분리로 아제로스가 찢겼을 때 지질이 파괴되면서 수호자들이 만든 감옥을 약화시켰고 사로잡힌 고대 신들을 뒤흔들었다. 그 사악한 존재들은 대재앙의 여파로 꿈틀거리며 날카로운 의식을 새롭게 회복했다. 그리고 이후 천 년 동안 손상된 감옥에서 서서히 아제로스의 표면으로 거대한 타락의 촉수를 뻗쳐 갔다. 요그사론이 갇힌 노스렌드에서 가장 심각한 징후가 발견되었다. 낯설고 새로운 광물인 사로나이트의 썩은 덩어리가 노스렌드 곳곳에 퍼지면서 토착 동식물의 생명력을 짜냈다.

사로나이트를 발견한 후 세나리온 의회의 소규모 드루이드 집단이 그 광물을 제거해야 한다는 결정을 내렸다. 그들은 생명을 주는 세계수의 에너지가 하이잘 산 주변의 땅을 치유할 수 있다면 노스렌드에도 그런 거대한 나무를 심어서 땅을 치유할 수 있으리라 생각했다. 그 무리를 이끌었던 판드랄 스태그헬름은 곧 그 생각에 집착하게 되었다.

몇몇 드루이드는 위상들의 인도를 요청해야 한다고 판드랄에게 충고했다. 그들은 놀드랏실이 잘 성장한 것은 위상의 지식과 축복 덕분이었으며, 그것이 없이는 씨앗을 심는다고 하더라도 예상치 못한 결과가 따를 수 있다고 주장했다. 그러나 판드랄이 생각하기로는 더 지체할 시간이 없었다. 사로나이트는 노스렌드 전체에 걷잡을 수 없이 번졌고 심지어 아제로스의 다른 대륙에까지 모습을 드러냈다. 끝없는 논쟁으로 시간을 허비하고 싶지 않았던 판드랄은 용의 위상은 물론 세나리온 의회의 나머지 구성원들에게도 더 의견을 구하지 않고 행동에 나섰다.

달노래 숲 명가를 향해 내리닫는 푸른용

판드랄과 그의 가장 가까운 추종자들은 비밀스럽게 놀드랏실의 가지에서 여섯 개의 작은 가지를 잘라냈다. 그들은 나뭇가지를 손에 쥐고 세계를 돌며 사로나이트 덩어리가 활발히 생겨나는 현장을 찾았다. 드루이드들은 타락이 멎기를 바라며 차례로 놀드랏실의 나뭇가지를 심었다. 판드랄 일행이 흔적을 남긴 곳은 잿빛 골짜기와 수정노래 숲, 페랄라스, 후일 그늘숲과 동부 내륙지로 알려진 동부 왕국의 두 지역이었다.

나뭇가지들은 빠르게 뿌리를 내리고 새로운 나무로 자라났다. 나무들은 마치 도관처럼 에메랄드의 꿈의 마력을 깨어나는 세계에 주입하고 주위 야생 동식물에게 활력을 불어넣으며 사로나이트 광맥을 벗겨 냈다. 드루이드들은 이 성공에 고무되어 마지막으로 가장 큰 나뭇가지를 노스렌드의 신속, 가장 크게 자란 사로나이트 광맥 위에 심었다. 이 새로운 세계수는 '눈의 왕관'이라는 뜻의 안드랏실이라는 이름을 얻었다. 안드랏실은 놀라운 속도로 자라났으며 그 효과는 거의 즉각적이었다. 사로나이트의 확산이 멈췄고 자연의 생명은 새롭게 번창했다.

말퓨리온과 세나리온 의회의 나머지 드루이드들은 그들의 승인 없이 놀드랏실의 나뭇가지가 심어졌다는 사실을 알고서 분노를 감추지 못했다. 그러나 그 계획이 성공했다는 것은 인정했다. 수십 년 동안 안드랏실은 노스렌드 위로 우뚝 자라났고 모든 것은 좋아 보였다.

하지만 시간이 지나면서 상황은 달라졌다. 노스렌드의 타운카와 숲 요정 사이에서 혈투가 벌어졌다. 그들은 전쟁으로 유명한 종족이 아니었다. 전투는 갑작스러웠고 놀랄 만큼 잔혹했으며 야만적이고 말할 수 없을 만큼 사악한 행위로 얼룩졌다. 소문은 결국 드루이드들에게 전해졌다. 세나리온 의회는 원정대를 보내 폭력의 원인을 조사했다.

드루이드들은 새로 발견한 사실에 뼛속까지 얼어붙는 두려움을 느꼈다. 안드랏실의 뿌리가 너무도 깊이 내려간 나머지 요그사론의 지하 감옥을 건드리고 있었다. 고대 신은 안드랏실에 부패한 힘을 주입했고 그 지역의 모든 살아 있는 생물이 천천히 광기로 내몰리고 있었다.

세나리온 의회는 위상의 축복 없이는 안드랏실이 타락에 취약할 수밖에 없다는 사실을 알았다. 또한 안드랏실을 살리거나 고통을 완화할 방도가 없다는 것도 분명했다. 그들은 비탄에 잠긴 채 안드랏실을 쓰러뜨릴 수밖에 없다고 결론을 내렸다. 그들은 무거운 마음으로 거대한 안드랏실을 베어 냈다. 안드랏실은 엄청난 소리를 내며 노스렌드의 얼어붙은 땅에 쓰러졌다. 에메랄드의 꿈의 에테르 숲에서도 그 소리가 메아리쳤다. 그 후 드루이드들은 그 쓰러진 세계수를 '부서진 왕관'이라는 뜻을 지닌 볼드랏실로 칭했다.

세나리온 의회는 안드랏실을 쓰러뜨려야 하는 상황이 몹시 비통했지만, 세계수가 사로나이트의 확산을 저지해 준 것을 기쁘게 생각했다. 그러나 드루이드들이 알지 못하는 어두운 무언가가 에메랄드의 꿈에서 뿌리를 내리기 시작했다.

요그사론은 판드랄이 심은 나무들을 에메랄드의 꿈으로 통하는 문으로 이용했고 다른 고대 신들 또한 그 에테르 영역에 손을 뻗칠 수 있게 되었다. 작은 타락의 씨앗이 이세라의 영역에 퍼졌다. 씨앗들은 이윽고 꿈의 길을 더럽혔다. 이는 에메랄드의 악몽이라고 알려진 사건의 시작이 되었다.

노움의 탈출

어둠의 문이 열리기 3,000년 전

아제로스에 전쟁이 번지고 새로운 문명이 일어나는 동안 토석인들은 거의 고립되어 있었다. 그들은 다른 아제로스 종족의 활동에 관심을 보이지 않았다. 일부 토석인은 노스렌드의 얼어붙은 산 지하에서 고립된 생활을 했고, 오래전 수호자 아카에다스와 거인 아이로나야와 함께 남쪽으로 향했던 토석인들은 울다만의 지하무덤에서 잠들어 있었다. 소수의 토석인은 잠들기를 거부하며 기계노움 동료들과 함께 시설을 점검하고 유지하는 작업을 수행하기로 결정했다.

이 시기 동안 아카에다스와 아이로나야는 하수인들에게서 멀어졌다. 그들은 어느 때보다도 육체의 저주를 치료하는 일에 집착했다. 아카에다스와 아이로나야는 종종 울다만의 최하층으로 내려와 수년 동안 사색에 잠기곤 했다. 결국 티탄이 벼려낸 두 거대한 피조물은 종적을 감추고 아주 긴 동면에 들었다. 그들에게서는 수백 년 동안 아무런 소식이 들리지 않았으며, 남겨진 기계노움과 토석인은 스스로 울다만을 관리해야 했다.

세계의 분리가 아제로스를 강타했을 때 깨어 있던 많은 토석인이 재앙의 충격으로 휘청거렸다. 그들은 세계가 부서지며 겪은 고통을 자신의 것처럼 느꼈고 울다만 깊이 굴을 파고 내려간 다음, 잠든 동료들이 있는 동면실에 들어갔다.

남아서 울다만을 지킬 이는 오직 기계노움뿐이었다. 그러나 그들 역시 결국 육체의 저주에 굴복했다. 육체의 저주에 걸린 많은 기계노움이 약화되어 후일 노움이라고 알려진 존재가 되었다. 육체적으로 그리고 정신적으로 쇠약해진 그들은 모든 목적의식을 상실한 채 울다만의 전당을 떠나 부근의 산봉우리와 동굴로 도망갔다. 울다만에는 소수의 기계노움만이 남아 티탄이 벼려낸 피조물의 명령을 수행했다.

노움의 첫 번째 세대들은 울다만 서쪽 눈 덮인 산에 동굴을 파고 머물 곳을 마련했다. 노움은 허약했고 육체적 힘과 방어 수단이 부족했기 때문에 가혹한 정령과 야만적인 얼음 트롤, 그리고 곳곳에 도사린 또 다른 위협 속에서 힘겹게 생존했다. 그러나 노움에게는 선천적인 지능과 천재성이 있었다. 수 세대가 지나는 동안 노움은 기술적인 발전과 발견에 헌신적인 노력을 기울였다. 가혹하기 그지없는 새로운 세계에서 살아갈 방법은 그것뿐이었다. 그러면서 기록의 보존과 구전으로 전해지는 역사는 점점 등한시되었다. 그것들은 생존에 중요한 요소가 아니었다.

불과 몇 세대 만에 노움은 티탄이 벼려낸 피조물로서 전수받았던 지식을 모두 잃어버렸다. 그러나 그들은 새로운 사회를 구축했다. 노움은 기발한 공학과 과학 기술로 역경을 거듭 극복했다. 그리고 후일 던 모로라고 알려진 차가운 산을 깊숙이 깎아 내려가며 고도로 요새화된 일련의 거주지를 만들었다.

아라소르의 탄생

어둠의 문이 열리기 2,800년 전

인간은 수천 년에 걸쳐 동부 왕국에서 번영했다. 이 젊은 종족은 티리스팔 숲에 정착했던 한 무리의 브리쿨에서 시작되었다. 비록 조상에 비해 체격과 힘은 줄어들었지만, 그들에게는 매우 강한 의지력과 생존 본능이 있었다.

수렵과 채집 생활을 하는 인간 무리가 대륙 곳곳의 숲과 언덕에서 급증하기 시작했다. 사회가 진화하고 발전하면서 인간들은 여러 다른 부족을 형성했다. 부족마다 애니미즘적 관습이 있었는데 주로 드루이드 사상이나 주술적 신앙의 초기 형태에 가까웠다. 아마니 트롤과 하이 엘프와 같은 잠재적인 위험도 있었지만 인간의 가장 큰 적은 인간으로 드러났다. 초기 인간 부족들은 영토를 두고, 더 나아가서는 권력을 차지하기 위해 끊임없이 서로 전쟁을 일으켰다.

그러던 중 아라시 부족은 인간의 방식에 문제가 있다는 사실을 깨달았다. 수십 년 동안 트롤의 인간 영토 침공은 점점 더 두드러지고 잔혹해졌다. 북쪽의 야만적인 아마니에게서 무언가가 바뀌고 있었다. 아라시 부족은 인간들이 분열된 상태로 이끼 색 피부를 가진 트롤과 전면전을 벌인다면 거의 승산이 없다고 생각했다. 소라딘 장군의 지휘 아래 아라시 부족은 무력을 행사하고 외교 협상을 벌이며 경쟁 부족들을 하나의 깃발로 규합하는 일에 착수했다.

아라시 부족은 인간 영토의 북동쪽 경계에 자리했고 아마니 트롤과 접전을 벌인 오랜 역사가 있었다. 소라딘은 이러한 경험을 바탕으로 숙련된 책략가이자 전략가가 될 수 있었다. 소라딘은 6년 만에 다른 부족들을 규합했다. 그는 정략결혼을 통해서 적이었던 몇몇 부족을 아군으로 끌어들이기도 했다. 또 다른 경쟁 부족들에게는 함정을 파서 서로 싸우게 만들었다. 소라딘은 수완이 좋았지만 일부 적대적인 부족들은 별수 없이 노골적인 정복 전쟁을 통해 제압하기도 했다.

소라딘은 패배한 부족들의 예상과는 달리 폭군으로 군림하지 않았다. 그는 과거의 적들에게 새롭고 영광스러운 인간 국가의 평화와 평등을 제시했다. 연합 왕국은 무한한 잠재력을 가지게 될 터였다. 부족의 지도자들은 기억 저편으로 잊히지 않아도 되었고 명예로운 장군으로 활약할 수 있었다. 소라딘은 이러한 조치를 통해 적들의 충성심을 얻으며 왕으로 추대되었다.

소라딘 왕은 그의 새로운 왕국을 아라소르라고 명명했다. 그는 가장 뛰어난 건축가들에게 티리스팔 숲 남동쪽에 스트롬이라는 강력한 수도를 건설하는 임무를 맡겼다. 도시 주위의 지역은 반 건성 기후였고 이는 트롤의 공포스러운 숲 매복 전술을 무력화함으로써 인간과 아마니 사이를 가르는 이상적인 완충 지대가 되어 주었다. 또한 소라딘은 수도 근처에 아마니의 습격을 막을 거대한 벽을 세우도록 명령했다. 스트롬에 관한 소문이 동부 왕국 도처의 다른 이질적인 인간 부족들 사이로 퍼져갔다. 많은 부족이 안전을 위해 스트롬 요새로 몰려들었다.

소라딘이 예상한 대로 아마니 트롤은 곧 인간이 지배하는 외곽 영토에 접근하기 시작했다. 소라딘은 가장 뛰어난 장군 둘을 보내 적에 관한 정보를 수집하는 한편, 아라소르의 국경 깊숙이 들어온 야만적인 적을 붙잡으라고 명령했다.

그중 한 명은 이그네우스였다. 이그네우스의 부족은 원래 알터랙 산맥 주위의 바위투성이 산비탈에 살았다. 다른 지역 출신의 인간들은 그들이 거칠고 야만적이라고 생각했지만, 이그네우스와 북부인들은 타의 추종을 불허하는 용기와 힘을 자랑했다. 그들은 아라소르의 국경을 한참 넘어선 곳까지

은빛 손의 전설

오래전 티리스팔 숲 중심부에 남겨졌던 티르의 전설적인 은빛 손이 어떻게 되었는지는 아무도 아는 이가 없다. 은빛 손은 그 지역에 살았던 인간 부족에게는 일상적인 상징이 되었다. 인간들은 옷이나 펜던트에 은빛 손을 새겼다. 그들은 은빛 손이 사악한 영혼을 물리치고 전투에서 전사들을 보호하며 병을 치료해 준다고 믿었다. 수백 년 후 은빛 손은 무엇보다 자신을 희생해 빛의 힘을 이끄는 전사인 위대한 성기사단의 상징이 되었다.

나아가 숲 속에 숨은 트롤들을 닥치는 대로 쓰러뜨렸다. 이그네우스가 베어 넘긴 아마니 트롤의 피는 실로 막대했다. 덕분에 그는 트롤을 파멸시킨다는 의미의 '트롤베인'이라는 이름을 얻었다.

소라딘의 총애를 받은 다른 장군은 티리스팔 숲 중심부 출신인 로데인이었다. 로데인과 그의 조직화된 전사들은 이그네우스 같은 산악 지대 부족보다 더 세련된 군인으로 여겨졌고, 기사다운 복식과 정신으로 무장했다. 로데인의 군대는 아라소르의 북부 국경 지대를 빈틈없이 순찰했다. 아주 가끔 아마니 습격대가 아라소르 왕국에 접근해 오면 로데인은 검을 휘두르며 그들을 쓰러뜨렸다.

로데인과 이그네우스는 종종 북부의 아마니와 하이 엘프 사이에서 끔찍한 전쟁의 조짐이 있다는 소식을 스트롬에 전했다. 또한 그 어두운 숲에서 무언가 다른 존재가 움직인다는 말도 전했다. 수상한 부두 의식에 관한 이야기와 초자연적인 존재가 한밤중에 야생의 숲을 떠돈다는 소식이었다.

소라딘과 장군들은 그 보고를 듣고 불안한 마음이 들었지만, 은둔한 하이 엘프를 위해 위험을 감수하거나 도움을 줄 필요는 없다고 의견을 모았다. 당분간은 대규모 병력을 스트롬의 거대한 성벽 안쪽에 주둔시킬 예정이었다. 그들은 어떤 적이라도 이길 수 있다고 확신했다.

트롤 전쟁 1부: 쿠엘탈라스 포위

어둠의 문이 열리기 2,800년 전

줄아만 사원의 아마니 트롤은 하이 엘프에게 패배하고서 천 년 만에 복수할 계획을 세웠다. 트롤들은 사나운 전사였으나 그들을 승리로 이끌어 줄 강력한 지도자가 없었다. 내분이 번지며 부족은 스스로 무너질 위험에 처하기까지 했다. 그러나 아마니 부족의 운명은 존경스러운 잔달라 부족의 도움을 받은 후 곧 바뀌었다.

잔달라 트롤은 모든 트롤의 보호자이자 정신적인 지도자 역할을 자임했다. 그들은 온 아제로스에서 트롤 사회를 강화하고 싶은 열망에 사로잡혔다. 세계의 분리 이후 많은 트롤 부족들이 약화된 상태였다. 잔달라 부족조차도 그 대재앙으로 고통을 겪었다. 한때는 영광에 빛났던 잔달라 부족의 산도 바다에 집어삼켜져 작은 섬으로만 남았다.

잔달라 부족은 아마니에게서 가능성을 보았다. 그들은 트롤의 가장 강력한 부족을 다시 부활시키고 동부 왕국에서 트롤의 패권을 공고히 다지고자 했다. 하이 엘프를 제압하는 것은 쉬운 일이 아니었지만 잔달라는 승리를 확신했다. 쿠엘탈라스는 오래전 트롤을 학살했던 고대 나이트 엘프 제국처럼 강력하지 않았다. 게다가 잔달라는 천 년 가까이 부두술을 완벽하게 갈고닦았다.

한 무리의 지혜로운 잔달라 사절이 고향 섬을 떠나 줄아만으로 향했다. 그곳에서 사절단은 곧 다가올 전쟁에서 아마니를 돕겠다고 약속했다. 그뿐 아니라 잔달라는 아마니에게 강력한 로아 반신들의 도움을 받게 해 주겠다고 말했다. 지휘 문제를 해결하기 위해 잔달라는 아마니의 가장 용감한 전사인 진타를 지도자로 세웠다.

소규모 아마니 부대가 숲에 출몰하며 쿠엘탈라스 국경을 공격했고 하이 엘프의 힘을 시험했다. 언제나처럼 교활한 트롤은 실제 병력의 힘과 규모를 숨겼다. 수차례의 연속된 접전 끝에 아마니는 마침내 전면전에 돌입할 시기가 되었다고 판단했다.

아무 경고도 없이 수만에 이르는 트롤 전사들이 그늘진 숲 속에서 쏟아져 나왔다. 아마니와 함께 무시무시한 로아 반신들이 나타났고 초자연적인 힘으로 트롤 신봉자들의 기운을 북돋웠다. 하이 엘프는 필사적으로 적들을 막았으나 물러설 수밖에 없었다. 아마니 트롤은 엄청난 속도와 잔혹성을 선보이며 쿠엘탈라스의 외곽 지대를 초토화했다.

줄아만에 머물던 잔달라 사절들은 기쁜 마음으로 전쟁의 양상을 지켜봤다. 엘프와 그들의 강력한 비전 마법조차 아마니와 트롤 종족의 힘을 당해낼 수 없었다.

트롤의 최종 승리는 시간문제였다.

트롤 전쟁 2부: 하늘에서 내려온 불꽃

소라딘 왕은 하이 엘프와 트롤 간의 격화되는 전쟁을 조심스럽게 지켜보고 있었다. 정찰병들은 쿠엘탈라스 국경에서 피어오르는 연기와 한때 평온했던 북부 지대의 동굴에 나뒹구는 엘프의 시체에 관한 소식을 스트롬에 전했다. 트롤의 승리는 자명했다. 그러나 소라딘은 이 전쟁에 끼어든다면 불필요한 위험에 빠질 수 있다는 입장을 고수했다.

하지만 아나스테리안 선스트라이더 왕이 급파한 일군의 하이 엘프 사절이 스트롬에 도착하자 소라딘의 의견은 바뀌었다. 사절들은 아마니의 놀라운 잔혹성과 그들의 곁에서 함께 싸우는 초자연적인 반신들에 대해 생생하게 설명했고, 소라딘은 그들의 말을 들으면서 점점 공포에 휩싸였다.

아마니의 위협은 소라딘이나 그의 고문들이 상상한 것보다 훨씬 더 심각했다. 하이 엘프는 아라소르의 지원이 없다면 곧 쿠엘탈라스는 트롤에게 파괴당할 것이고, 그 이후 아마니는 피에 굶주린 병사들을 모두 동원해 스트롬을 공격할 것이라고 주장했다.

소라딘은 사절단을 접견한 후 고문들과 의견을 나눴다. 그들은 엘프와의 동맹이 필요하다는 데 동의했지만, 트롤과의 전면전을 치르기에는 아라소르의 병력이 부족하다는 사실도 인지하고 있었다. 소라딘은 고문들과 함께 밤늦게까지 토론을 벌였고 결국 논의를 마무리했다. 그들이 내린 결론은 만약 인간이 마법을 익힌다면 전세에서 우위를 점할 수 있으리라는 것이었다.

엘프의 마법은 전설에 가까웠고 인간들은 그 비밀을 알아낼 수 없었다. 소라딘은 모든 형태의 마법에 깊은 의심을 품었으나, 아마니를 무찌르려면 마법의 힘이 필요하다는 것은 알고 있었다. 다음날 소라딘은 사절단에게 하이 엘프가 인간에게 마법을 전수해 준다면 군사를 지원해 주겠다고 제안했다.

하이 엘프는 전령을 보내 아나스테리안 왕과 상의했다. 다른 모든 하이 엘프들처럼 아나스테리안도 무분별한 마법의 위험성을 잘 알고 있었다. 인간에게 비전술을 가르친다면 그것은 쉽게 재앙으로 이어질 수 있었다. 아나스테리안은 그럴 가능성을 우려하면서도 절멸할 처지에 놓인 자신의 종족을 생각하지 않을 수 없었다. 그는 달리 선택의 여지가 없었기에 백 명의 인간들에게 기초적인 마법을 전수해 주는 데 동의했다.

곧 엘프 마술사들이 스트롬으로 내려왔고 서둘러 인간들을 가르쳤다. 엘프 마술사들은 수개월 동안 인간을 가르치며 제자들에게서 놀랄 만한 특징을 발견했다. 인간들은 마법을 사용함에 있어서 우아함과 정교함은 떨어졌지만 놀랄 만한 선천적 친화력을 지니고 있었다.

한편 소라딘은 장군들에게 알터랙 산맥 기슭에 요새를 구축하라고 지시했다. 향후 트롤을 공격할 때 전략적 요충지로 활용할 계획이었다. 소라딘의 장군들은 티리스팔 숲 동쪽의 길고 비옥한 언덕 지역인 동부 숲에도 초기 요새들을 건설했다. 알터랙 요새는 이후 인간의 가장 중요한 북부 기지가 되었다.

엘프들이 인간 마법사들에게 전수를 끝내자 아라소르는 공격을 시작했다. 알터랙 요새에 2만이 넘는 인간 군대가 모여들었다. 소라딘은 그곳에서 몸소 쿠엘탈라스로 군대를 이끌었다. 그러나 인간 마법사들은 데려가지 않았다. 그들은 알터랙의 방벽 뒤에 남아 있어야 했다. 소라딘이 바란 대로 상황이 전개된다면 마법사들에게는 그때 수행해야 할 역할이 있었다.

이그네우스와 로데인 장군은 아라소르 군대의 선봉대로 활약했다. 그들은 진군하는 아라시 부대보다 며칠 일찍 전진해서 북쪽 길을 뚫고 트롤 정찰병과 습격대를 발견하는 대로 학살했다. 몇 주간의 힘든 행군을 마치고 마침내 아라소르의 본대가 쿠엘탈라스의 외곽에 도착했고, 아마니 트롤의 남부 부대와 격돌했다. 하이 엘프도 아라소르 군대와 호흡을 맞추며 북쪽에서 반격을 감행했고 트롤의 전선을 초토화했다.

아마니는 양쪽 전선에서 전투를 수행하고 있다는 사실을 깨달았다. 그러나 진타는 트롤이 결국 승리하리라고 확신했다. 원시적인 인간과 동맹을 맺은 것은 엘프의 절박함을 드러내는 증거였다. 아라소르의 전사들은 용맹하기로 정평이 났지만 엘프들처럼 마법을 쓰지는 못했고 전투 규율도 부족했다. 어설픈 인간들은 그저 귀찮고 빠르게 처리해 버려야 할 존재였다. 진타는 아라소르의 군대를 격파하기 위해 부대를 인간들이 있는 남쪽으로 돌렸다. 먼저 인간들을 처치한 다음, 다시 쿠엘탈라스에 병력을 집중해 엘프들을 영원히 박멸할 생각이었다.

소라딘의 명령에 따라 인간 군대는 서서히 알터랙 쪽으로 후퇴를 시작했다. 몇 주 동안 잔혹하고 피비린내 나는 전투가 이어졌고 자신감 넘쳤던 아마니는 아라소르 군대를 알터랙 산맥까지 뒤쫓았다. 인간의 군대가 남쪽으로 이동하자 하이 엘프도 쿠엘탈라스에서 나와 남쪽으로 내려갔다. 하이 엘프는 끊임없이 아마니의 북쪽 전선을 타격하며 후방 병력을 조금씩 줄여나갔다.

마침내 그들은 알터랙 요새에 도착했다. 소라딘은 계속해서 추격해 오는 아마니 병력을 만족스럽게 바라보았다. 그리고 곧 있을 공격을 준비하도록 지시했다. 두꺼운 안개가 알터랙의 구릉을 뒤덮은 어느 아침, 아마니 트롤은 인간 군대를 습격했다. 아라소르 군대는 수적으로는 밀렸지만 의외의 끈기를 보이며 반격을 이어 갔다. 전투는 며칠 동안 계속되었으나 어느 쪽도 물러서지 않았다. 이윽고 북쪽에서 하이 엘프가 도착했고 제2전선에서 아마니를 습격했다.

인간과 엘프 군대는 아마니 병력을 줄였다고 확신한 순간, 비밀 병기를 꺼내 들었다. 바로 백 명의 인간 마법사들이었다. 소라딘은 이제껏 전쟁을 치르면서도 알터랙 성채에 마법사들을 숨겨 놓았다. 이제 그들의 열정을 전투에서 시험할 시간이었다.

인간 마법사들은 엘프 마술사들과 나란히 서서 새로 얻은 막대한 힘을 불러냈다. 그들은 산발적으로 공격하는 대신, 전례 없이 막강한 공격을 시도했다. 마법사들은 힘을 모은 뒤 하나의 강력한 주문을 만들었다. 핏빛으로 물든 하늘에서 불덩이가 마구 쏟아져 내렸고 이에 알터랙 산맥 전체가 들썩이고 흔들렸다. 그 에너지는 타오르는 불덩이 속으로 아마니 군대를 집어삼켰다. 마법의 불꽃이 로아와 트롤을 가리지 않고 겉과 속을 불태웠다.

진타는 마력이 깃든 불길에 가장 먼저 쓰러진 아마니 트롤 중 하나였다. 살아남은 트롤들은 지도자를 잃고 대열이 흐트러지며 북쪽으로 퇴각했다. 엘프와 인간은 사냥감을 쫓듯이 아마니 전사들을 따라가며 마구잡이로 학살했다.

잔달라 사절들은 재앙과도 같은 전투의 결과에 당황했다. 한때 그렇게도 승리를 확신했던 그들은 당혹감과 수치심에 휩싸여 자취를 감추고 고향 섬으로 돌아갔다. 그 패배는 궁지에 몰린 트롤 종족으로서는 다시 복구하기 힘든 역사의 암울한 전환점이 되었다.

반면에 쿠엘탈라스와 아라소르에게는 새로운 영광의 시대가 시작되었다. 스트롬과 실버문의 거리에서는 전쟁이 끝난 후 수개월 동안 축하 의식이 열렸다. 엘프는 지원에 감사하며 아라소르와 소라딘의 후손들에게 영원한 충절을 맹세했다.

아마니 트롤에게 마력을 방출하는 인간 마법사

로데인의 희생

알터랙으로 후퇴하던 중 아마니는 아주 빠르게 거리를 좁혀왔고, 아라소르 군대의 측면을 무너뜨리면서 그들을 제압할 기회를 얻었다. 로데인 장군은 승산이 없음을 잘 알면서도 더한 재앙을 막기 위해 자진해서 트롤을 멈춰 세웠다. 로데인은 가장 용감한 다섯 명의 부하와 함께 좁은 계곡에서 트롤을 상대했고 그동안 나머지 아라소르 병력은 계속 후퇴할 수 있었다. 로데인과 전사들은 최후의 대가를 치렀으나 그들의 용감한 저항은 인간과 엘프가 승리할 수 있도록 도움을 주었다. 로데인이 남긴 순수한 이타심과 희생이라는 유산은 천 년 동안 동족들 사이에서 전해졌다.

아라소르의 확장

어둠의 문이 열리기 2,700년 전

소라딘의 통치가 끝난 후 새로운 세대의 인간들이 아라소르 왕국의 영토와 권력을 키워 나갔다. 첫 번째 인간 마법사들은 제자들에게 비전 마법을 가르쳤다. 불과 수십 년 만에 아라소르 주문 술사의 수는 극적으로 증가했다.

진취적인 인간들은 강력한 마법사들의 힘으로 자연적 위협에서 보호받으며 국경 지역에 새로운 정착지를 건설했다. 어떤 이들은 한때 트롤들이 점거했던 동부 숲의 녹지와 초원에 자리를 잡았다. 또 다른 이들은 트롤 전쟁 동안 건설되었던 알터랙 요새와 다른 소규모 요새로 이주했다. 이 요새화된 정착지들은 곧 부산한 교역 기지로 발전했다.

인간들이 가장 탐내는 비옥한 토지는 티리스팔 숲에 위치해 있었다. 아라소르는 그곳에 요새를 건설해 놀과 코볼트, 다른 위험한 야생 동물에게서 농장을 보호했다. 많은 퇴역 군인들이 그 지역에 정착했다. 그들은 작고한 로데인 장군을 기리며 그 지역에 로데론이라는 새로운 이름을 붙였다.

또 다른 이들은 길니아스라 알려진 해안 지역으로 확장해 여러 곳에 활기찬 항구를 건설했다. 정착민들은 어업에 종사했고 아라소르의 다른 지역과도 활발하게 교역을 이어 갔다. 대담한 항해사들은 길니아스 주위의 공해로 탐험을 나서기도 했다. 얼마간 시간이 흐른 후, 그들은 남쪽에서 철광석 등 자연 자원이 풍부하게 매장된 큰 섬을 발견했다. 일부 항해사는 그 섬에 남아서 쿨 티라스라고 불리는 강력한 해양 전초기지를 세웠다.

수십 년 동안 이 새로운 도시들은 계속 성장하며 독특한 관습을 발전시켰다. 아라소르의 수도 스트롬의 지배층은 이들 도시가 지나치게 독립적인 경향을 보이는 것을 항상 경계했다. 왕국의 지배권을 유지하려는 통치자들의 여러 시도가 있었지만 결국 많은 도시가 자주권을 얻었다. 그중 첫 번째이자 가장 주목할 만한 사례가 교역 중심지 달라란이었다.

아라소르 왕국의 심장부에 세워진 달라란은 막대한 중요성과 영향력을 가진 교역의 중심지로 빠르게 성장했다. 아라소르 왕국 곳곳의 시민들이 부와 새로운 기회를 찾아 달라란으로 모여들었다. 명석하고 별난 알도간이라는 마법사도 그런 이민자 중 하나였다. 그는 달라란 시민의 존경을 얻고서 지도자로 선출되었다.

달라란은 알도간의 통치하에 계속 영향력을 확대하며 자주적인 도시국가로 발전했다. 또한 왕국의 시민들이 점점 의심과 경계의 눈초리를 보냈던 아라소르의 마법사들이 몹시 갈구했던 피난처가 되었다.

티리스팔 의회
어둠의 문이 열리기 2,680년 전

마법사들은 정착민을 보호했기에 아라소르가 발전하고 번영하는 과정에서 무척이나 큰 역할을 했다. 그러나 일반 시민들 사이에서는 마법사에 대한 은밀한 불신이 피어나고 있었다. 점차 불화와 의심이 깊어졌고 마법을 사용하는 이들과 나머지 사회 구성원 간에 갈등이 불붙었다. 대부분의 마법사는 근거 없는 망상의 대상이 되는 것에 분개하며 도시와 마을을 떠났다.

달라란의 지도자인 알도간은 불만에 찬 마법사들을 달라란으로 초대해, 그곳에서는 편견에 구애받지 않고 살 수 있다고 공언했다. 많은 마법사가 알도간의 초대에 응해 달라란에 정착했다. 첫 번째 마법사 무리가 도착했을 때 그들은 달라란을 영광스러운 지식의 중심지로 다시 만들기로 결정했다. 마법사들은 강력한 마력을 이용해 달라란의 크기와 영역을 확장했다. 그들은 도시 곳곳에 빛나는 첨탑을 세우고 거대한 도서관을 건립했으며 비전 마력의 경이로운 물건들을 관리할 보관소를 만들었다.

알도간은 새로 도착한 마법사 중에서 가장 강력한 이들과 함께 급성장하는 달라란을 통치하기 위한 마법 의회를 구성했다. 그들은 통치의 주체가 되어 비전술의 연구와 훈련을 장려했다. 달라란에 관한 소문이 퍼지자 아라소르 전역의 마법사들이 달라란을 희망과 자유의 상징으로 생각하기 시작했다.

불과 수년 만에 달라란의 인구는 폭발적으로 증가했다. 비전 마법을 사용하는 이는 시민 중 소수에 불과했으나 마법사들은 도시를 보호했으며 덕분에 교역과 산업이 거침없이 성장했다. 범죄는 사실상 존재하지 않았고 야생의 위협도 기억 속에서 거의 사라졌다.

그러나 무분별한 마법의 사용은 결국 재앙을 불러왔다.

마법의 무모한 사용으로 인해 달라란에서 현실의 구조가 찢기기 시작했다. 마법사들은 알지 못했지만, 달라란에서 피어오른 비전 마법의 물결이 뒤틀린 황천까지 이르렀다. 그 마력의 물결은 흩어져 있던 불타는 군단 악마들의 주의를 끌었다. 그 악마들 중 소수가 물리 세계로 미끄러져 들어와 달라란에 침투했다. 악마들은 약했고 보통 혼자였지만, 평화로운 달라란에 혼돈의 씨앗을 뿌리고 도시를 공포에 몰아넣기에는 충분했다.

마법 의회는 악마의 침입을 처리하는 한편, 그 사실을 대중에게서 숨기기 위해 고군분투했다. 달라란의 지도자들은 미신적인 대중이 진실을 알게 된다면 공황에 빠져 반란이 일어날 것이라고 염려했다. 결국 마법 의회는 도시의 벽 바깥에서 도움을 구했다. 달라란의 통치자들은 쿠엘탈라스의 하이 엘프에게 급하게 요청을 보냈다. 그들은 무한한 지혜를 가진 엘프라면 악마의 갑작스러운 침입에 대응할 방법을 알지도 모른다고 생각했다.

쿠엘탈라스를 통치하는 실버문 의회는 즉시 하이 엘프의 가장 강력한 마술사를 보내 사건을 조사했다. 그들은 물리 세계로 넘어온 악마들이 아직 소수라는 사실을 밝혀냈다. 그러나 그것은 시작에 불과했다. 만일 마법 의회가 인간의 마법 사용에 제한을 두지 않으면 더 심각한 문제가 생길 수 있었다.

달라란의 지도자 다수는 하이 엘프의 권고를 거절했다. 마법사들이 달라란에 온 것은 비전술을 자유롭게 연마할 수 있었기 때문이다. 마법의 사용을 제한하려면 수많은 부작용을 감수해야 했다. 잘 된다고 해도 대부분의 뛰어난 마법사들은 비전 연구를 이어 가고자 달라란을 떠날 것이 분명했다. 최악의 상황이 된다면 달라란의 경제 전체가 무너지고 반란이 일어나 마법사들을 외진 땅으로 쫓아 버릴 수 있었다. 어떤 경우에도, 그곳이 달라란이건 아니건 비전 마법은 계속 쓰일 게 분명했다. 게다가 어떤 경우에도 불타는 군단이 드리우는 위협은 상존했다.

실버문 의회와 달라란의 마법 의회는 마법의 사용을 금지할 수 없다는 것에 동의하고 다른 해결책을 찾았다. 그들은 함께 악마 침입자들을 상대할 비밀 조직을 구성했다. 이 새로운 조직은 티리스팔 숲의 비밀 장소에 모여 토론했으며 티리스팔 의회라는 이름으로 알려졌다. 의회의 재능 넘치는 구성원들은 그곳이 어느 곳이든지 불타는 군단의 앞잡이를 뒤쫓아 추방하는 책임을 맡았다. 또한 무분별한 주문 사용의 위험성을 다른 마법사들에게 조용히 가르치기도 했다.

첫 번째 수호자
어둠의 문이 열리기 2,610년 전

수십 년 동안 티리스팔 의회의 첫 구성원들은 조심스럽게 악마들을 뒤쫓아 추방시켰다. 특별히 강력한 적을 만났을 때는 의회의 구성원들이 한 명의 마법사에게 능력을 집중시켰고, 그는 짧은 시간 동안 모두의 마력을 주입받은 단독 대리인으로 활동했다.

한 명의 용사에게 힘을 주입하는 의식은 위험했다. 그렇기 때문에 드물게, 긴박한 상황에서만 행해졌다. 의식을 수행하려면 의회 구성원들이 서로 가까운 거리 내에 있어야 했고 그동안은 무방비 상태가 되었다. 또한 엄청난 에너지가 주입되는 과정에서 지정된 용사가 죽을 위험도 잠재했다. 그러나 살아남는다면 불타는 군단의 하수인이 아무리 강력하더라도 제압할 수 있는 능력을 갖추게 되었다. 위험한 일이었지만 티리스팔 의회는 이 강화의 기술을 수년 동안 효과적으로 사용했다.

그러나 카트라나티르라는 공포의 군주가 달라란에 침입했을 때 모든 것이 바뀌었다. 그 교활한 악마는 달라란의 아름다운 첨탑들을 돌며 시민들의 마음과 정신 속에 독을 퍼뜨렸다. 끔찍한 역병이 달라란을 물들였다. 고통이 퍼져 가자 불신의 장막이 도시를 집어삼켰다.

현상 조사에 나선 티리스팔 의회는 카트라나티르의 존재를 발견하고 그에게 맞섰다. 의회의 재능 넘치는 마법사들은 곧 그 악마를 상대하기에는 힘이 부족함을 느꼈다. 그들은 다른 방법이 없다고 생각해 에르틴 브라이트핸드라는 하이 엘프를 강화해 용사로 내세우기로 했다. 에르틴은 의회에서 모아준 마력을 자신의 것으로 휘두르며 카트라나티르에게 몸을 던졌다.

바로 그때였다. 카트라나티르는 의회의 가장 강력한 무기를 역으로 이용했다. 악마는 의회의 용사인 에르틴을 직접 상대하지 않고 다른 의회 구성원들을 공격했다. 이미 에너지를 에르틴에게 넘긴 의회 마법사들은 스스로를 방어할 수 없었다. 카트라나티르의 무시무시한 공격은 의회와 에르틴의 연결을 방해했다. 이는 다시 에르틴의 마력을 약화시켰고 결국 용사는 악마에게 쓰러졌다. 젊은 반엘프 알로디의 필사적인 노력 덕분에 의회는 간신히 궤멸의 위기를 모면했다.

티리스팔 의회는 긴장하며 다음 전투를 준비했다. 그러나 이번에는 용사에게 힘을 모아 주지 않고 개별적으로 맞섰다. 카트라나티르는 혼란에 빠진 의회를 비웃으며 적들을 손쉽게 쓰러뜨렸다.

패배한 티리스팔 의회는 확신과 희망이 산산조각 나는 것을 느꼈다. 마법사들은 카트라나티르를 개별적으로도, 강화 의식에 의지해서도 꺾을 수 없다는 사실을 인정해야 했다.

그 암울한 순간, 알로디와 그의 동료들은 힘을 발휘할 새로운 방법을 발견했다. 의회 구성원들이 전투 현장에 없어도 가능한 방식으로, 복잡한 의식을 통해 마력의 일부를 특정 대상에게 영구적으로 부여하는 것이었다. 알로디가 처음으로 그 실험적인 기술을 체험해 보기로 했다. 의식은 성공적으로 수행되었고 알로디는 자신을 의회의 용사가 아니라 수호자라고 선언했다.

새롭게 힘을 얻은 알로디는 카트라나티르를 상대해 그를 쓰러뜨린 다음, 뒤틀린 황천의 으르렁거리는 심연으로 다시 추방했다. 알로디는 막대한 마력을 이용해 수명을 늘렸고 백 년 동안 불타는 군단의 하수인들을 사냥했다. 그리고 백 년에 걸친 자신의 임무를 마무리한 뒤에는 자진해서 마력을 포기했다. 그는 남은 삶을 평화와 평온 속에서 살기로 결심했다.

그렇게 수호자의 전통이 시작되었다. 백 년마다 새로운 마법사가 나서서 아제로스의 보호에 일생을 바쳤다. 의회의 힘을 허락받도록 선택될 마법사는 백 년 후 스스로 엄청난 마력을 포기함으로써 겸손을 입증하고 평화에 헌신할 인물이어야 했다.

천 년이 넘는 시간 동안 온 아제로스에 유례없는 번영의 시대가 펼쳐졌다. 분쟁과 고통이 완전히 사라질 수는 없었으나, 수호자들은 악마 침입자들이 아제로스에 발을 들이지 못하게 만들었다. 고귀한 수호자들이 비밀스럽게 불타는 군단과의 고독한 전쟁을 이어가는 동안, 달라란은 세계에서 가장 선도적인 비전 지식과 연구의 중심지로 자리매김했다.

아이언포지와 드워프의 각성
어둠의 문이 열리기 2,500년 전

달라란의 먼 남쪽, 고대의 석실 울다만에는 암흑과 침묵이 감돌았다. 아이로나야와 수호자 아카에다스는 오래전 동면에 들었다. 한때 울다만의 기계장치를 보호했던 다수의 기계노움도 육체의 저주에 걸려 그곳을 떠났다. 그러나 소수의 충성스러운 태엽장치 하수인들은 그대로 남았다. 불굴의 육신은 시간과 함께 점차 약해졌다. 그들은 쓰러졌고 죽어 갔다. 결국 단 하나의 기계노움만이 남았다.

그 고독한 기계노움은 최선을 다해 울다만을 보수했지만, 장비의 상당 부분이 파손되고 말았다. 곧 육체의 저주가 그녀의 강철 육체를 조금씩 좀먹기 시작했다. 결국 그녀는 노움으로 변형되었고 노쇠해 거의 죽음에 이르렀다. 그 노움은 시간이 많이 않음을 알고서 장치를 조작해 울다만 깊은 곳에서 동면하던 토석인들을 깨웠다. 자기가 죽은 후 토석인들이 영원히 울다만의 적막한 전당에 버려질 것이라는 걱정을 떨칠 수 없었기 때문이다.

노움은 마지막 숨을 몰아쉬며 토석인이 잠든 동면실의 장치를 작동했다. 동면실이 점차 생기를 되찾았다. 안에서 잠들었던 티탄의 피조물들은 잠에서 깨어 새로운 세계와 운명을 맞이했다.

깨어난 토석인들은 몸에서 발생한 극적인 변화를 발견했다. 그들은 육체의 저주에 영향을 받아 살과 피로 이루어진 생명체가 되어 있었다. 그들은 후일 스스로를 드워프라는 이름으로 칭했다.

오랜 잠에서 깨어난 드워프들은 여전히 몽롱한 기분으로 울다만의 부서진 전당을 비틀거리며 빠져나왔고 아제로스의 표면에 발을 디뎠다. 그들은 구름에 닿을 만큼 거대한 바위가 산맥을 이루는 서쪽으로 이끌렸다. 수백 년 전 울다만을 떠난 노움처럼 드워프들은 도처에서 돌아다니는 야생 동물들과 싸워야 했다. 그들은 창의력으로 자연의 위협을 극복한 노움과는 달리, 강인한 육체와 타고난 체력에 의지했다. 결국 드워프는 서쪽 지평선에서 보았던 산맥에 도착했고 던 모로의 설원에 정착했다.

육체의 저주 때문에 기억력이 약화되긴 했어도, 드워프는 티탄이 벼려낸 피조물로서의 정체성을 아직 희미하게나마 간직하고 있었다. 그들은 과거를 회상하며 새로운 고향에 '카즈의 산'을 뜻하는 카즈 모단이라는 이름을 짓고 티탄 창조주인 카즈고로스를 기렸다. 드워프는 석조술과 채광에 선천적인 재능을 가지고 있었다. 그들은 카즈 모단에서 가장 높은 산의 중심부를 깎아 내고 거대한 용광로를 건설한 다음, 그 주위에 아이언포지라고 불리는 웅대한 도시를 건설했다. 아이언포지는 새로운 고향의 중심지가 되었고, 드워프의 세력은 산 아래 멀리까지 확장해 거대하고 강력한 국가를 이루었다.

드워프는 카즈 모단의 산을 파내고 기지를 확장하는 과정에서 인근 동굴에 살던 노움을 발견했다. 아이언포지의 주민들은 그 작은 이웃 종족의 독창성과 기술력에 매혹되었다. 또한 드워프는 노움과 선천적인 동질감을 느꼈는데, 그것은 두 종족 모두 티탄이 벼려낸 피조물 조상에게서 유래했다는 배경이 크게 작용한 결과였다.

드워프는 석조술과 건축 지식을 노움에게 전해 주었고 후일 놈리건이라고 알려진 노움의 경이로운 도시의 기초 공사를 도왔다. 그 대신 노움은 드워프에게 기계공학과 과학을 가르치며 아이언포지에 크게 필요했던 기술을 전했고 효율성을 높여 주었다. 이후 수백 년 동안 외부와 별 교류가 없었던 노움과 드워프는 서로 공고한 관계를 다지며 필요한 시기에 기꺼이 도움을 주곤 했다.

구루바시 내전
어둠의 문이 열리기 1,500년 전

동부 왕국 남부 해안의 구루바시 밀림 트롤은 궁핍과 고난의 시기를 보냈다. 그들은 세계의 분리로 닥친 재난에서 완전히 회복하지 못했다. 많은 사냥터와 농지가 완전히 사라졌고 끊임없는 기근이 구루바시 제국에 찾아왔다.

필사적으로 과거의 영광을 되찾으려 했던 가시덤불 골짜기의 구루바시 트롤은 결국 그들이 숭배하는 강력한 로아 영혼에게 눈을 돌렸다. 그들의 요청에 답한 로아가 하나 있었으니, 바로 피의 로아, 영혼약탈자 학카르였다. 그 사악한 영혼은 구루바시가 동부 왕국의 아래쪽 절반까지 제국을 확장하도록 돕겠다고 약속했다. 학카르는 그 대가로 엄청난 수의 살아 있는 제물을 요구했다.

학카르에게 충성을 맹세한 구루바시는 학카리라는 이름으로 알려졌다. 학카리 트롤은 자기들에게 반대한 다른 트롤들은 물론, 주위에 있는 놀의 무리와 멀록 부족을 완전히 격퇴시켰다. 포로로 잡힌 이들은 곧 전투에서 살아남은 것을 후회했다. 육체에서 분리된 학카르의 영혼은 수년 동안 포로들의 피로 배를 불렸다. 학카리 트롤의 주도로 구루바시는 원하던 모든 것을 얻었다. 그들은 넓은 영토를 정복했고 남쪽 해안에 점점이 박힌 섬들도 다수 차지했다.

멀리서 이를 지켜보던 잔달라 트롤은 처음에는 구루바시가 정복과 숭배의 전통을 되찾은 것에 기뻐했다. 그러나 학카르의 피의 욕망이 절대 충족될 수 없다는 사실이 분명해지자, 그들은 그 사악한 신이 트롤 종족뿐만 아니라 전 세계를 파멸시킬 것이라고 생각했다.

잔달라는 군대를 규합해 동부 왕국을 향해 항해에 나섰다. 그리고 동부 왕국에 도착한 후 구루바시를 만났다. 구루바시 트롤도 학카리에 불만이 있었으나 드러내지는 못하는 중이었다. 잔달라와 그들의 새로운 동료들은 학카리의 가장 광신적인 집단인 아탈라이가 살아 있는 육체에 로아 학카르의 영혼을 소환하려 한다는 소식을 접했다. 그것은 곧 학카르에게서 새로운 차원의 힘을 깨운다는 것을 의미했다. 트롤 종족은 파멸을 맞을 것이 분명했다.

아탈라이의 계획에 경악한 잔달라 일행은 구루바시의 수도 줄구룹을 덮쳤다. 줄구룹 사원의 덩굴진 지구라트 사이에서 밤낮으로 맹렬한 전투가 계속되었다. 마침내 잔달라는 학카르의 피투성이 사원에서 학카르와 광신적인 추종자 대부분을 쓰러뜨렸다.

잔달라와 동맹 트롤들은 승리를 거두었지만 계속 경계를 서면서 학카르가 다시 나타날 조짐을 보이는지 감시하기로 결의했다. 학카르는 진정 죽은 것이 아니었으며 영혼이 물리 세계에서 추방되었을 뿐이었다.

많은 수의 광신적인 아탈라이 사제가 줄구룹 주위의 밀림으로 몸을 피했다. 그들은 마침내 구루바시의 수도 북쪽 슬픔의 늪에 정착했다. 그들은 야생의 습지 한가운데에서 피에 굶주린 그들의 로아를 위해 거대한 사원을 건설했다. 바로 아탈학카르 신전이었다.

아탈라이는 사원 깊은 곳에서 계속 학카르를 숭배했다. 그들은 소름 끼치는 의식과 의례를 수행하며 학카르를 다시 물리 세계에 소환하기를 바랐다. 어둠의 마법은 사원 주위의 동식물을 일그러뜨렸다. 이는 다시 녹색용군단의 위상, 이세라의 주목을 끌었다.

이세라는 학카르를 소환하려는 아탈라이의 계획을 알고서 사원과 신도들에게 마력을 내뿜었다.

이세라의 공격으로 사원의 벽이 휘어졌고 토대가 무너져 내렸다. 거대한 지구라트가 땅속으로 가라앉기 시작했다. 사원은 늪의 진흙 속으로 삼켜졌고 아탈라이는 의식을 포기한 채 습지대로 흩어졌다.

이세라는 학카르의 귀환을 저지하긴 했지만 아탈라이 트롤이 언젠가는 다시 학카르를 소환하리라고 생각했다. 그녀는 충성스러운 다수의 녹색용에게 무너진 사원을 지켜보며 다시는 그런 악한 존재를 세상에 불러내지 못하도록 감시하라고 명령했다.

엘드레탈라스와 이몰타르 속박
어둠의 문이 열리기 1,200년 전

한편 구루바시 제국의 바다 건너 저편에서는 세계의 분리에서 살아남은 명가의 비밀 공동체가 불확실한 미래와 싸우고 있었다. 그들은 '숨은 자'를 의미하는 쉔드랄라라는 이름으로 알려졌다. 거의 만 년 전, 아즈샤라 여왕은 그들에게 가장 귀중한 고서들을 보관하고 안전하게 지키라는 임무를 맡겼다. 왕자 토르텔드린이 이끄는 쉔드랄라는 성실히 여왕의 명령을 따랐다. 그들은 칼림도어의 남부 정글의 안개 자욱한 중심부까지 이동했고 그곳에서 엘드레탈라스라는 거대 도시를 세웠다.

후일 세계의 분리로 아제로스가 조각났을 때 엘드레탈라스는 간신히 파멸을 면했다. 그것은 온전히 토르텔드린과 부하들의 노력 덕분이었다. 그들은 함께 강력한 주문을 엮어서 파괴적인 분리의 힘으로부터 엘드레탈라스를 보호했다.

쉔드랄라는 자신의 도시를 구했지만 곧 세계의 분리가 영원의 샘을 삼켜 버렸다는 사실을 깨닫게 되었다. 토르텔드린과 추종자들은 힘을 끌어낼 마력의 샘이 없다면 불멸의 능력 또한 크게 위축될 것이라고 생각했다. 쉔드랄라는 그들의 고립된 성소에서 무기력함에 빠진 채 지내야 했다.

토르텔드린은 결국 쉔드랄라를 되살리기 위한 계획을 세웠다. 그는 엘드레탈라스 한쪽의 부서진 지구에 여러 개 탑을 만들어 세우고 새로운 마력의 원천을 가둘 감옥을 지었다. 마력의 열쇠는 이몰타르라는 이름의 악마였다. 토르텔드린은 그 무시무시한 생명체를 은밀하게 소환해 포박한 다음, 악마의 마력을 흡수해 동료들과 나누었다. 다른 쉔드랄라들은 그 사실에 충격을 받았지만 악마의 에너지를 맛본 후에는 반대하는 목소리로 빠르게 잦아들었다. 이몰타르의 마력은 어둡고 불안정했지만 활력이 넘쳤고 심지어 영원의 샘보다도 더욱 중독적이었다.

쉔드랄라는 새로 얻은 힘의 원천을 즐기면서도 이몰타르를 도시 한가운데에 두는 것은 위험하다고 생각했다. 그래서 이몰타르의 마력을 악마 자신에게 사용해서 가두는 방법을 개발했다. 수천 년 동안 모든 것이 순조로웠다.

그러나 이몰타르를 속박하는 데 점점 더 많은 마력이 들어갔다. 세계의 분리가 일어나고 거의 구천 년이 지났을 때 이몰타르의 감옥은 위험한 문턱을 넘었다. 이몰타르에게 너무 많은 에너지가 소모되어 쉔드랄라가 취할 에너지가 남아 있지 않았다. 거의 하룻밤 만에 토르텔드린의 완벽해 보였던 계획이 틀어지고 악마의 마력을 끌어낼 방법도 사라졌다.

쉔드랄라는 다시 불멸성을 잃었을 뿐만 아니라 이몰타르의 강력한 에너지에 절망적으로 중독된 상태였다. 이몰타르의 마력을 필사적으로 되찾고자 했던 토르텔드린은 가까운 동료와 계략을 꾸미며

후일 혈투의 전장으로 알려질 명가의 도시 엘드레탈라스

다른 센드랄라를 냉혹하게 살해했다.

토르텔드린의 위험한 계획은 성공했다. 인구가 줄어들자 남은 엘프들은 이몰타르의 마력을 무한정으로 흡수할 수 있었다.

센드랄라의 수가 줄어들자 토르텔드린과 추종자들은 한때 영광에 빛났던 도시의 상당 부분을 버렸다. 엘드레탈라스의 대부분이 어둠 속에서 황폐해져 갔다. 곧 주위 밀림에 살던 다른 생명체들이 다가와 무너지는 엘프의 피난처에서 자리를 잡았다.

아라소르의 분열
어둠의 문이 열리기 1,200년 전

토르텔드린과 추종자들이 엘드레탈라스의 더 깊은 안쪽으로 물러났을 때 아라소르 왕국은 분열되기 시작했다. 트롤 전쟁 이후 설립되었던 소규모 교역 전초기지와 도시가 강력한 도시국가로 성장했다. 결국 그들 지역에 대한 스트롬의 영향력은 사라져 갔다.

섬 요새 쿨 티라스는 교역과 해운의 전통을 이어 갔다. 쿨 티라스는 아라소르에서 제일 가는 대규모 해군 병력을 자랑했다. 용감한 선장들은 동부 왕국의 해안을 탐험했고, 진기한 물건과 대륙의 구석에 있는 신기한 땅의 이야기들을 전했다.

해운과 어업을 기반으로 하는 도시국가 쿨 티라스의 경제는 북쪽의 이웃 길니아스의 해양 지배력을 능가했다. 길니아스는 쿨 티라스의 급증하는 해군과 경쟁할 수 없었기에 지상군 육성과 상업 발전에 집중했다. 길니아스는 아라소르에서 가장 강력한 군대를 보유하게 되었다. 그에 비길 만한 세력은 북부에서 상당한 영토를 지배했던 도시국가 알터랙뿐이었다.

길니아스와 알터랙은 종종 연합 병력을 구축해 아라소르의 국경을 확보하기 위한 대원정에 오르곤 했다. 그들은 스트롬의 남쪽, 카즈 모단에서 드워프와 노움의 존재를 발견했다. 원정군은 놀라운 건축물이자 기계공학의 산물인 아이언포지와 놈리건의 모습에 감탄했다. 인간은 빠르게 두 종족과 친구가 되었다. 특히 전투와 이야기와 독한 맥주를 사랑하는 드워프와 가까워졌다. 세 종족은 활발히 교류하며 대장기술, 채광, 기계공학, 심지어 비전 마법 등에 관한 지식을 나누었다.

수년간 스트롬의 영향력은 내리막길을 걸었다. 바위투성이 산악 지형에 둘러싸이고 천연자원이 부족한 스트롬은 다른 도시국가와 경제력 면에서 경쟁할 수 없었다. 결국 많은 스트롬의 귀족 가문이 북쪽의 풍요로운 골짜기와 초원으로 떠났다. 그들은 그곳에서 도시국가를 건설하고 주위 지역의 이름을 따서 로데론이라고 명명했다. 귀족들은 재력을 이용해 넓은 땅을 사들였다. 그중 일부는 초기 정착자들이 개척한 땅이었고, 거기에는 아가만드 제분소와, 발니르와 솔리덴 가문이 소유한 농장도 있었다.

로데론은 매우 종교적인 고행자들의 본거지이기도 했다. 그들은 빛을 믿었고 그것이 모든 존재하는 생명체에 주입된 우주의 힘이라고 생각했다. 많은 병자와 노인이 병을 치료할 약을 찾기 위해 로데론의 종교 공동체를 방문했다. 로데론의 국경은 빠르게 확장했고 완전한 왕국으로 성장했다. 귀족 가문들은 결국 번성하는 국가의 심장부를 수도라는 이름으로 바꿨다.

오래지 않아 스트롬의 군주들은 북쪽으로 향했다. 소라딘 왕의 마지막 후손들도 아라소르를 떠났

로데론과 신성한 빛

트롤 전쟁 이후 많은 인간 사제가 천사 같은 존재에 관한 계시를 보거나 꿈을 꾸기 시작했다. 기하학적 형체를 갖춘 그 존재는 살아 있는 빛으로 고동쳤다. 당시에는 몰랐지만 인간 사제들은 실제로 끝없는 어둠에 있는 나루와 소통했다. 그러한 연결을 통해 나루는 몇몇 인간들의 마음을 인도했고 그들에게 신성한 빛을 소개했다.

나루와의 접촉은 빈약했지만 사제들은 빛의 놀라운 치유력을 사용하는 방법을 알게 되었다. 그들은 또한 정의와 평화, 이타심의 교리에 기반해 종교 단체를 창설했다. 그 종교는 시민 사이에 퍼지며 번창했다.

다. 소라딘 가문의 일원인 팔디르는 그들을 이끌고 해안을 떠나 멀리 남쪽으로 향했다. 숲이 우거지고 헤아릴 수 없이 넓은 땅이 있다는 소문이 있었기에 그곳에서 새롭게 출발할 계획이었다.

그 이야기는 사실로 드러났다. 소라딘의 후손들은 육지에 정착했고 스톰윈드 왕국을 건설했다. 절벽 안쪽에 위치해 천혜의 방비를 자랑하는 항구이자 도시국가인 스톰윈드는 지역의 주요 도시로 부상했다.

스트롬은 몇몇 지배 가문의 손에 남겨졌다. 그들은 옛 수도를 포기하기에는 너무도 완고했다. 그들 중에는 트롤 전쟁에서 전설이 된 장군, 이그네우스 트롤베인의 후손들도 있었다. 수년 동안 그 가문들은 스트롬의 무너지는 기반 시설을 재건했고 그들의 수도를 스트롬가드로 개명했다. 그러나 과거의 영광을 되찾지는 못했다.

통합을 바랐던 소라딘의 꿈은 그렇게 사라져 갔다. 세대가 지나면서 다양한 도시국가들은 점점 멀어지고 배타적인 경향을 띠었다. 국가 간에는 경쟁의식이 생겨났고 각자 내정에 집중하면서 서로에 대한 지원도 점점 소홀해졌다.

마라우돈과 켄타우로스의 탄생
어둠의 문이 열리기 1,100년 전

수천 년 동안 타우렌은 유목 생활을 하면서 칼림도어의 우거진 숲을 떠돌았고 자연과 원소와 조화를 추구했다. 타우렌 부족이 거닐었던 많은 땅 중에 모든 타우렌 주술사에게 특히 신성한 지역이 있었다. 그곳은 '대지모신의 베틀'을 뜻하는 마샨쉬라는 이름으로 불렸다. 타우렌은 대지모신이 세상을 창조했다고 믿었고 그 신적 존재를 기리기 위해 그러한 이름을 지었다. 그 신록의 초원은 칼림도어 서부 해안을 따라 펼쳐져 있었으며, 페랄라스의 밀림과 돌발톱 산맥 사이에 자리하고 있었다.

정령의 희미한 속삭임에 이끌린 타우렌 주술사는 그 목초지 아래 어딘가에 대지모신이 살고 있다고 확신하기에 이르렀다. 그들은 수십 년 동안 그 지역의 정령들과 이야기하고 기념 의식을 수행하면서 대지모신을 깨우고자 힘썼다.

주술사들은 결국 성공을 거두었으나 곧 그들이 들은 속삭임이 자애로운 대지모신의 목소리가 아니었다는 사실을 깨달았다. 그것은 훨씬 더 어두운 무언가의 메아리였고 아제로스의 난폭한 정령의 역사에서 비롯된 것이었다. 초원 아래에 있는 커다란 동굴의 한구석에서 거대한 대지 정령이 모습을 드러냈다. 정령 군주 테라제인의 딸, 공주 테라드라스였다.

먼 옛날 수호자들은 아제로스의 정령 대부분을 다른 차원계로 감금했다. 그러나 테라드라스와 같은 일부 정령은 추방을 피해 빠져나왔다. 그녀는 지하에 숨어 있다가 결국 긴 잠에 빠져들었다. 천 년에 걸쳐 잠든 동안 테라드라스의 강력한 육체도 점차 약해졌다.

다시 깨어난 테라드라스는 주위에 우거진 신록에서 에너지를 집어삼켰다. 활력이 몸을 타고 전해지면서 그녀는 바위투성이 형체를 되찾았다. 생명력을 빼앗긴 광대한 토지는 황폐해졌다. 온 마샨쉬에서 식물이 시들고 죽어 갔다. 이제 먹을 것을 뒤져야 할 처지가 된 타우렌은 큰 충격을 받았고 후일 그 척박한 지역을 잊혀진 땅이라는 이름으로 부르게 되었다.

서로 얽힌 거대한 생태계가 갑작스럽고 난폭하게 무너지자 아제로스와 그 너머까지 파장이 일었다. 수많은 필멸자 드루이드와 에메랄드의 꿈의 영혼이 엄청난 생명의 손실에 충격을 받았다. 이에 세나리우스의 숲의 아들 중 하나인 재타르가 꿈에서 나와 사건을 조사했다.

아버지인 세나리우스와 마찬가지로 재타르도 위풍당당한 반사슴의 형체로 물리 세계를 거닐었다. 부드러운 덩굴과 싱싱한 잎이 팔과 다리와 거대한 뿔을 휘감았다. 재타르의 발굽이 닿은 땅에서는 수십 개의 나무가 어린싹을 틔웠다. 시간이 지나면 울창한 숲을 이룰 싹들이었다.

재타르는 조사 도중 잊혀진 땅 지하의 습기 찬 동굴에 이르렀고 그곳에서 테라드라스를 만났다. 그는 그 기이한 생명체를 가두려 했으나 곧 공주에게 매료되고 말았다. 재타르는 테라드라스가 내뿜는, 그녀가 훔친 생명력에 유인당했고 그녀의 아름다움에 마음을 빼앗기고 말았다.

테라드라스도 재타르를 아름답다고 생각했고 그의 변치 않는 사랑을 얻기 위해서는 무엇이든 마다하지 않겠다고 결심했다. 정령 공주는 재타르에게 행사할 수 있는 영향력을 잘 인지했으며 그 이점을 십분 활용했다. 그녀는 자기가 그 땅을 해칠 의도는 없었고, 원래의 아름다운 자연으로 되돌릴 방안을 찾는 중이었다고 말했다. 또한 서로 함께한다면 원하는 것을 이룰 수 있다며 그를 설득했다.

재타르는 임무를 포기하고 테라드라스와 짝이 되었다. 자연의 섭리를 거스르는 행위라는 사실을 알고 있었지만 마음속에서 피어난 사랑을 부정할 수는 없었다. 그 금지된 사랑에서 돌연변이 종족이 태어났다. 그들은 켄타우로스라 불렸고 그들의 야만적인 기질은 온 칼림도어 땅을 공포에 떨게 만들었다.

켄타우로스는 우아함과 아름다움은 부족했지만 힘으로 그것을 보완했다. 말을 닮은 하체는 엄청난 속도를 낼 수 있었고 건장한 인간의 몸통은 강인한 육체의 힘을 갖추었다. 그러나 잔인한 행동을 즐기는 성격은 그런 모든 장점을 무색하게 만들 정도였다.

재타르는 켄타우로스를 본 즉시 자신이 크나큰 죄악을 저질렀음을 깨달았다. 그는 자식들과 가까워지려 애썼지만 그들의 존재를 참기는 힘들었다. 켄타우로스는 아버지의 눈에서 혐오감을 발견하고 맹목적인 분노에 휩싸였다. 야만적인 말인간들은 재타르를 덮쳐 쓰러뜨렸다.

테라드라스는 재타르의 죽음을 보고 마음이 찢어지는 것을 느꼈다. 정령 공주는 켄타우로스의 분별 없는 살해 행위를 나무랐다. 켄타우로스는 자기들이 사랑하는 어머니에게 상처를 주었다는 사실을 깨닫고서 비참한 기분이 되었다. 켄타우로스는 테라드라스에게 용서를 구하며 죽은 아버지를 그날부터 공경하고 받들겠다고 약속했다. 테라드라스는 이후 자기가 잠들었던 거대한 동굴에 재타르의 영혼을 안치했다. 켄타우로스는 그 장소를 마라우돈이라고 이름 짓고 이후 그곳을 신성한 땅으로 대했다.

켄타우로스는 빠르게 번성하며 잊혀진 땅 곳곳에 퍼져 나갔다. 그들은 잊혀진 땅에 거주하던 불운한 타우렌에게 분노를 터뜨렸고 결국 타우렌은 고향을 포기해야 했다. 그러나 테라드라스의 야만적인 자식들은 잊혀진 땅에서 걸음을 멈추지 않았다. 켄타우로스 습격대는 수백 년 동안 칼림도어의 타우렌을 추격하며 두 종족의 길고도 어두운 전쟁의 시작을 알렸다.

흐르는 모래의 전쟁
어둠의 문이 열리기 975년 전

트롤 제국과의 마지막 전쟁 이후 아퀴르의 후손들은 지하 영토에서 숨어 지냈다. 오직 판다리아의 사마귀만이 활동하는 가운데, 아제로스의 거의 모든 이가 지하에 숨어 있는 곤충 군단의 무자비한 힘을 잊고 있었다.

그런 군단 중 하나인 퀴라지가 고대의 요새 안퀴라즈에 정착했다. 그곳은 원래 수호자들이 고대 신 크툰을 가두기 위해 지은 거대한 요새였다. 곤충들은 안퀴라즈의 생기 없는 사암의 회랑에서 동면에 들었다.

아즈샤라와 나이트 엘프 제국도 안퀴라즈 요새에 관해 알고 있었지만, 그 기억은 시간 속에서 잊히고 말았다. 안퀴라즈 부근에는 생명체들이 거의 살지 않았는데 실리더스 사막의 환경도 어느 정도 영향을 주었다. 요새의 우뚝 솟은 방첨탑에서 쭉 펼쳐진 사막은 거대하고 척박했다.

나이트 엘프가 안퀴라즈를 다시 발견한 것은 대드루이드 판드랄 스테그헬름이 실리더스 땅을 재생하기 위한 탐색을 시작한 때였다. 판드랄은 전사인 아들, 발스탄과 가장 신뢰하는 드루이드에게 그 일을 맡겼다. 그들은 뜨거운 모래 언덕을 걸으며 숨은 저수지를 찾아다녔다. 물을 발견하면 그것을 이용해서 사막을 무성한 숲으로 변화시킬 생각이었다. 발스탄과 동료들은 결국 안퀴라즈에 이르렀다. 몇몇 드루이드는 그 요새에 들어가지 말라며 주의를 주었으나 판드랄의 아들은 곧장 들어가 버렸다. 차갑고 죽은 듯이 조용한 전당에 등장한 그의 존재는 의도치 않게 동면 중이던 퀴라지를 깨우고 말았다.

안퀴라즈 지하 감옥의 크툰도 퀴라지가 깨어난 사실을 알아차렸다. 고대 신 크툰은 곤충 하수인들을 살의에 찬 광기로 몰아갔다. 퀴라지 사회의 최고위 계급은 부하들을 조직화하기 시작했다. 그중 가장 많은 수를 차지한 것이 실리시드라 알려진 존재였다. 이 사나운 곤충들은 여러 가지 형태를 지녔지만 모두 퀴라지 지배자들의 의지에 복종했다.

발스탄과 드루이드 일행은 퀴라지를 발견하고 몹시 놀랐다. 그들은 안퀴라즈에서 후퇴하면서 실리더스에 곤충을 감시할 소규모 전진기지를 세웠다. 그들의 눈앞에서 퀴라지가 점점 더 불어나 성채를 가득 채웠다.

그리고 누구도 예측하지 못한 순간, 안퀴라즈 지하 굴에서 엄청난 규모의 군대가 쏟아져 나왔다. 이 압도적인 병력의 선두에 퀴라지가 있었다. 실리시드는 그들의 지휘를 따라 주위 사막을 집어삼키고 다른 지역에까지 퍼져 나갔다.

발스탄은 그 전에 이미 아버지에게 도움을 청했고 판드랄은 퀴라지의 위협에 대처하기 위해 드루이드와 파수대, 여사제, 숲의 수호자를 규합했다. 칼림도어의 남부 외곽에서 나이트 엘프 군대가 사나운 적과 맞섰다. 가끔씩 나이트 엘프는 퀴라지를 실리더스 사막으로 돌려보내기도 했다. 그러나 벌레들은 서서히 늘어나며 반격했고 다시 우위를 되찾았다. 수개월 동안 밀고 밀리는 형세가 이어졌다. 그들이 지난 자리에는 나이트 엘프와 벌레의 훼손된 시체가 뒤섞여 나뒹굴었다.

흐르는 모래의 전쟁이 시작되었다.

판드랄과 동료들은 남부 칼림도어 곳곳에 전진기지를 설치하며 전쟁을 수행했다. 그들은 기지를 거점으로 삼아 퀴라지와 잔혹한 전투를 이어 갔다. 지칠 줄 모르는 드루이드와 동료들은 퀴라지를 실리더스의 중심부로 간신히 돌려보낼 수 있었다. 그러나 승리를 움켜쥘 수 있다고 생각한 순간, 끔찍한 반전이 일어났다. 퀴라지가 계획한 속임수에 걸려 발스탄이 붙들렸고 판드랄이 보는 앞에서 몸이 찢기고 말았다.

대드루이드 판드랄은 발스탄의 죽음에 엄청난 충격을 받았다. 나이트 엘프 군대에서는 불안감이 퍼져 갔다. 퀴라지는 그 기회를 틈타 다시 실리더스를 뒤덮으며 타나리스의 동부 사막까지 밀고 들어왔다. 퀴라지는 맹렬한 기세로 청동용군단의 성소인 시간의 동굴을 습격했다.

퀴라지의 무모한 공격은 청동용군단을 움직였다. 아나크로노스의 요청으로 붉은용군단과 녹색용군단, 푸른용군단이 지원에 나섰다. 강력한 용들이 나이트 엘프와 합세해 퀴라지 군대를 안퀴라즈의 벽 안쪽으로 다시 몰아넣었다.

강력한 용들이 전쟁에 나섰어도 퀴라지를 완전히 격파하기에는 너무도 수가 많았다. 판드랄은 그 전쟁이 영원히 지속되지는 않을지 염려했다. 수천 명의 나이트 엘프가 이미 벌레의 발톱에 쓰러졌다. 더 많은 나이트 엘프의 희생은 막아야 했다. 결국 판드랄과 용들은 전쟁을 즉시 끝낼 방법을 고안했다. 그들은 안퀴라즈에 벌레들을 가두어 버리기로 했다.

나이트 엘프와 용들은 전쟁을 마무리하기 위해 안퀴라즈 앞에 모였다. 판드랄의 요구에 따라 드루이드들은 자신의 마력을 하나로 집중시켰다. 나이트 엘프는 아나크로노스와 함께 거대한 방벽을 소환해 안퀴라즈를 폐쇄했다. 저주받은 도시 안퀴라즈 바깥에서는 메마른 대지가 갈라졌고 바위와 거대한 뿌리로 이루어진 마법의 장벽이 솟아났다. 이 무적의 스카라베 성벽은 척박한 사막 위로 우뚝 솟은 채 퀴라지와 그들의 도시를 효과적으로 영구 봉인했다.

아나크로노스는 마지막 조치로 두 개의 신화적인 유물을 만들었다. 바로 스카라베 징과 흐르는 모래의 홀이었다. 아나크로노스는 판드랄에게 홀을 맡겼다. 다시 안퀴라즈에 들어갈 일이 생긴다면 그 유물을 이용해서 스카라베 성벽을 열 수 있었다.

스카라베 성벽과 스카라베 징

퀴라지의 위협을 종식시켰지만 판드랄에게는 위로가 되지 않았다. 발스탄의 죽음이 여전히 그의 마음을 괴롭혔다. 판드랄은 분노를 이기지 못하고 흐르는 모래의 홀을 산산조각 냈다. 그 조각들은 다음 천 년 동안 발견되지 않았다.

수호자 에이그윈
어둠의 문이 열리기 823년 전

시간이 지나면서 달라란에서는 새로운 티리스팔의 수호자들이 등장했고 사라졌다. 어떤 이들은 평화롭게 임무를 완수했고, 또 어떤 이들은 불타는 군단과 지칠 줄 모르는 전쟁을 수행하던 중 쓰러지기도 했다. 그렇지만 달라란은 수호자의 경계 아래에서 안전한 나날을 보냈다.

마지막으로 수호자의 임무를 수행한 인물 중 하나는 스카벨이라는 마법학자였다. 그는 백 년 동안 헌신적으로 임무를 수행했지만 자신을 대신할 적당한 후보자를 찾을 수 없었다. 티리스팔 의회는 또 다른 수호자를 찾으려면 수년, 아니 수십 년이 걸릴 수 있다고 우려하며 스카벨에게 그의 자리에 남아달라고 요청했다. 인간 마법사 스카벨은 내키지 않았지만 결국 동의했다. 따지고 보면 백 년의 임무 기한도 관습이었을 뿐, 법은 아니었다. 스카벨과 의회의 관계는 비교적 굳건했다. 그들은 계속 협력하면서 불타는 군단의 약탈에 맞서 아제로스를 보호했다.

수년이 지나고 스카벨은 자신의 뒤를 이을 만한 새 제자들을 발견했다. 그중 하나가 에이그윈이라는 이름의 인간 여자였다. 그녀는 제자 중에서 가장 뛰어난 실력과 헌신적인 태도를 보이며 빠르게 두각을 나타냈다. 티리스팔 의회는 결국 에이그윈에게 수호자의 명예를 내렸고 스카벨도 그녀를 축복해 주었다. 에이그윈은 곧바로 어둠의 군대를 추방하는 일에 나섰다.

에이그윈은 뛰어난 수호자였으나 티리스팔 의회와의 관계에 있어서는 완고하고 고집스러운 면을 보였다. 그녀는 의회를 깊이 불신했고 그 때문에 장로 마법사들과 종종 불화를 일으키곤 했다. 에이그윈은 그들의 권고와 조언을 무시한 채 스스로 길을 개척하며 오랜 시간 수호자로 활동했다. 그러나 티리스팔 의회는 그녀의 처신에 대해 걱정하지 않았다. 그들은 에이그윈이 누구보다 뛰어나며 엄청난 양의 비전 에너지를 쓰는 천재적인 마법사임을 알고 있었다. 에이그윈은 효과적으로 수호자의 임무를 수행했다. 그것은 그녀의 돌발 행동과 반항기를 상쇄하고도 남았다.

백 년에 걸친 의무가 끝나갈 때쯤 에이그윈은 노스렌드의 얼음 덮인 땅에서 어두운 무언가가 꿈틀거리고 있음을 감지했다. 에이그윈은 머나먼 대륙 노스렌드를 찾았고 그곳에서 한 무리의 악마가 길을 잃은 푸른용들을 사냥해 강력한 비전 에너지를 흡수하는 장면을 목격했다. 푸른용들은 강력했지만 불타는 군단의 교활함과 힘을 이겨 내지는 못했다.

에이그윈은 곧바로 모든 용의 거룩한 성소인 고룡쉼터 사원으로 향했다. 그녀는 위풍당당한 생명체인 용들을 불러 악으로부터 아제로스를 수호한다는 신성한 서약을 이행하도록 요청했다. 생명의 어머니 알렉스트라자는 여러 용군단을 이끌고 수호자 에이그윈의 편에 서서 싸우기로 동의했다. 그들은 함께 갈라크론드의 거대한 유골 가까이에 매복하고 기다렸다.

악마들은 그녀의 덫에 빠져들었다. 눈보라가 대지를 찢어발기는 가운데 수호자 에이그윈과 용들은 불타는 군단의 하수인들을 제압했다. 그리고 에이그윈도 용들도 예상하지 못한 일이 일어났다.

케잔 해방
어둠의 문이 열리기 100년 전

세계의 분리 이후 잔달라 트롤은 칼림도어와 동부 왕국 사이의 새롭게 만들어진 바다에 점점이 박힌 수많은 섬을 탐험하기 시작했다. 트롤은 그렇게 항해를 하던 도중 고블린이 사는 섬, 케잔을 발견했다. 체구가 작고 녹색 피부를 가진 그 존재들은 영리했지만 미숙한 면이 있었다.

처음 두 종족은 서로 거리를 두었다. 잔달라가 케잔을 찾은 것은 카자마이트라는 신기한 광물 때문이었다. 기화한 카자마이트를 마시면 감각이 고조되고 환영을 보거나 지능이 증가하는 등의 효과가 나타났다. 트롤은 그 광물의 가치를 높게 평가하고 의식과 의례에 필요한 성스러운 요소라고 생각했다. 수 세기 동안 그들은 섬 지면 가까이에 형성된 수많은 카자마이트 광맥을 캐냈다. 잔달라는 가끔씩 그 작은 종족이 좋아하는 싸구려 장신구를 주고 그들을 고용해 일을 시키기도 했다.

둘 사이의 암묵적 합의가 바뀌는 사건이 일어났다. 트롤은 지하 깊은 곳에 상상을 초월하는 카자마이트 광맥을 발견했다. 잔달라가 언제고 쓰기에 전혀 부족함이 없는 양이었다. 트롤은 광물을 직접 채굴하기보다는 고블린을 노예화해 몹시 열악한 환경에서 카자마이트를 채굴하게 만들었다. 수천 년 동안 고블린은 트롤의 억압에서 고통을 겪었다. 그들은 저항하기에 너무도 약했다.

결국 고블린을 구원으로 이끈 것은 바로 카자마이트였.

광산에는 항상 카자마이트 분진이 자욱했다. 시간이 지나면서 분진을 들이마신 고블린들은 지능과 손재주가 늘었다. 그들은 비밀리에 주인을 타도할 음모를 꾸몄다. 고블린은 손에 닿는 재료들을 활용해 덫과 폭탄, 다른 비상한 무기들을 제작했다.

고블린 무리가 잔달라보다 더 뛰어난 기술력으로 만든 무기를 갖추고 광산에서 쏟아져 나왔을 때, 방심하던 트롤 감시자들은 속수무책으로 당할 수밖에 없었다. 고블린의 혁명으로 트롤의 케잔 통치가 무너졌고 광산은 초토화되어 엄청난 파괴의 현장만이 남았다.

살아남은 잔달라는 도망쳤고 고블린은 서로를 겨루며 재빨리 권력의 공백을 채우기 위한 아귀다툼을 벌였다. 혼돈의 틈바구니에서 수많은 파벌과 충성 세력이 등장했다. 그중 가장 강력한 집단이 무역회사라 알려진 조직이었다. 싸움의 분명한 승자가 등장하지 않는 가운데, 무역회사들은 손쉬운 휴전 협정을 이끌어 냈다.

다양한 고블린 진영 간의 분쟁은 실로 끝날 기미가 없었다. 수십 년 동안 고블린이 일으킨 대부분의 분란은 경제 영역에서 일어났다. 결국 무역회사들은 자체적으로 생존하기 위해서 교역을 시작했고 그 이윤으로 더 큰 부와 권력을 축적했다.

고대 고블린

고대에 수호자 미미론은 카자마이트를 발견하고 다양한 종족에게 시험해 그들의 지능을 크게 향상시켰다. 그 시험체 중에 울두아르 근처 숲을 돌아다니던 작고 원시적인 종족이 있었다. 그 생명체들은 카자마이트를 접한 뒤 매우 총명하고 부지런하게 변화했고 그 후 고블린이라고 알려졌다.

세계의 분리로 지형이 파괴되면서 고블린은 카자마이트를 얻을 수 없게 되었다. 불과 수 세대 만에 그들의 뛰어난 지능이 소멸했다. 그들은 케잔 섬을 발견해 피난처로 삼았고 오래전 카자마이트가 고블린 사회에서 차지했던 역할을 잊고 말았다.

스톰윈드와 놀 전쟁
어둠의 문이 열리기 75년 전

동부 왕국 곳곳에서는 다양한 인간 국가가 번영했다. 스톰윈드는 그중 가장 작고 고립된 왕국이었다. 수년간 스톰윈드는 비옥한 주위 지역 도처에 농장을 일구고 번영을 이루었다. 스톰윈드의 인구가 증가하자 가까운 엘윈 숲, 붉은마루 산맥, 밝은나무 숲, 왕국의 곡창 지대인 서부 몰락지대에서 작은 마을들이 생겨났다.

비교적 평화로웠던 그곳에도 곧 위협이 나타났다. 사납고 단순한 놀의 무리는 인간을 손쉬운 상대로 보았다. 이 야수 같은 생명체들은 떼로 몰려다니며 스톰윈드의 수송대와 농장, 심지어 작은 마을까지 약탈하곤 했다. 이에 스톰윈드는 용감한 기사와 병사를 보내 부지런히 영토를 순찰했다.

스톰윈드는 고향에서 쫓겨나 갈 곳이 없는 피난민들에게 안식처가 되었다. 왕국의 중심지인 스톰윈드 성채는 피난민에게 안전은 물론 영적 안내도 제공했다. 새롭게 떠오른 성스러운 빛의 교단의 독실한 성직자들은 신앙을 전파하러 로데론 남쪽으로 내려갔다. 신앙심 깊은 그들은 스톰윈드에 도착해 성 북녘골 수도회를 창시했다. 스톰윈드는 이 성직자들이 고난의 시기에 필요한 지혜와 위안의 원천이 되리라 생각했다.

독실한 성직자들은 빛의 힘을 이용해 스톰윈드 시민들의 마음과 정신을 달랬고 군대는 왕국의 국경을 순찰했다. 그들의 경계 덕분에 외곽 영토의 대규모 유혈 사태를 방지할 수 있었지만, 그럼에도 놀의 존재는 위협적이었다.

드러나지 않던 위협은 국왕 바라덴 린의 통치 중에 걷잡을 수 없이 퍼졌다. 놀은 대담하게도 스톰윈드에 공격을 감행했다. 그리고 곧 스톰윈드 공격은 그저 교란 작전이었다는 것이 드러났다. 병사들이 스톰윈드를 방어하는 동안, 서부 몰락지대의 농장이 불타올랐다. 스톰윈드를 공격한 놀의 병력이 상당한 규모였기에 농장 지대를 방어할 병력은 거의 남아 있지 않았다.

이는 미개한 놀에게서 흔히 볼 수 있는 전략이 아니었다. 그러나 그럴 만한 사정이 있었다. 그전까지 놀은 총명한 지도자를 갖지 못했다. 붉은마루 놀을 이끌었던 교활한 우두머리 가르팡은 수년 동안 인근 지역의 다른 무리를 정복했다. 그리고 이제 사나운 약탈 병력과 그들을 효과적으로 지휘할 전략을 갖추게 되었다. 놀이 공격을 시작한 후 일 년도 지나지 않은 시간 동안 스톰윈드 외곽 정착지 중에서 거의 삼 분의 일에 해당하는 지역이 놀의 습격을 받았다.

바라덴 국왕은 로데론과 길니아스 등 다른 인간 왕국에 사절을 보내 도움을 구했다. 그러나 그들은 외딴 지역에 위치한 작은 왕국을 도와 놀의 위협을 근절하는 것에 아무런 이득이 없다고 판단해 지원군을 보내지 않았다. 스톰윈드는 자급자족이 가능했고 다른 왕국과의 교역도 드물었다. 게다가 스톰윈드의 종교적인 성향은 특이한 것으로 여겨졌다. 스톰윈드의 인간들은 스스로를 지켜야만 했다.

다른 국가들이 지원을 주저한다는 소식을 들은 바라덴 왕은 몹시 분노하며 독자적으로 문제를 해결하기로 결심했다. 놀의 우두머리는 스톰윈드를 공격하는 대담함을 보였다. 바라덴은 그들과 똑같이 대담한 전략을 써서 놀을 격퇴하기로 마음먹었다.

바라덴 국왕은 무장한 기사의 소규모 정예 부대를 이끌고 어둠을 틈타 놀이 다시 스톰윈드 성벽을 공격해 올 때를 기다렸다. 놀의 습격대가 스톰윈드를 공격해 왔을 때, 바라덴과 그의 부대는 움직이기 시작했다. 그들은 스톰윈드에서 빠르게 말을 몰아 붉은마루 산맥으로 향했다. 바라덴의 수가 먹혀들었다. 놀의 우두머리 가르팡은 이 습격에 전혀 대비하고 있지 않았다. 그리고 전사들과 동행하지도 않았다. 대부분 놀이 그렇듯이 가르팡은 다른 놀에게 힘든 일을 맡기기를 좋아했다.

그러나 그의 부하들이 모두 멀리 공격을 떠난 지금, 붉은마루 놀의 야영지는 무방비 상태로 비어 있었다.

바라덴의 부대는 가르팡과 호위 부대를 상대로 꼬박 하루 밤낮을 싸웠다. 결국 바라덴 왕이 우두머리 놀의 목에 칼을 찔러 넣었다. 그의 기사 중 절반이 죽었고 생존자들도 모두 부상을 입었다. 그러나 바라덴은 마침내 가르팡의 지배에 종지부를 찍었다.

놀의 군대는 우두머리의 죽음을 알고서 서로에게 달려들기 시작했다. 가르팡의 뒤를 이어 우두머리 자리를 차지하려는 놀들이 서로 다툼을 벌였다. 그러나 그중 누구도 가르팡의 교활함이나 책략을 갖지 못했다. 놀 무리는 스스로 세력을 무너뜨리며 더는 인간의 영토에 깊이 들어올 수 없게 되었다. 바라덴 왕은 내분의 기회를 놓치지 않았다. 그는 병사들을 규합해 붉은마루 산맥으로 이끌었다. 그리고 남아 있던 놀의 무리를 궤멸했다. 그 적의에 찬 생명체 중 일부만이 생존해 붉은마루 산맥에 남았지만, 다시는 그전처럼 스톰윈드를 위협할 수 없었다.

바라덴 린 국왕은 이후 철왕으로 알려지며 영웅으로 추앙되었고 스톰윈드 왕국은 대번영의 시기를 맞이했다. 전쟁의 승리로 스톰윈드의 주민들은 앞으로 다가올 어떤 위협도, 설령 그 위협을 다른 인간 국가의 지원 없이 감당해야 하는 상황이 오더라도 극복할 수 있다는 확신을 가지게 되었다. 스톰윈드는 그 후 여러 해에 걸쳐 북부 왕국들과 더욱 소원해졌다.

그러나 더 큰 세상에는 알려지지 않았지만 스톰윈드에서는 곧 아제로스의 운명을 영원히 바꾸어 버릴 사건이 발생한다.

최후의 수호자
어둠의 문이 열리기 45년 전

티리스팔 의회는 스톰윈드로부터 멀리 떨어진 곳에서 변절한 수호자 에이그윈과 끝없는 추격을 이어 가고 있었다. 지칠 줄 모르는 티리스가드 부대는 에이그윈을 붙잡고 그녀에게 티리스팔 의회를 거역한 데 대한 책임을 지우기 위해 물결을 이루며 아제로스를 누볐다.

그러나 에이그윈은 고대 수라마르의 가라앉은 폐허 깊은 곳에 마련한 은신처에서 안전하게 머무르고 있었다. 그녀가 바깥세상으로 나가는 일은 드물었다. 가끔 티리스팔 의회와 접촉해 그들의 활동을 살피는 것이 전부였다. 실망스럽게도 정치에 간섭하는 그들의 관행은 더욱 공공연해지고 곤란한 지경이 되어 갔다. 이제 티리스팔 의회는 적극적으로 정치적 수완을 발휘하고 있었다.

그렇게 잠시 바깥에 나왔던 어느 날 에이그윈은 니엘라스 아란과 마주쳤다. 니엘라스는 티리스가드 중에서도 가장 질기고 무자비한 요원이었다. 그는 수개월 동안 수호자 에이그윈을 뒤쫓았고, 마력이 깃든 유물을 이용해 그녀의 마법을 무력화하면서 에이그윈이 탈출하지 못하게 막아섰다.

니엘라스와 에이그윈은 격렬한 전투를 치르면서 마치 시합을 하듯이 의지와 기량을 겨뤘다. 대결은 계속되었고 두 사람은 상대의 강점과 약점을 간파하고자 서로 농담을 주고받았다. 그러던 중 그녀는 놀랍게도 니엘라스가 티리스팔 의회에 불만을 품고 있음을 깨달았다. 그는 의회의 정치적 권모술수에 대해 잘 알고 있었으며 용납할 수 없는 행동이라고 생각했다.

한편 니엘라스는 에이그윈이 티리스팔 의회가 주장하는 파렴치한 반역자가 아님을 깨달았다. 그리고 그녀가 그렇게 행동한 이유를 조금씩 이해하면서 에이그윈의 처지를 동정하기 시작했다. 그는 또한 에이그윈이 영혼 속의 보이지 않는 어둠과 싸우는 중이라는 것도 감지했다. 그러나 명석한 니엘라스도 그 어둠의 정체가 살게라스의 남은 존재라는 사실만은 알 수 없었다. 그는 에이그윈이 내면의 몸부림을 이겨 내기를 바라며 무기를 내려놓고 추격을 포기했다.

오래지 않아 한때 적이었던 둘 사이에서 예기치 않은 사랑이 피어났다. 그들은 티리스팔 의회가 언제라도 다른 수호자를 지배하는 일이 없도록 힘을 합쳐 막기로 했다. 에이그윈은 수호자의 망토를 영원히 걸칠 수 없다는 것을 알았기에 니엘라스에게 한 가지 제안을 했다. 함께 아이를 낳아 티리스팔의 마력을 물려주자는 것이었다. 그렇게 해야만 티리스팔 의회의 조종을 받지 않는 새로운 수호자가 나타날 수 있었다.

니엘라스는 그 계획으로 에이그윈을 구원할 수 있을 것이라 생각해 기꺼이 동의했다. 만약 그 어둠을 내면에서 스스로 정화할 수 없다면 그 짐에서 자유로운 아이를 낳는 것도 방법일 수 있었다.

시간이 지나 에이그윈은 아들을 낳았다. 그녀는 아이에게 하이 엘프의 언어로 '비밀의 수호자'를 뜻하는 메디브라는 이름을 지어 주었다. 그 아이는 부모에게서 물려받은 타고난 재능 덕분에 마법에 엄청난 친화력을 보였다. 또한 에이그윈은 자신의 마력을 아이의 영혼 속에 가두고 메디브가 성인이 될 때까지 그대로 남도록 만들었다.

그러나 메디브는 훨씬 더 어두운 무언가를 간직하고 있었다. 아이의 영혼 속에서 살게라스의 남은 영혼이 꿈틀거렸다. 에이그윈은 몰랐지만 악마 군주 살게라스는 그녀의 자궁에서 메디브가 잉태되었을 때부터 그를 차지하고 있었다.

에이그윈과 니엘라스는 메디브를 기를 안전한 장소를 찾아 도처를 떠돌았다. 결국 그들은 스톰윈드에 정착했다. 스톰윈드는 외떨어져 있었고 달라란이나 다른 북부 왕국들과의 관계도 약했다. 그곳에서 니엘라스는 스톰윈드의 궁중 마법사가 되었다.

에이그윈은 아들에게 안전한 미래를 마련한 뒤, 메디브를 니엘라스의 손에 맡겼다. 그녀는 니엘라스가 아들을 교육하고 비전술을 가르칠 것이며, 때가 되면 메디브가 수호자의 역할을 맡을 것이라고 생각했다. 에이그윈은 수호자의 의무에서 물러났고 스톰윈드를 떠났다. 수 세기나 지속된 의무는 에이그윈을 짓눌렀고 그녀는 더 이상 버틸 수가 없었다. 그녀는 자취를 감추었다. 그러나 항상 먼발치에서 사랑하는 아들을 지켜보았다.

니엘라스가 궁중 마법사로 임명되면서 어린 메디브 역시 왕궁의 일원이 되었다. 메디브는 성장하면서 두 비범한 친구와 많은 시간을 보냈다. 그들은 아라소르 혈통의 후손인 안두인 로서와 스톰윈드의 왕자 레인 린이었다. 세 아이는 짓궂은 장난과 모험을 즐겼지만 왕국의 시민들에게서 많은 사랑을 받았다.

메디브는 안두인과 레인과의 우정을 소중히 여겼다. 그 아이들과 어울리는 동안에는 니엘라스의 집중적인 교습도 피할 수 있었다. 메디브는 비전술에 뛰어났지만 아버지는 그를 칭찬하는 일이 거의 없었다. 니엘라스는 차갑고 무뚝뚝한 스승이었으며 아들이 더 많은 것을 성취하도록 끊임없이 다그쳤다. 니엘라스는 마침내 메디브에게 그런 무거운 짐을 지운 이유를 밝혔다. 그는 티리스팔 의회와 수호자의 신조, 메디브의 비밀스러운 혈통에 관해 설명했다. 그리고 메디브가 언젠가는 수호자의 역할을 맡을 것이며, 그렇게 되면 전 세계의 운명이 바로 그의 어깨에 달려 있을 것이라고 말했다.

자신의 운명에 걸린 중압감과 고단한 학업의 짐은 메디브의 마음을 괴롭혔다. 불안은 그의 마음속에서 점점 자라났고, 마침내 나이가 찼을 때 재앙과도 같은 결과를 불러왔다. 열네 살 생일을 맞기 전날 밤, 메디브의 내면에서 쌓여 가던 압박감이 잠자고 있던 수호자의 마력을 깨웠다. 티리스팔의 에너지가 풀려나기 위해 울부짖었으며 메디브는 열병과도 같은 꿈에 시달렸다.

니엘라스는 아들을 도우려 필사적으로 애를 썼지만 메디브에게 깃든 엄청난 마력이 밖으로 움직이면서 그를 죽이고 말았다. 소년은 깊은 혼수상태에 빠져들었다. 수년 동안 메디브는 스톰윈드의 북녘골 수도원에서 의식을 잃은 채 성직자들의 간호를 받으며 지내야 했다. 변함없는 친구인 안두인과 레인도 그를 보살폈다.

마침내 의식을 되찾은 메디브는 주위 세계가 바뀐 것을 깨달았다. 레인은 아버지 바라덴의 뒤를 이어 스톰윈드의 국왕에 오를 준비를 하고 있었고, 안두인 로서는 스톰윈드 군대의 기사가 되어 있었다. 메디브는 점차 새로운 삶에 적응해 가면서 자신의 손가락에 깃든 엄청난 마력을 알아차렸고 그 힘을 악으로부터 세계를 보호하는 데 사용하겠다고 결심했다. 메디브는 수상한 혼수상태를 겪은 후였지만 이상이 없어 보였다. 그는 아무것도 잘못된 것이 없다며 성직자들을 안심시켰다.

살게라스는 메디브 자신조차 모르는 사이에 그의 영혼 속에 숨어서 모든 생각과 행동이 훨씬 더 사악한 목적을 향하도록 은밀하게 뒤틀고 있었다. 마침내 그 타락한 티탄은 불타는 군단의 다음 아제로스 침공을 시작할 완벽한 도구를 발견했다.

계속….

수호자 메디브의 미래 거처, 카라잔 탑

색인

⟨ㄱ⟩
가르팡, 160
갈라크론드, 42~43, 46, 61, 148, 150
거대거북. 셴진 수 참조
검은무쇠, 153~156
검은바위 산, 156
검은 제국, 29~37, 62, 72, 95
고대 신, 14, 21, 23~24, 29~31, 36~38, 43, 60, 62, 66, 72, 74, 101, 122~124
고대의 전쟁, 98~99, 112, 114~115, 150
고룡쉼터 사원, 47, 101, 148
고블린, 158~159
골가네스, 20, 31
골드린, 40, 104, 117
공포의 군주, 21, 135~136
공포의 잘란, 115
공허, 10, 12~14, 18, 21~24, 30, 38, 81
공허의 군주, 13~14, 21~24, 30, 48~50
구루바시, 72~73, 93, 138~139
군단. 불타는 군단 참조
그림 바톨, 154~156
기계노움, 39, 58, 62~63, 65~66, 125, 137
길니아스, 133, 141, 160

⟨ㄲ⟩
끝없는 어둠, 12~13, 18~23, 28~30, 48~50, 142

⟨ㄴ⟩
나가, 105
나락샤의 동력장치, 81, 85, 88
나루, 13, 18~19, 51~52, 142
나스레짐. 공포의 군주 참조
나이트 엘프, 93~105, 112~121, 145~146
나이트본, 104
나즈자타, 105
네루비안, 74
넬타리온, 43, 46~47, 61, 101
넵튤론, 29~30, 32
노르간논, 20, 31, 46, 50, 54
노르간논의 원반, 42, 62~65
노르테론, 156
노예감독 라오페, 87~88
노움, 125, 137, 141
노즈도르무, 43, 46, 61, 114
놀드랏실, 113~114, 122~124
놈리건, 137, 141
느라키, 29~31, 36~37, 62
느조스, 36~37
늑대인간, 116~117
니엘라스 아란, 161~162
니우짜오, 40, 78
니힐람, 50

⟨ㄷ⟩
다랄니르, 117
다트리마 선스트라이더, 104, 117~118, 120~121
달노래, 95, 122~123
달라란, 134~136, 148, 152~153, 162
달숲, 100, 119
대지모신, 144
데스윙, 101~102
돌다지 댐, 153
동부 숲, 130, 133
뒤틀린 황천, 12~13, 18, 21~23, 49, 52, 98, 103, 105, 134, 136

드라카리, 72~73
드레나이, 52
드리아드, 93, 104, 119
드워프, 137, 141, 153, 156

⟨ㄹ⟩
라, 31~32, 38, 46, 59, 74, 78, 80~81, 85
라그나로스, 28~29, 31~32, 154~156
라타르라잘, 95
랄라르 팽파이어, 117
레이 션, 78~87, 91~93, 95
레인 린, 162
로데론, 133, 141~142, 159~160
로데인, 127, 131, 133
로아, 70~72, 129, 131, 138~139
로켄, 31~32, 36~37, 42, 46, 54~65
리우 랑, 151

⟨ㅁ⟩
마도란 브론즈비어드, 153~156
마라우돈, 144~145
마력의 탑, 122
마르둠, 23, 48
마샨쉬, 144
마이에브 섀도송, 112
만노로스, 99~100
만티베스, 74~75
말로른, 40, 94
말퓨리온 스톰레이지, 98~102, 104~105, 112~117, 119, 124
말리고스, 43, 46~47, 61, 101
맹금의 봉우리, 156
메디브, 161~163
멩가지, 91~93
명가, 95~100, 103~105, 117~118, 120~123, 139~141, 150
모구, 38~39, 59, 66, 74~93
모구샨 금고, 88
모드구드, 154~156
모디무스 앤빌마, 153
무자비한 치앙, 90
미미론, 31~32, 36~37, 39, 42, 58, 159

⟨ㅂ⟩
바니르, 31
바다 거인, 39
바라덴 린, 159~160
바쉬, 95, 105
반디노리엘, 121
발니르, 141
발라자르, 47~48, 57~58
발스탄 스태그헬름, 145~148
발키르, 48, 57
밤샘, 104
밝은나무 숲, 159
백왕의 시대, 78
벨렌, 51~52
별무리, 19~20, 42, 49, 65
볼드랏실, 124
볼칸, 58, 60~61
불의 땅, 32
불타는 군단, 13, 49~54, 98~106, 112~115, 119, 121, 134~136, 148, 150, 162
불타는 성전, 13, 48~54
브론즈비어드, 153~156
브리쿨, 39, 47~48, 54, 57, 60~66, 126
빛, 10, 12, 18, 21, 127, 142, 159

⟨ㅅ⟩
사냥개조련사 학카르, 100
사마귀, 74~75, 78~79, 82, 87, 90~91, 145, 151
사로나이트, 122, 124
사티로스, 100, 102, 115~117
살게라스, 13, 20, 22~25, 30, 32, 48~54, 98, 100, 102~105, 119, 149~150, 152, 161~162
샤, 89, 106~107
샤오하오, 106~107
샨다랄, 95, 121~122
샨드리스 페더문, 102, 115, 119
성 북녘골 수도회, 159
성스러운 빛의 교단, 159
세 망치의 전쟁, 153~155
세계의 분리, 90, 104~107, 112, 115, 117, 121~122, 125, 129, 138~139, 150~151, 158~159
세계혼, 19~25, 28, 30~31, 37, 39, 42, 48, 50, 81, 98
세나리온 의회, 117, 119, 122~124
세나리우스, 89~90, 94~95, 98~100, 102, 104, 112, 119, 144
셴드랄라, 139~141
셴진 수, 151
소라딘, 126~127, 130~131, 133, 141~142
송, 88~89
수도, 141
수라마르, 94, 103~104, 150, 153, 161
수정노래 숲, 121~122, 124
수호자의 성소, 153
쉬엔, 40, 78, 82~84, 88
스카라베 성벽, 146~147
스카라베 징, 146~147
스카벨, 148
스톰윈드, 142, 159~162
스트롬, 126~127, 130~131, 133, 141~142
스트롬가드, 142
시간의 동굴, 146
시대의 심판장, 65
시초의 용광로, 37~38, 42, 85~87
시초자 코르벤, 75
시프, 54~56
실리시드, 146
실버문, 121, 131
실버문 의회, 135
심연의 구렁, 32
심원의 영지, 32, 60

⟨ㅇ⟩
아감마간, 40
아그라마르, 20, 22~24, 30~31, 49~50, 62
아나스테리안 선스트라이더, 121, 130
아나이힐란, 21
아나크로노스, 146
아누비사스, 38, 59, 73
아마니, 72~73, 93, 120~121, 126~133
아만툴, 19~20, 31, 36~38, 42, 46, 50, 59, 81, 104
아라소르, 126~127, 130~134, 141~142
아르구스, 51~52
아른그림, 56
아에시나, 40
아이로나야, 58, 61~66, 125, 137
아이언포지, 137, 141, 153~156
아졸네룹, 74

아즈샤라, 94~100, 103~105, 117, 120, 139, 145
아즈아퀴르, 72
아카에다스, 31~32, 36~37, 46, 58, 61~66, 125, 137
아퀴르, 29~32, 36, 70~74, 93, 145
아키몬드, 51~52, 100
야타말 수정, 51
아탈라이, 138~139
아탈학카르 신전, 138
안두인 로서, 162
안드랏실, 122, 124
안퀴라즈, 38, 73~74, 145~147
알갈론, 42, 59, 62, 65
알도간, 134
알렉스트라자, 43, 46, 61, 101, 114, 148
알로디, 136
알아키르, 28~29, 32
알터랙 산맥, 126, 130~131
알터랙 요새, 130~133
앤빌마, 156
야생 신, 14, 39~40, 70, 72, 78, 83, 89, 94, 99~101, 104, 117
야운골, 88~90
어둠 트롤, 93
어둠괴철로 도시, 156
어둠땅, 12, 48, 57
얼굴 없는 자. 느라키 참조
에르틴 브라이트핸드, 136
에메랄드의 악몽, 124
에메랄드의 꿈, 12, 14, 39~40, 46, 61, 98~100, 114~117, 119, 124, 144
에레다르, 51~52, 100
에시르, 31
에이그윈, 148~150, 152~153, 161~162
엘드레탈라스, 95, 139~141
엘룬, 93~95, 100
엘룬드리스, 94
엘룬의 자매회, 94, 100, 114
엘룬의 신전, 103
엘리산드, 103~104, 150
영원의 샘, 37, 39, 70, 90, 93~95, 98, 100, 103~105, 112~114, 118, 120~121, 139
영혼약탈자 학카르, 138
오딘, 31, 37, 46~48, 57
옥룡. 위론 참조
와일드해머, 153~154, 156
요그사론, 36~37, 54, 56, 58~59, 62, 66, 74, 122, 124
용맹의 전당, 47~48, 57, 60
용약탈, 65~66
용의 영혼, 101~103, 104~105
용의 위상, 47, 61, 101, 112~114, 122
용의 척추, 82, 85, 87~88, 90~91, 151
우르속, 40
우르솔, 40
운룡단, 93
올다만, 60, 63, 65, 125, 137
울두아르, 37, 47~48, 54, 56, 58~60, 62, 65, 73, 159
울둠, 38, 59, 85~87
원숭이 왕, 106
원시용, 40, 42~43, 46~47, 61, 65
위대한 천신회, 78, 82~83, 88, 106
위론, 40, 78
윈터스코른, 60~62, 65
유랑도, 151

유물의 금고, 103
육체의 저주, 54, 61, 63, 65~66, 78, 80~82, 85, 125, 137
음영파, 106
의지의 용광로, 37~39, 54, 56, 58~60, 90
이그네우스 트롤베인, 126~127, 131, 142
이그니스, 58, 60~61
이몰타르, 139, 141
이미론, 65~66
이샤라즈, 29, 36~38, 74, 89
이세라, 43, 46, 61, 114, 119, 124, 138~139
이오나, 20, 24, 30~31, 46
인간, 66, 118, 120, 126~127, 130~135, 141~142, 148, 152~153, 159~160
일리단 스톰레이지, 100, 102~104, 112, 120

〈ㅈ〉
자비우스, 95, 100, 102
자카즈, 62~63
잔달라, 70~73, 83, 85~87, 91~93, 98, 129, 131, 138, 158
잘가르, 65
재타르, 144~145
잿빛 골짜기, 114, 119, 124
전승지기, 89
정령 세계, 32, 40, 57, 60, 154
정복자의 무덤, 87, 93
제네다르, 52
제로드 섀도송, 104
제1관리자, 37, 46~47, 59
줄 제국, 70~72
줄구룹, 138
줄다자르, 70~71, 85, 91
줄라트라, 83, 85, 91
줄아만, 73, 121, 129
지앙, 91~93
지옥의 군주. 아나이힐란 참조
진아즈샤리, 95, 104~105
진위, 78, 82, 88, 106
진타, 129, 131

〈ㅊ〉
창조의 기둥, 40, 103~104
천둥산, 81
천둥왕. 레이 션 참조
츠지, 40, 78

〈ㅋ〉
카드로스 와일드해머, 153~156
카라잔, 152~153, 163
카자마이트, 158~159
카즈고로스, 20, 31, 46, 137
카트라나티르, 135~136
칼도레이, 94
캉, 87~89
케잔, 158~159
쿠르탈로스 레이븐크레스트, 100
쿠엘도레이. 하이 엘프 참조
쿠엘탈라스, 120~121, 129~131, 135, 153
쿨 티라스, 133, 141
퀴라지, 74, 145~148
크발디르, 58
크우레, 52
크툰, 36~38, 59, 73~74, 145~146
크트락시, 36~37, 62~63, 65, 72~73
클락시, 74~75
키틱스, 62~63, 72~73

키파리, 74~75
킬제덴, 51~52

〈ㅌ〉
타우렌, 90, 104, 144~145
타우릿산, 153~155
타운카, 90, 124
탄돌 교각, 156
태양샘, 120
테라드라스, 144~145
테라제인, 29, 31, 32, 144
텐라로레, 95
토르텔드린, 139, 141
토르톨라, 40
토림, 31~32, 54~56
토석인, 39, 60~65, 125, 137
톨비르, 38~39, 59, 66, 73, 85, 87
트로그, 60
트롤, 66, 70~74, 83, 85~87, 89, 91~93, 98, 120~121, 125~127, 129~133, 138, 158
트롤 전쟁, 129~133, 141~142
티리스가드, 153, 161
티리스팔, 63, 66, 118
티리스팔 숲, 118, 126~127, 130, 133, 135
티리스팔 의회, 134~136, 148, 152, 161~162
티리스팔의 수호자, 136, 148
티란데 위스퍼윈드, 100, 102, 104, 114~115, 119
티르, 31, 43, 46~47, 58~59, 61~66, 118
티탄, 13, 19~24, 28, 30~31, 42, 49~50, 54, 80~81
티탄이 벼려낸 피조물, 31~33, 36~40, 42, 46, 48, 54, 56, 58~63, 66, 73~74, 85~86, 125, 137

〈ㅍ〉
파수대, 114~115, 119, 146
판다렌, 78, 82~83, 87~93, 106, 151
판드랄 스태그헬름, 122, 124, 145~146, 148
판테온, 19~24, 28, 30~31, 36~37, 40~42, 46, 48~51, 54, 56, 59, 81
팔디르, 142
펄볼그, 65, 104
폭풍우 봉우리, 37, 56, 58~62, 90
프레이야, 32, 39~40, 46, 58

〈ㅎ〉
하늘담, 32
하이 엘프, 117, 120~121, 126~127, 129~131, 135~136
하이잘 산, 40, 93~95, 98, 100, 104, 112, 114, 118~120, 122
학카리, 138~139
헬리아, 32, 47~48, 57
헬하임, 57
호디르, 31~32, 58
호젠, 78, 82, 88
혼돈의 소용돌이, 105, 118
화산 심장부, 156
황천. 뒤틀린 황천 참조
흐르는 모래의 전쟁, 145~148
흐르는 모래의 홀, 146, 148

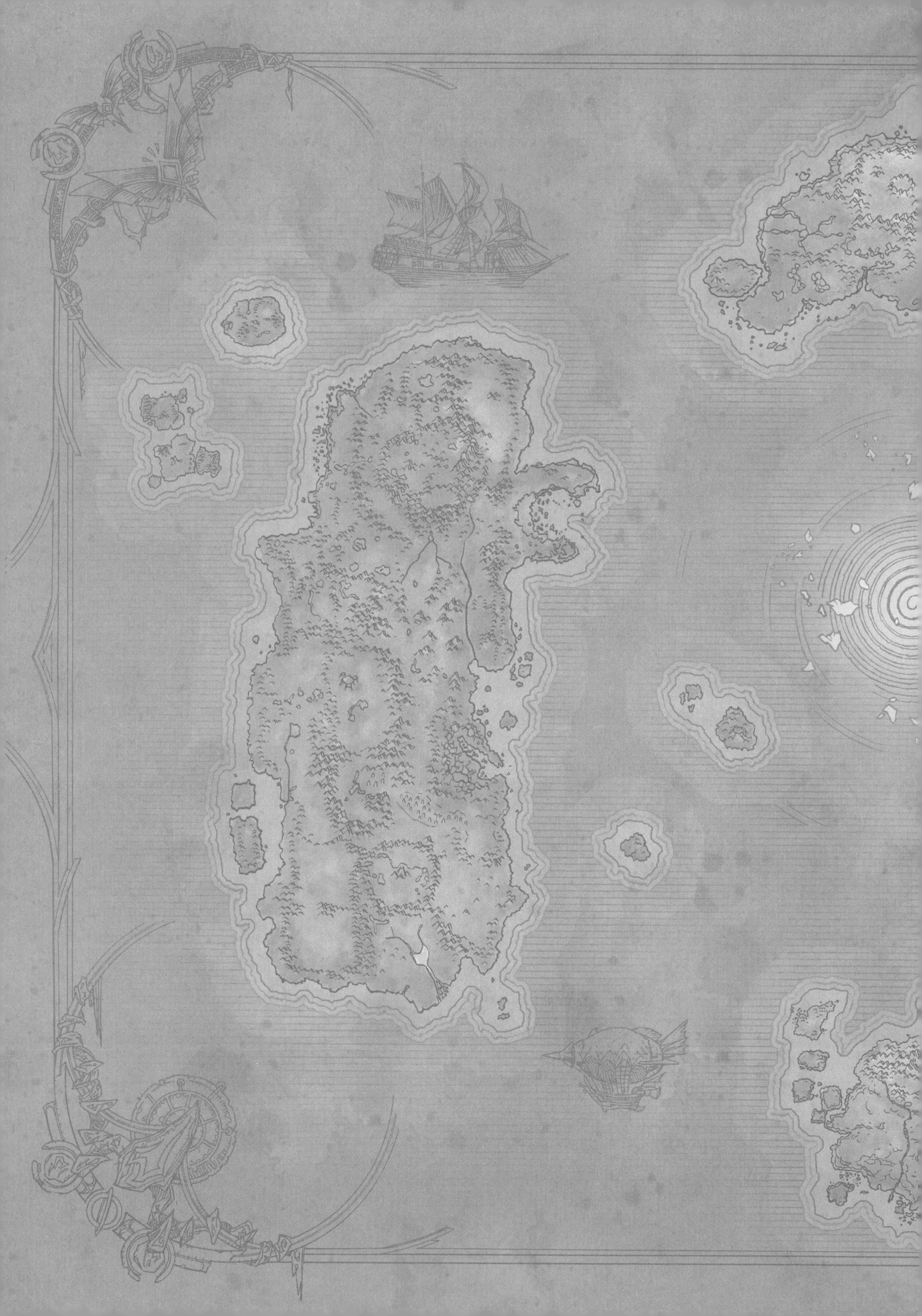